講談社文庫

金庫番の娘

伊兼源太郎

講談社

目次
Content

主な登場人物
Characters

藤木花織（ふじき・かおり）――久富隆一の私設秘書

久富隆宏（ひさとみ・たかひろ）――久富隆一の息子、花織の幼馴染

久富隆一（ひさとみ・りゅういち）――ベテラン衆議院議員

藤木功（ふじき・こう）――花織の父親、久富隆一の私設秘書

榊原憲夫（さかきばら・のりお）――久富隆一の公設第一秘書

大坪絹代（おおつぼ・きぬよ）――久富隆一事務所の事務員

山内元治（やまうち・もとはる）――久富隆一の政策秘書

八尋定芳（やひろ・さだよし）――久富隆一の後援会「隆賀会」トップ

関根直紀（せきね・なおき）――御子柴太の筆頭秘書

遊佐正明（ゆざ・まさあき）——民自党幹事長
海老名保奈美（えびな・ほなみ）——衆議院議員
御子柴太（みこしば・ふとし）——経済産業大臣

有馬久志（ありま・ひさし）——東京地検特捜部「経済班」検事
小原雄作（こはら・ゆうさく）——有馬の立会事務官
高品和歌（たかしな・わか）——東京地検特捜部「特殊・直告班」検事
鎌形英雄（かまがた・ひでお）——東京地検特捜部　部長
今林良蔵（いまばやし・りょうぞう）——東京地検　次席検事

鬼塚信行（おにづか・のぶゆき）——花織の元上司
ナターシャ——花織の友人
セルゲイ——デタチキスタン共和国の国家公務員

金庫番の娘

Daughter of the Safeguard

だれも　かなしくてなかない　せかいにしたいな

年長すみれ組　久富隆宏

みんながわらってる　せかいになる　おてつだい

年長すみれ組　藤木花織

プロローグ

道なんてどこにもない。道なんて自分で作るしかない、自分の足跡がいつの間にかわたしだけの道になっていく。

三十二歳で、こんなにも青い感慨に浸るなんて——。藤木花織《ふじきかおり》はちょっと照れくさかった。赤らみだした頰を隠すように、窓の方に顔をさらに寄せる。

眼下に広がるのは、道なき草原の海。一万メートル上空を飛ぶ旅客機から、花織は一面緑色の大地に目を凝らし、自分の痕跡を探していく。あのどこかにわたしもいた。草原で見た景色は、目蓋《まぶた》の裏にしっかり焼きついている。空はただひたすら青く、時折ひとひらの雲がのんびりと流れ、どこかで小鳥が鳴き、吹き抜ける風がそのすべてを包み込んでいた。

人生は不思議だ。仕事でなければ、絶対に訪れなかった中央アジアの小国。つい数年前まで、名前すら知らなかった国。今ではすっかり魅了され、出国したばかりにもかかわらず、早くまた戻りたい——とうずうずしている。

ふっ、と異国の香りが鼻先をくすぐった気がした。乾いた風の、家々の出窓に飾られた花々の、スパイスたっぷりのスープ料理の、野菜や果物で満ちたバザールの、そして黒い土の匂いが混ざった香り。

あの草原の下に眠る黒い土。

オオッ。言語は違っても、興奮した時の声は万国共通だった。ベージュ色の作業服を着て、ヘルメットをかぶり、ゴム長靴を履いた花織も、地中深くから掘り出された最初の土に駆け寄り、他の現地作業員や上司とオオッと大声を上げていた。

黒い土が切り開く、未来の世界。そこに住むわたし。まだうまくイメージできない。だけど、十年前だって中央アジアの小国で一仕事するとは想像もしていなかった。今後も予想外の人生が待っているのだろう。ただし、この仕事から離れないのだけは確実だ。他の道に進んだ人生なんて考えられない。

あの国で世界を変える手伝いをするのだから。

……オゥオ……オッ……オ。むせび泣く声がした。すぐ間近で聞こえ、花織の意識は現実に戻された。

わたしの声――。花織は頭を抱えたまま、目を開けた。足元のコンクリートが涙で滲《にじ》んで見え、肩は相変わらず動き、息苦しいほどしゃくりあげている。むせび泣きの合間に大手町《おおてまち》を行き交う誰かの足音や、皇居から届くセミの声が聞こえる。

もうわたしはあの国に戻ることはない。旅客機から眺めた景色が見納めだった。オオ……ッオゥ……オ。また嗚咽《おえつ》が込み上げてくる。

誰かが手を汚さないと前に進まない社会なんて認めたくない。手を汚した結果、社会から退けられた人はどうなるのか。ただ貧乏くじを引いただけ？　社会が回っているのは誰かが犠牲になっているからだと知らず、日々を安穏と過ごす人たちってなに？

これからどうすればいいのだろう。今は何も考えられない。花織はまた目をきつく閉じて、唇を引き結んだ。

中央アジアの大草原で独り、膝を抱えて泣きたかった。

第一章

1

ぺたんこ靴だって勢いよく走れば、足音は廊下によく響く。わたしはこれから何度この音を聞くのだろう——。

とりとめもない思いが、花織の心に浮かんだ。

午前八時、東京・平河町《ひらかわちょう》の民自党《みんじとう》本部七階。戦後日本を動かし続けた政権与党の本部とは思えないほど、壁も廊下も天井もくすみ、冷房の効きだって甘い。昭和四十年代に建設された建物だけあってさすがにもう古く、各派閥が事務所を置くホテルやビルの方がよっぽど豪華だ。

廊下の姿見に、パンツスーツ姿の自分が一瞬映ったのが見えた。

わたしは一体、何をしているのか。

いざ政治の世界に飛び込んだはいいが、花織は最近毎日そう思っている。ついさっき朝を迎えたのにもう夜になっていて、ベッドで目を瞑《つむ》ると、あっという間に次の朝。会社員時代もこんな日常だったけど、時間の密度がまるで違う。どんなに忙しくても薄ぼんやりしている。水彩絵の具の水色を、さらに水で薄めた色みたいな時間というか。

目的意識ならあるのに……。花織は小さく首を振る。ゆっくり決意を嚙《か》み締められるほど、まだ環境に慣れてないのだろう。今は目の前の仕事に集中しよう。政治家秘書。この日常の先に自分が何を見出すのかを知りたい。それまでは自分の足音を何度でも聞こう。

目的の部屋の前に駆け込むと、花織は肩まである髪を手ぐしでさっと整え、息の乱れを三度の深呼吸で抑えこんだ。ドアノブを丁寧に回して、そっと開ける。

民自党政務調査会の資源・エネルギー部勉強会。すでにダークスーツの集団が詰めかけている。花織は口角をきゅっと引き締め、後ろ手でドアを慎重に閉めた。

大きくロの字に組まれた長テーブルには衆参両院の議員が座り、壁際には資料を手にした紺色スーツの秘書がずらりと並ぶ。議員は党提供のサンドイッチを食べながら資料を捲《めく》り、隣の議員と談笑していた。かたや秘書は澄《す》まし顔で資料を読み込み、保存するか廃棄すべきか検討している。党の部会や勉強会には議員本人だけでなく、代理で秘書も参加する。こうした部会をはしごする日なんてざらだ。

この比較的新しい勉強会を実質仕切るのは、ベテラン衆議院議員の久富隆一《ひさとみりゅういち》。部屋に本人の姿はない。それはそうだ。当人からさっき急に代理出席を命じられた。

今朝、花織は七時過ぎに衆議院第一議員会館十一階の一一二三号室に出勤し、まず郵便物を仕分けた。放っておくと一日で三十センチ以上にもなる。続いて久富に関係がありそうな新聞各紙の記事を切り抜いた。会社員一年目も似たような作業をしたので、我ながら手際はいい。そうしているうち先輩秘書も出勤し、久富もやってきた。花織は隅の席で、後援会関係者へのお礼状を書こうと筆ペンを構えていた。永田町《ながたちょう》では今もお礼状は手書きが基本だ。朝は電話もほとんど鳴らず、筆に集中できる。九時を過ぎると、事務所は電話の嵐となる。けれど、久富の『花織ちゃん、ちょっとひとっ走り頼む』という一声で作業はおあずけになった。

花織も勉強会の資料を手に取ろうと、入り口脇の長テーブルを見る。心臓がどきっとする。もうない。

花織ちゃん、と小声で呼ばれた。

関根《せきね》のおじさん——。関根直紀《なおき》はもう六十五歳を過ぎて、小太りの体は最近さらに丸みを帯び、赤ら顔にも拍車がかかってきた。経済産業大臣である御子柴太《みこしばふとし》の秘書、しかも筆頭秘書だ。花織は物心ついた頃から、関根のおじさんと呼んでいる。

関根が悪戯《いたずら》っぽく口元を緩め、両手を軽く振った。どちらにも資料がある。どうやら助かった。部会や委員会の資料は多めに刷るのが鉄則なのに、事務方もたまにこうしてポカをする。

関根の隣に行き、ありがとうございます、と資料を受け取った。

「なあに、年の功さ」関根はこともなげに言う。「功と言えば、功《こう》ちゃんは元気？」

花織の父親のことだ。花織の人生より長い期間、久富の私設秘書を務めている。こうして政治家の秘書になれたのは、父親のおかげだった。

花織は今年七月末、大学を卒業してから約十年勤めた会社を辞めたものの、今後の身の振り方に迷い、パソコンすら触る気になれず、しばらくふらふらしていた。買い物、映画鑑賞、読書。何をしても心は晴れず、自分がからっぽになったと感じるばかりで、いつしか池袋《いけぶくろ》に借りる狭いマンションをあまり出なくなった。

八月も下旬となったある日、元上司から手紙が届き、花織は腹をくくった。その日の夜、文京区白山《ぶんきようくはくさん》の実家マンションに行き、久しぶりに父親と会った。ここ数年は会社の海外プロジェクトの関係で長期出張が続いて、正月も夏休みも実家に帰っていなかった。

久しぶりだな。うん。我ながら呆《あき》れるほどぎこちない会話の後、花織は切り出した。

——わたしも政治の世界に入りたい。久富事務所に空きはある？

——ちょっと待て。花織は政治が嫌いで、政治家は信用できないって言ってたんだよな。

まだ実家にいた学生の頃、政治家の汚職事件、国会内外での暴言失言、くだらない政界スキャンダルをニュースで見るたび、『お父さんってさ、なんでどうしようもない人たちが集まる世界にいるの？』と母親に尋ねた。父親に訊こうにも、タイミングよく家にいたためしがなく、改まってする質問でもない。さあ。母親はいつも興味なさそうだった。

　――おまけにオヤジともなるべくかかわらないようにしてるだろ。

　花織は幼い時分から、オヤジ――久富が苦手だった。全てを自分の思うままに動かそうとする姿勢に、嫌悪感を覚える。幼稚園児の時、久富親子と花織親子の四人でレストランに出かけた際の出来事が決定的だった。花織が頼んだオレンジジュースが品切れで、久富が従業員を烈火《れっか》のごとく怒鳴りつけたのだ。挙げ句、幼い花織が止めるのに、買いに走らせた。花織が『いいって言ったじゃん』と口を尖《とが》らせると、久富は厳しい声音で言下に返してきた。

『そんな弱気じゃダメだ。世の中、引いたら負けなんだよ。ここだけの話、実はおじちゃんもオレンジジュースが飲みたくてな』

　久富はこうと決めたら子どもをだしに使ってまで、目的の物を手に入れようとする。花織はこの一件以来、なるべく久富に近づかないようにした。受験や就職など、ことあるごとに久富は『何か俺にできることはないか』と声をかけてきたけど、花織は特にないと答えた。うっかり第一志望を言えば、久富なら裏から手を回しかねない。

　さすがに大学の合格祝いの食事会は断れなかった。

『俺たちの乾杯はオレンジジュースしかねえよな』

久富は豪快に笑った。おい、オレンジジュースくれ。従業員への横柄《おうへい》な注文も添えて。

就職活動が本格化した大学三年の冬、父親に『政治家秘書になる気はないよな』と訊かれた。当然断っている。

——今さらどうして？　花織のキャリアと年齢なら、一般企業に転職できるのに。

——嫌いな世界に飛び込んでみたい。わたしは飛び込まないといけないから。

——そうか。物好きだな。

退職理由を聞かなかった父親は、目元を緩めた。けれど、目そのものは笑っていなかった。

一週間後、花織は父親の口利きで久富事務所に入り、私設秘書になった。事務員でないのは、その方が色々と都合がいいらしい。

初日、執務室に挨拶に赴くと久富は満足げだった。

——ようこそ。やっと俺を頼ってくれたな。今からはオヤジと呼んでくれ。

ここまで目をかけてくれる理由は定かでない。他の秘書の子どもには見向きもしないのに。

関根も二十年以上前は久富の秘書で、子どもの頃によく遊んでもらった。建て替え前の議員会館で、一緒に大きなパズルや塗り絵をしたのが懐かしい。

「見る限り、父は元気ですよ」

「ふうん。功ちゃんって花織ちゃんみたく、すらっとしてるよなあ。不健康な生活してるくせに。体質かな、あるいは秘訣があるのかな」

さあ、と花織は応じるほかない。三十二年の人生で父親と話した時間は、一時間にも満たないんじゃないかと思うくらい短い。秘書になって以降も父親が話しかけてきたのは数えるほどで、何をしているのかわからないままだ。いつも家におらず、旅行や買い物、遊園地に一緒にいった記憶もない。わたしが一人っ子なので、訳知り顔で『過保護に育てられてるんでしょ』と言う近所の人もいたが、冗談じゃない。小学五年の時に友達の家に泊まりに行き、家族みんながテーブルを囲んで夕食を食べる風景を見て、家族団欒《だんらん》という感覚を知った。中学生になると、周りは父親について盛んに『クサイ』とか『気持ち悪い』とか口にしたけど、わたしには反抗期すらなかった。そんな感情は、ある程度の関係性がある父娘だけに生じるのだ。花織は関根と過ごした時間の方が断然長く、気兼ねなく色々と話せる。

では、と司会役の議員が発声し、勉強会が始まった。出席議員が石油や鉄、レアメタルの資源調達や再生可能エネルギーの拡大などについて議論を交わし始める。『従来の枠組みプラスアルファの調達先が必要な時代』といった的を射た意見もあれば、『アメリカと中国の動向を見極めてからでも遅くない』などと悠長《ゆうちょう》すぎる意見もある。

花織は一心に耳を傾《かたむ》けた。資源・エネルギーは自分の得意分野だ。財閥系グループでも御三家企業に数えられ、資源調達事業では日本有数の『五葉《ごよう》マテリアル』で十年近く専門部門にいたのだ。つい口を出したくなるが、控えないと。口を挟む権利は自分にはない。胸の奥もまだずきずきと痛む。花織は思考を目の前の光景に切り替えた。

今なされている議論が、いつか法案として日の目を見ると思うと不思議だ。秘書になって初めて、法案成立までの過程を知った。

こうした勉強会や党部会で政策は揉《も》まれて、その後、党委員会に諮《はか》られる。さらにそこでも揉まれ、原則全会一致で賛成されると国会に法案提出される。つまり与党内で『可』とされた法案は滅多《めった》な事情がない限り、国会で成立する。この仕組みをどれだけの国民が把握しているのだろう。

勉強会はきっかり一時間で終わった。関根と花織は連れ立って部屋を出ると、古いエレベーター脇で待機した。先に議員を送り出さないといけない。

ベテラン議員と若手議員がエレベーター前で、どちらが先に乗るかを譲《ゆず》り合っている。

「くだらないけど、とても日本らしいよね」

関根がぼそっと呟《つぶや》いた。議員の波が落ち着き、花織と関根もエレベーターに乗った。

党本部を出ると、いい天気だった。十月に入って空気もきりりと引き締まり、陽射しに秋の気配が混じっている。二人は並んで議員会館に向けて歩き出す。

「資料、どうしてとっておいてくれたんです？」

「ん？　今朝の部会にオヤジが来ないのを知ってたからね。なのに、久富事務所の人間が誰もいない。こりゃまずいなと思ってさ」

関根は今でも久富をオヤジと呼んでいる。

「さすが、秘書歴三十年以上の大ベテラン」

「からかうなって」

「本気ですよ。一歩先の対策を打てる人こそ秘書に相応《ふさわ》しいと思うので」

「じきに花織ちゃんも自然とできるさ」

返す言葉がなかった。確かに経験を積めば成長するだろう。でも、政治家秘書に人生を捧げる気はない。

「功ちゃんも色々と教えてんだろ」

「ほったらかしです。昔から、父に『あれやれこれやれ』って言われた記憶もありません。そんなの高校の時に一回だけで」

「功ちゃんは何て？」

「母にお小遣いを上げてほしいと言ったら、父が出てきて『一度アルバイトしろ、話はそれからだ』ってきつい口調であしらわれたんです。ウチの高校はバイト禁止だったけど、悔しくて近所のコンビニで働きました。お金を稼ぐのは本当に大変で、世間知らずの自分が嫌になっちゃって。バイト代をもらった後、素直に父にそう言いました」

――大人ってのは大変なんだよ。

父親のあの一言は、会社を辞めてから余計に胸に響くようになった。

へえ、と関根は目を細め、おっ、と声を弾ませた。

「トンボだ。こりゃ、縁起がいい」

二人の目の前を二匹の赤トンボがスイスイ飛んでいる。

「どうして縁起がいいんですか」

「トンボは勝ち虫なんだ。前にしか進まないだろ」

そんな言葉が自然と出るなんて、政治の世界は勝ち負けに敏感だ。

「都会のど真ん中にトンボがいるんですね」

「なんせ皇居や赤坂《あかさか》御所も近いから。何年か前は、夜中に国会前を歩いてたら狸《たぬき》もいたなあ」

「古狸じゃなくて？」

「政界の狸は歩かないよ。夜中は酔っぱらって、四本足でしか進めない時も多いけど」

軽く笑い合った。ふと気になり、訊いてみる。

「そういえば、なんでオヤジさんが部会に参加しないって知ってたんです？」

「それは……」関根が声を潜めた。「いま、うちの御子柴と会ってるから」

聞かれていい話ではないのだ。いくら秘書歴が浅くてもわかる。

赤トンボはいつの間にか消えていた。


「おかえり、花織ちゃん」

議員会館の事務所に戻ると、大坪絹代《おおつぼきぬよ》が端正な微笑《ほほえ》みで迎えてくれた。大坪は長年事務所の受付を務めるベテラン事務員だ。いつも穏やかな物腰で、花織はイライラしたら大坪を眺めるようにしている。大坪のアルカイックスマイルを目にすると、心が落ち着くのだ。

「ただいまです。今日もナイススマイル」

「ありがとう。ただの職業病だけどね」

他の秘書はまだ戻っていなかった。勉強会に手分けして参加している。久富はやはり不在のようだ。花織は受付奥の自席に座った。

議員会館は十二階建てで、衆議院第一、第二、参議院会館の三棟がある。いずれも二〇一〇年に建て替えられ、転居の際、久富はこの十一階の角部屋を選んだという。どの議員会館もほとんどのフロアが廊下、エレベーター、トイレといった共有スペースを挟み、左右各十二の部屋が向かい合わせに並ぶ構造だ。久富のように当選を重ねる議員は、同じ部屋に事務所を構え続けられる。

議員会館事務所は三つのスペースに分かれている。ドアを開けると、まず秘書や事務員の執務スペースがあり、ここに秘書と事務員合わせて五、六人が常勤する。次に十人は入れる会議室形式の応接室が続き、最も奥が議員の執務室だ。久富の執務室からの眺めはよくて、首相官邸や総理大臣公邸も一望できる。

久富のもとでは、議員会館と都内の事務所、地元佐賀《さが》県に構える事務所を合わせ、約二十人のスタッフが働いている。採用はほぼ縁故だ。閉鎖的というより、妙な人間が紛れ込まないための予防措置らしい。花織の父親も、久富の大学時代の後輩という縁で政治の世界に入った。政策秘書は久富にとって高校時代の後輩、地元事務所を守る公設第一秘書は小中学校の友人、都内の事務所を仕切る公設第二秘書は大学時代の友人だ。久富との縁はあっても、わたしは事務所に紛れ込んだ妙な人間かもしれない。

ドアが静かに開いた。

「戻りました」

隆宏《たかひろ》だった。久富の一人息子だ。おかえり、と大坪が涼やかな声で出迎える。隆宏は大股で歩いて花織の隣に座り、分厚い資料を机に投げ置いた。

「おつかれ」

おう、と軽快な返事がある。隆宏は花織同様、久富の私設秘書を務めている。自分の子どもや兄弟を政策秘書や公設秘書に据える国会議員も少なくないが、久富は『公設秘書の給与は税金だ。公金で身内を雇うのは国民に申し訳ない』と言っている。

花織にとって隆宏は幼馴染《おさななじみ》でもある。同じ文京区内の幼稚園、公立小、中学校に進んだ。高校と大学は別だったものの、それまでは、どういう縁か全学年で同じクラスだった。しかも久富と藤木という苗字もあり、大抵は隣の席。お互いの初恋相手も、給食で苦手だった献立も知っている。そんな相手と今もこうして隣同士なのは妙にこそばゆい。

隆宏は一橋《ひとつばし》大学を卒業後、外資系証券会社に入り、海外勤務も経験した。百八十センチの長身と柔道で鍛えたがっしりした体格、適度に整った顔立ちもあり、合コンの誘いはひっきりなしだったという。会社では順調にエリートコースを歩み、私生活も順風満帆《まんぱん》だったろうに三十歳を機に父親の秘書になったのだから、いずれ地盤を継ぐ気なのだろう。聞いたことはないけど。

「そろそろ慣れたか」

「ぜんぜん」

このやりとりは隆宏との日課になっている。

「久々にランチにいこうぜ」

「時間があればね」

「時間なんて作るもんだろ。ん？　なんだよ。そんなに目を丸くして」

「大学時代、『暇で暇で死にそうだ』って嘆いてた人間がこうも変わるもんかと」

「暇つぶしに政治の世界に入った奴が言うかね」

花織は秘書になるにあたり、『興味本位の暇つぶし』と隆宏には説明している。本当のことは誰にも言えない。隆宏は『おいおい』と苦笑していた。

隆宏は机の引き出しからチョコレート菓子を取り出した。ビスケットの細い棒にチョコレートがコーティングされた『ポリポ』だ。幼い頃から隆宏の好物で、今や朝食、昼食代わりにしている日も多い。昔に比べて量が減った、と隆宏はよく嘆いている。

「いる？」

「遠慮しとく」

次々と秘書が事務所に戻ってきた。電話があちこちで鳴り出し、慌ただしい空気が事務所に満ちていく。花織は半歩離れた場所で聞いている気がした。肌に職場の空気が馴染んでいないのだ。


いきなり肩を軽く叩かれ、振り向くと父親がいた。父親の親指が久富の執務室の方に振られる。

「ちょっと来てくれ」

なんだろう。時計を見ると、電話対応や政治活動報告書の封入作業などに追われるうち、あっという間に十一時になっていた。

父親に続き、花織も議員執務室に入る。いつ戻ったのか、久富が椅子に深々と腰かけていた。固太りの体をダブルのスーツで包み、太い首に大きくて四角い顔。あと二年で七十歳を迎えるとは思えないほど、肌は皮脂《ひし》でてかてかだ。大きな目には鋭さが宿り、これまた大きな口を無愛想に結んでいる。『おい』『こら』『てめえ』などと言葉遣いは常に乱暴で、顎《あご》で人を使う。腹を突き出し、肩を揺さぶって歩くさまはその筋の人間、それも幹部クラスを彷彿とさせる。隆宏は、細面で澄んだ目をした上品な母親に似ているので、『オレも危うくタコ入道になるとこだったよ』とよく冗談のネタにする。隆宏の母親が、どうして久富と結婚したのかは謎だ。

佐賀一区選出の久富は、十回連続当選している。元々は菓子メーカーの社員で、父親も地元郵便局長と政治とは無縁。どうして政治の世界に飛びこんだのか。経緯は知らないし、別に何だっていい。わたしにとって久富は、政界に身を置く間の所属元でしかない。肝心《かんじん》なのは政治家としての力。力のある政治家の下にいれば、政治の様々な面を見られる。そういった意味ではお誂《あつら》え向きだろう。久富は経済産業大臣、法務大臣、党政調会長などの要職を歴任し、いわゆる経産族の指導的立場にいて、所属派閥の『繁和会《はんわかい》』では会長だ。民自党最大派閥『清明会《せいめいかい》』にも真正面からモノを言う姿勢で知られている。清明会を陰で牛耳《ぎゅうじ》るのは、馬場《ばば》という超大物にもかかわらずだ。

馬場は魑魅魍魎《ちみもうりょう》がひしめいた昭和の政界を生き抜き、『最後の首領《ドン》』と言われている。東大卒業後に警察官僚となり、三十代で地元福岡《ふくおか》市東区から国政に打って出て当選。四十代で建設大臣と大蔵大臣を歴任し、党の人事と金を握る党幹事長や政調会長としても辣腕《らつわん》をふるった。自らは総理大臣にならず、清明会から首相を数多く輩出《はいしゅつ》して、彼らを背後で操ってきた。いまだ馬場の発言ひとつで大臣の首はすげ替えられ、また、官僚人事が政治主導となったため、霞《かすみ》が関《せき》界隈では馬場の動向が注視されているらしい。

いわば、馬場が日本の政治を動かしているのだ。その象徴のように、馬場本人と一派、および現首相は衆議院第一議員会館の最上階に陣取っている。

久富が身を乗り出してきた。

「単刀直入に言う。藤木と一緒に財務秘書をやってくれ。要するに金庫番だな。藤木にも伝えたところさ。ベテラン金庫番だ。色々と教えてもらいな」

花織は一瞬、呆気にとられた。金庫番が父親の仕事？　初耳だ。花織には金庫番の実態もまるでイメージできなかった。わかるのは事務所の要《かなめ》という程度だ。

「これまでは父とどなたが？」

「ずっと藤木一人にやってもらってた」

「あの、わたし、思い切り文系で、数学は苦手だったんです」

「隆宏より得意だったろ」

「それは、まあ」

隆宏は、五十点満点のテストで二十点の時もあった。花織が三十二点だったのはご愛敬だ。

「だいたい、三角関数やら二次関数を使うわけじゃねえんだ」

四の五の言ってんじゃねえッ。花織以外だったらそう怒鳴りつける場面なのだろう。

金庫番――。物事は予算で動く。政治の世界だって例外ではないはずだ。お金を握る立場になれば、政治家の動き方がわかる。政治家の動き方がわかれば、政治の動き方もわかる。ニュースで垣間見るような、汚職や権力闘争といった政治の裏側もわかるに違いない。政治の裏表を政治家秘書として、しかも金庫番として目を背けずに見つめた時、わたしは何を思うのか。

急にうなじの辺りが寒くなった。花織は頭の芯が引き攣《つ》り、自分が身震いしたのを感じた。圧倒的な大きさの黒い穴を、目の前にしている心地だった。

ここで引き受けたら、わたしはどうなってしまうのだろう。深く知れば知るほど政治に搦《から》めとられて、巨大な黒い穴から二度と出られないのではないのか。わたしは政治に興味はないし、好きでもないのに。かといって、ここで断って追い出されれば、元も子もない。

「少し考える時間を頂けないでしょうか」

久富の口が大きくへの字に曲がった。

「他ならぬ花織ちゃんの頼みだ。けど、あんまり時間はあげらんねえ」

「ひょっとして何か大きな動きがあるんですか」

「ほう」久富が興味深そうに目を細める。「どうしてそう思う」

「いままで父一人で務めたんですよね？　二人体制にするなら、相応の理由があるはずです」

久富は父親に目配せしてにやりと笑い、花織に視線を戻した。

「へえ。勘もいいんだな。この世界じゃ大きな武器になる。昭和の末に、民自党を仕切った幹事長の奥さんの逸話があってな。家に招いた議員の資質を直感で見抜いて、扱い方を夫に助言してたそうだ。幹事長を陰で操るんで、女帝なんて呼ばれてた」

勘を褒《ほ》められると、ちょっと胸が苦しくなる。

久富の目が見開かれた。

「動きを作りたいとは思ってる。いざ動き出せば、もう一人金庫番がいた方がいい」

「だからって、なぜわたしなんでしょう」

「金庫番は信用できる人物じゃないとな。俺は赤ちゃんの頃から花織ちゃんを知ってる。信用という点は申し分ない。もちろん、ウチの秘書や事務員は信頼してるが、連中にはすでに役割がある。一方、花織ちゃんは新米だ。これ以上、条件の揃《そろ》った適任者はいねえ」

「わたしが考えられる時間は、政治が動き出すまでなんですね」

「いや。俺が大きく動き出すまでだ」久富はすっくと立ち上がった。「行くぞ、藤木」

2

執務室から戻ると、金庫番について思案を巡らせる間もなく、花織は電話対応に入った。今日はいつも以上に外線が入る。政策秘書や公設第二秘書、隆宏宛ても多い。それをてきぱきと振り分けていく。

花織には電話対応の小道具がある。久富を中心に据え、他議員や派閥関係者、久富事務所のスタッフとその家族を網羅《もうら》した人物相関チャート図を独自に作成したのだ。住所、電話番号といった基礎情報に加え、誕生日や家族の勤務先も記載した。会社員時代からの習いだ。海外のビジネス現場ではこうした些細《ささい》な情報が人間味に化け、商談が成功するケースも多かった。最近はチャート図に頼らなくても、よく電話をかけてくる人物は声だけでわかる。

ほどなく、事務所のドアが大きく開いた。紺色スーツに銀縁《ぎんぶち》眼鏡の、いかにも秘書という雰囲気の中年男が事務所内を睥睨《へいげい》している。あいにく受付の大坪は電話対応中だ。一番下っ端の花織が立ち上がり、応対に出ないといけない。立ち上がりながら、さっと中年男を見た。左腕には超高級時計、黒靴も高そうだ。花織は男性用のブランド品は大抵ひと目でわかる。相手の時計と靴を見ろ、とかつての上司に指導された。

特に『靴には気を配れ』と口酸っぱく言われた。『いくら着飾っても、靴まで注意が行き届かない人間は仕事もそうなる。目が届かない部分で手を抜く』。久富事務所スタッフの靴は、いつも手入れが行き届いている。

「浦辺《うらべ》一雄《かずお》事務所の内村《うちむら》です。秘書の方にお取次ぎをお願いします」

おのおの作業中だけれど、久富事務所内の空気が明らかにピリついた。

浦辺一雄？　現外務大臣で、馬場が仕切る派閥『清明会』の会長だ。何しに来たのだろう。久富とは長い間、犬猿の仲なのに。

久富は佐賀一区で、浦辺は佐賀二区と選挙区は異なる。しかし、久富が初当選した頃の衆院選はまだ中選挙区制の時代で、佐賀県は一つの区割りで定数五の議席を争っていた。有力候補は他にもおり、久富陣営も浦辺陣営も初出馬で党の公認を得たものの票を固めきれず、当落線上だった。そこで久富隆一と浦辺一雄の名前から「一一《いちいち》対決」などと地元新聞紙上を賑《にぎ》わせたという。選挙は久富が二百票差で当選し、浦辺は落選。あの時は後援会の何人かが血を吐いて死んだとか。幼い頃にそう聞き、『お父さんは死なないよね』と当時はいじらしく涙声で母親に尋ねた記憶がある。

浦辺事務所はよほど給与がいいのか。中古でも二百万円はする超高級腕時計の定番モデルを手首に巻いている。一般的な秘書の給与なんてしれたものだ。

大坪や隆宏をはじめ、誰の電話も終わりそうもない。

「どういったご用件でしょう」

「秘書の方に直接申し上げます」

「わたしも秘書です」

「あなたが？」

内村は露骨なほど眉を顰《ひそ》めた。

花織はこうした反応にも慣れた。陳情などで訪れる人たちに多い反応なのだ。永田町はいまだに男社会。秘書は男、事務員は女という固定観念がまかり通っている。花織が秘書だと知ると、彼らは絶句する。時には不審そうに頭のてっぺんから爪先までじろじろ見回してくる人もいた。

「失礼しました。お目にかかったことはありませんよね」

「ひと月前に秘書になったばかりですので」

「ああ、なるほど」と内村は小さく頷いた。

「ご用件はなんでしょうか」

「どなたかの電話が終わるまで待たせてもらいます」

言葉遣いこそ丁寧だけど、居丈高《いたけだか》だった。花織は少し胸を張った。身体測定で一ミリでも身長を伸ばすようにして。

「確かにわたしの秘書歴は浅いですが、用件を伺う程度はできます」

内村が視線を素早く事務所内に巡らせる。

「この事務所は教育が行き届いてないなあ。僭越《せんえつ》ながら申し上げましょう。秘書にも格がある。私は浦辺の初当選前から秘書を務め、現在は政策秘書です。相応の人物が対応に出てくるべきでしょう。アポイントもなく来た以上、しかるべき方の手が空くまで待つくらいはしますがね」

ねちっこい口つきだった。

内村さん、と花織の背後で声が上がった。政策秘書の山内元治《やまうちもとはる》が花織の隣に並んでくる。

「私が承《うけたまわ》りましょう」

「浦辺から久富先生に言伝《ことづて》がございます」

「電話でも良かったでしょうに」

「久富先生の事務所の電話が繋《つな》がらず、参った次第です。応接室をお借りしても？」

どうぞ、と山内が内村を案内していく。花織が自席に座ると、大坪や隆宏の電話が終わった。隆宏がキャスター付の椅子を滑らせ、顔を傾けてくる。

「今の浦辺事務所の秘書だよな。何しに来たんだ？」

さあ、と花織は首を捻《ひね》った。

五分後、内村は久富事務所を出ていった。ドアが閉まり、少しおいてから隆宏が山内に訊いた。

「何だったんです？」

「今晩八時から九時の間に、ニューオータニに来てほしいって。大事な話ってだけで、内村も具体的な用向きを知らないんだ。それで呼びつけるかね。行けるかどうかわからない、と伝えたよ」

あの、と花織は二人に割り込んだ。

「ん？　どうした」と隆宏が顔を花織に向ける。

「そんな伝言に格も何もない。わたしにもできる。っていうか、誰でもできる」

「だな」隆宏は真顔になった。「花織は軽く見られたんだよ」

「秘書歴が浅いから？」

「それもある」

「それも、ってことは他にも理由があるの」

隆宏は外国人さながら肩を大きく上下させた。

「ああ、花織が女って点だよ。俺の仲間で議員の娘がいるんだけど、パーティーで挨拶したら、内村に鼻であしらわれたらしい。『女の秘書や事務員は〝やれ結婚だ、出産だ〟でどうせ辞める。最初から入れなきゃいいんだよ』って嘯《うそぶ》いたそうだ。優秀な人間に男も女もねえのに。本来なら秘書としても失格だ。議員の評判を落とさないよう、言葉遣いや振る舞いには日頃から気を配らないといけないんだから。いや、人間失格か」

花織ちゃん、と大坪がこちらに振り返ってくる。

「今の気持ち、忘れちゃ駄目よ」

おとなしやかな表情な分、花織の心に深く食い込んでくる。大坪も数えきれないくらい嫌な目にあってきたのだろう。同時に花織の胸には後ろめたさもあった。

わたしは秘書を一生の仕事だと思っていない——。

「心ここにあらずって感じだな」

隆宏に言われ、花織は箸を止めて、顔を上げた。

「そう？」

午後二時、遅めのランチに赤坂見附《みつけ》まで出てきた。雑居ビル二階のこぢんまりした小料理店だ。若い女将《おかみ》が一人で切り盛りし、アルバイトの女子大生が配膳している。昼は誰でも入れるけど、夜は一見《いちげん》さんお断りの会員制。訪れるのは秘書として初出勤した日以来だ。あの時は『初日くらいはな』と隆宏に連れてきてもらった。しっかりしたランチを食べるのも一ヵ月ぶりだ。普段は議員会館地下一階のコンビニでおにぎりやサンドイッチを買い、慌ただしく胃に詰め込んでいる。

「自分ではいつもと変わんないと思うけど」

「何年の付き合いになると思ってんだよ」

「一万年くらいだっけ？」

店内の客はもう二人だけだ。女将も皿洗いをして店じまいに備えている。

「今日はどういう風の吹き回し？　事務所だっていつも通り忙しいのに」

「おっ、女の勘ってのはやっぱ鋭い」

「鋭いも何も、誰だって思うでしょ」

「実はさ」隆宏が箸をそっと置いた。「頼みがあるんだ」

顔つきは真剣で、真っ直ぐな眼差しだった。

「俺が議員になったら、秘書になってくれないか。この世界で生き抜こうと思ったら、腹を割って話せる奴が要る」

腹を割る――。花織は一瞬言葉に詰まった。いくら幼馴染でも、話していないことはいくらでもある。わたしが秘書になった本当の理由も、こうした具体的な将来展望も。

花織も箸を静々と置いた。

「やっぱり議員になりたいんだね」

「そりゃそうだろ。結構いい会社を辞めて、あんな横柄なオヤジの秘書をやってんだぞ」

「政治家も秘書も世襲なんて、江戸時代の封建社会みたいだよ」

「別に政治は封建制度でもいいと思ってる」

「どうして？」

「オヤジの近くにいりゃ、政治なんて面倒で胡散《うさん》臭い世界だってわかる。あのオヤジが選挙のたびに心身をすり減らすんだ。藤木さんをはじめ、周囲も気苦労が絶えない。だから、そんな厄介事《やっかいごと》に国民が煩《わずら》わされないよう、俺たちが引き受けるんだよ。だいたい、日本人は政治なんて『誰かがやってくれる』って意識だろ？　この意識は変わりそうもない。俺たちがやるしかないんだ」

女将が食器を洗う水音はまだ続いている。

「自分が政治家に向いてると？」

「出たとこ勝負だな。向いててほしいよ」

信頼できる人物をそばに置きたいのは、本心だろう。昨今、秘書が議員の罵声《ばせい》を録音した音源を流出させるなど、政治家は身内にも簡単に指される。

「なんでまた、自分がやらないとって決意したの」

「選挙の時、本気で候補者や政党の言い分を吟味して、投票する人間が何人いると思う？」

「そうだな……全国に両手で数えるくらいかも。選挙のたびに『投票したい候補者がいない』ってみんな愚痴ってるし。ニヒルを気取って、投票しない人だっている」

「だよな。でも、無理もないんだ。頭を悩ませたところで、そもそも候補者について何にもわからないんだ。結果、知名度の高い人間や支持基盤を持つ候補者が勝つ。だから当選しても、俺は自分が全肯定されたとは思わない。政治と現実の距離を理解する人間が、政治を担《にな》うことに意味があんだ。俺みたいな境遇で背筋を正せる者が、政治を担わないといけないんだよ」

隆宏の語調は熱っぽい。

「秘書になったわたしが言うのもなんだけど、政治家なんて世間に信用されてない。むしろ悪い人たちってイメージ。その一員になるんだよ、いいの？」

「望むところさ。政治家は信用されない方がいい。世間には、信用する人間の発言を無条件に受け入れる人がかなりいる。国を左右する政治家の発言には、常に疑いの目が向けられるべきだよ」

「示唆《しさ》に富む卓見というか何というか」

「足りない頭で必死に考えてんのさ。そもそも、高校を中退した人間なんか信用できない、って人も大勢いるだろうしな」

隆宏は高校二年の夏、突然中退した。別々の高校だったので、花織も理由は知らない。聞いてもいない。

「よく言うね。そういう穿《うが》った見方をされたくないから、オヤジさんの影響力が及ばない国立大―実力主義の外資系企業ってルートを選択したくせに」

「甘い。『どうせオヤジのコネ』って批判されるよ。特に就職の時は、オヤジの立場が少しは検討材料にされてんだろうよ」

「多少は仕方ないでしょ。誰も生まれは選べない」

「ありがたいお言葉をどうも」

隆宏が口元を緩めた。二人してお茶に手を伸ばし、唇を湿らせ、花織は湯呑《ゆのみ》を置く。

「あのさ、わたしは隆宏に腹を割って話してないことがあるよ」

「俺が腹を割れりゃいいんだ。花織が言ってんのは『興味本位の暇つぶし』ってやつだろ。そんなわけねえもん。ま、相当な理由があるのはわかる。たまに遠くを見るような目つきにもなってるしな。花織の性根を知ってりゃ十分さ」

隆宏は何でもなさそうな口ぶりだった。花織はその場でちょっと座り直す。

「なんでわたしなの？　学生時代の友達とか、会社の同僚とか優秀な人は一杯いるでしょ」

「俺には花織以外、思いつかないよ。アッシが許さない。あれが今も耳に残っててね」

花織もよく憶《おぼ》えている。小学二年の時だ。ある保護者が『久富君は、私たちのお金で暮らしてるの』と子どもに伝えたのが発端だったその子どもが『俺たちの金で生きてんだろ。何されても文句は言えないよな』と隆宏につっかかり、いじめの標的にしたのだ。隆宏は決して抵抗しなかった。

――どうしてやり返さないの？

――オヤジに迷惑がかかる。花織も絶対に俺と仲良くしようとすんな。巻き込まれっぞ。

釘を刺され、教室では必要最低限の会話をするだけになった。殴られても蹴られても、上履きや体操着を便器の水に漬けられても、隆宏は歯を食い縛って耐えた。花織はその姿を見るだけで何もできず、毎日がもどかしかった。小さな頃から隆宏に何度も助けてもらったのに、と。

公園で遊んでいると、年上の子どもに人形を奪われて泥で汚されたり、絵本も破れたりして、花織はよく泣いていた。家にいたくても、『子どもは外で遊びなさい』と母親に怒られ、公園に行くしかなかったのだ。隆宏はいつも公園で、泥だらけの人形を一緒に水道で洗ってくれ、破れた絵本のページも取り返してくれた。年上の子どもを追い払ってくれるようにもなり、逆にやられる時もあった。『ごめんね、わたしのせいで』と謝ると、隆宏はぼそりと言った。『悪いのはあいつらだよ。それに誰かが泣いているのを見ると、かなしくなるんだ』

夏休みを挟んでも隆宏へのいじめは止《や》まず、十月の放課後——。

隆宏は同級生四人に校舎裏のプールに連れていかれ、緑色に濁《にご》った水に突き落とされた。こっそり後をつけていた花織は、咄嗟《とっさ》にシャツの袖口を嚙み、悲鳴を押し殺した。泳げない隆宏はランドセルを背負ったまま、必死に手足をばたつかせ、四人は大笑いしていた。教員が来る気配はなく、出ていくにも当の本人に止められている。どうしよう……。花織は迷った。そうこうするうち、隆宏がようやくプールサイドに辿《たど》り着いたのに、額を蹴られ、またプールに落ちた。

花織の足は勝手にプールの方に向いていた。頭の奥が冷たくなり、さっきまでの迷いは吹き飛んでいる。爪先立ちで足音を立てずに近づき、息を止めた。

ドンッ。四人の背中を次々に押し、プールに突き落とした。

花織はすぐさま手を伸ばして隆宏を引き上げると、プールの四人を睨《にら》みつけた。

——隆宏をいじめるのは、アッシが許さない。

小学校低学年の花織は舌足らずで、「わたし」を「アッシ」と発音していた。

うるせえッ。いじめの中心児童に足を摑《つか》まれ、今度は花織がプールに落ちた。花織も泳げなかった。服がどんどん重くなり、手足を力まかせに動かした。虫の死骸《しがい》や落ち葉だらけの水を飲み、なんとかプールサイドに這《は》い上がると、いじめっ子の四人が鼻血を流し、しゃくりあげていた。

——女の子に悪さする奴は、俺が許さない。

隆宏が胸の前で右拳《みぎこぶし》を構えた。この日以来、隆宏へのいじめはぴたりと止まった。

「わたしも隆宏に助けられたんだけど」

「そうだっけ？」

隆宏は惚《とぼ》け顔で首を捻り、話を続けた。

「花織が久富事務所に入ってくれたのは、俺にとって僥倖《ぎょうこう》だよ。オヤジももうすぐ七十歳だし、政治家になるなら早い方がいい。田中角栄《たなかかくえい》なんて三十九歳で郵政大臣になってんだ」

「なんで早い方がいいの」

「百聞は一見にしかず」

隆宏はスーツの内ポケットから長細い手帳のようなものを取り出して、テーブルにゆっくりと置いた。国会議員要覧、と表紙にある。隆宏は適当なページを開くと、上半身をテーブルに乗り出し、花織が見られるよう真ん中に置き直した。

選挙区、議員名、年齢や役職などのプロフィールが載っている。

「あと二十年も経てば、ここに載ってるほとんどの議員はいなくなってる。死んでるか、引退してるか、落選してるか。議員だって他の職業と同じで、経験が要る。今のうちから経験を積んどかないと、いなくなる議員の穴を埋められない」

ちょっと見せて、と花織は国会議員要覧を手に取り、ぱらぱらとめくった。二〇一八年現在、議員の大半は父親よりも年上か、その少し下だ。四十代や三十代の議員は多くない。この世代の議員が当選を続けられれば、いずれ国政の中心を担うのだろう。すでに隆宏は差をつけられている。

「馬場だって、三十代で議員になったのがモノを言ってるんだ。小選挙区制導入の時にね。党内でもベテラン新人を問わず、反対派が多くて、対応に中堅議員の馬場が回った。大役を担えたのは、馬場が相応の経験を積み、七奉行の一人として党内で顔が通ってたからなんだ」

「七奉行って？」

「当時、首相の側近がそう呼ばれてた。政府や党の役職にはついてなかったけど、政権を支える役回りだった議員さ。馬場は政治改革を錦の御旗に掲げ、見事に反対派の声を封じた。当時はリクルート事件やらで、政治不信も極みに達してたから、誰も弓を引けなかった。馬場は功績の見返りで、党幹事長になってる」隆宏はテーブルを人差し指の先で軽く叩いた。「小選挙区制だと、派閥よりも党執行部が力を持つんだ。公認候補を決められるからな。人事も金も党執行部が握れる。その筆頭が幹事長だよ。馬場はそれを見通してたんだろう」

「でも、ここ二十年くらいで、党執行部より首相官邸の方が強くなったんでしょ。『民自党も既得権益もぶっ壊す』って叫んだ首相の手でさ」

「ああ。きっかけは、この首相が大勝した解散総選挙なんだけど、『政策に賛成か反対か』って単純化した争点を持ち込んだ参謀が馬場だ。そもそも首相にしたのもね。いまや首相官邸にも党執行部にも子飼いの議員を入れて、馬場はますます権力基盤を固めてる」

権力闘争が政治家の生業《なりわい》なら、馬場ほど政治家らしい政治家はいないのかもしれない。三十年近く、日本の政治を体現しているのだ。

「ちなみに馬場は時々の政局だけじゃなく、トラブルも自分の得になるよう利用するのがうまい。例えば、地元商店街が大規模スーパーの建設に反対した時、スーパー側に訴訟するよう促したそうだ。個人や小さな集団を業務妨害とか名誉毀損《きそん》で訴えて、反対運動を封じる手だよ。訴える側の方が資金力もあり、市民側は矛《ほこ》を収めるしかない」

「どこが馬場の得になるわけ」

「まず大企業に恩を売れる。大企業がより大きくなれば、より多額の寄付を得られる」

「是非《ぜひ》はともかく、したたかだね。そういう馬場の逸話って、永田町の常識？」

「常識っていうか、集めようと思えば集められるレベル」隆宏が肩をすくめる。「けど、こういう話を誰も知ろうとしてない。永田町の住人は、過去の馬場より今の馬場にしか興味ないから」

「隆宏はなんで集めてるの」

「なんせオヤジが反馬場だ。俺が議員になっても敵視してくるよ。色々知っとかないと」

「議員になる下準備ってわけね。オヤジさんには議員への意志を伝えた？」

「ああ。『まだやることがある。どかん』って一言で終了」

もし引退する気だったら、花織への金庫番の打診もなかっただろう。

「どうする気？」

「正直、妙案はない」

「実はさ、オヤジさんにウチの父と一緒に金庫番をやってほしいって打診を受けた」

「やっぱ、退く気はさらさらないんだな」

「金庫番って言われても、イメージが湧かなくてね」

「アンタッチャブルな領域だもんな。そりゃ、戸惑うよな。まだ業務にも慣れてないんだ」

慣れてないのはその通りだけど、隆宏の指摘は間違っている。それでも花織は訂正しなかった。

「俺だって、藤木さんの仕事に触れたのは自分が関わった時くらいだよ。会社員時代の知り合いが寄付してくれたとか、経費を貰《もら》うとか。大抵の議員も、金銭面は金庫番に丸投げだ」

議員を目指す隆宏ですら、実態を知らない金庫番の仕事——。

ふう、と隆宏が一つ息を吐く。

「さっきの件、返事は今すぐじゃなくていいから」

「なんかプロポーズの場面みたい」

「俺にとっちゃ、もっと重要だよ。議員と秘書になれば、夫婦より長い時間を過ごすんだ」

*

天井の高い廊下に、二人分の硬い足音が響いている。東京地検特捜部が陣取る、霞が関の検察合同庁舎九階。事務官の小原雄作《こはらゆうさく》は、特捜部「経済班」に配属される日がくるとは想像していなかった。異動してはや五ヵ月になるが、いまだフロアを歩くだけでも緊張する。

特捜部には「特殊・直告」「財政」「経済」の三班がある。経済班は公正取引委員会や警視庁捜査二課から事件を受ける役回りだ。特殊・直告班は政官財界の汚職事件や市民の告訴案件などを独自捜査し、財政班は国税局などから通報を受けた案件を扱う。刑事部の事務官仲間には『栄転だな』『しっかりやれ』と発破をかけられた。言われなくとも、自ずと身も心も引き締まっていた。なにしろ仕える相手は——。

首を振り、ちらりと後ろを見る。

有馬《ありま》久志《ひさし》は和《なご》んだ面《つら》つきでまっすぐ前を見据えている。顔の作りは一昔前のいい男、といった感じだ。背は高く、肩幅も広いので紺色のストライプスーツがよく似合っている。

検察職員となって十五年間、立会事務官として何人もの検事に仕えたが、これほど雰囲気の柔らかい検事はいなかった。それなのになぜか常に緊張を強《し》いられる。小原は有馬の情報を頭の中で羅列《られつ》していく。

有馬久志、四十二歳、独身、司法試験には大学在学時に合格。前任は法務省刑事局で、役職は参事官。自分と同じ五月一日付で、特捜部に異動した。有馬は五年前にも東京地検特捜部に在籍している。東西の特捜部がしでかした不祥事の悪影響が、まだかなり色濃かった時期だ。検察批判の逆風が吹く中、主任検事として大型経済事犯を手堅くまとめている。

小原の異動にあたり、かつて特捜部で有馬に仕えた先輩が、その人柄を話してくれた。

——あの人はいつも温和で話しかけやすい。普通の検事よりも笑ったり、よく冗談を言ったりするからね。けど、四六時中一緒にいたオレにも、一度も本音を吐いてないんじゃないかな。学生時代の話とか、プライベートの話なんて一切なかった。

小原は背中で有馬の気配を窺《うかが》った。確かに有馬と五ヵ月間仕事をともにしても、私的な会話は一度もない。いくら重大な責務を負った仕事でも、雑談の時間くらいはあるのに。

検事には、赤レンガ派と現場派という派閥がある。赤レンガ派は法務省勤務が長い検事の呼び名で、出世コースだ。東西の特捜部が一連の不祥事を起こした折、赤レンガ派の一部は特捜部解体論を強硬に主張したという。もう一方の現場派は捜査や公判歴が豊富な検事で、特捜部などの最前線で実務を担っている。両派の争いは大抵、赤レンガ派が捜査に口を出し、現場派が撥《は》ね返す構図だ。そのため、政治絡《がら》みの事件で特に激しくなる。現場派が闘争をしかけるケースを耳にしたことはない。

有馬は特捜部を担う次期エースと目されているが、実際はどうなのだろう。特捜部で活躍する検事は大半が現場派。かたや有馬は東大法学部出身。東大法学部といえば、赤レンガ派の牙城だ。有馬の経歴をみると、法務省と地検などの現場にいた比率は、ちょうど半々といったところだ。もちろん無派閥の検事も多いが、有馬の来歴上、考えにくい。

有馬を特捜部に戻したのは部長の鎌形英雄《かまがたひでお》だろうか。鎌形は特捜部長就任に際し、腹心を特殊・直告班と財政班の副部長に据えた。残る経済班に実力者を入れてもおかしくない。あるいは赤レンガ派による、牽制《けんせい》の一手なのか。有馬がどちらの派か定かでなく、いずれにも線は伸びる。

小原は内心で溜め息を吐《つ》いた。刑事部で仕えた、男性検事の顔を思い出す。こんな人が特捜部に進むのだろうな、と心底思える人だった。警察官には黙秘を通した容疑者も諄々《じゅんじゅん》と説き伏せて割り、警察に難しい事件の立件を相談されると、即座に理路整然と指示を飛ばしていた。評判が赤レンガ派の耳にも届いたのだろう。普通なら地方に行くタイミングで、法務省への異動が決まった。

――赤レンガ派入りですか。

――そんなの興味ないですよ。東大閥でもないですし。いずれ現場に戻ってきます。

数ヵ月後、その検事と霞が関の路上で鉢合わせした。別人のように面やつれして、目は虚ろ、足取りも重たく、挨拶してもこちらが誰だかわからない様子だった。

――ああ、小原さん……失礼しました。ご無沙汰してます。

――お忙しそうですね。やっぱり特捜部関連の処置で？

大阪に続き、東京の特捜部でも不祥事が明るみになった時期だった。

――そっちも大変ですが、派閥争いの方がね。絶対に関わらない方がいいですよ。

小原は頷き返した。以前、父親にも言われたことだった。高校一年の時、父親は勤務先の大手メーカーで派閥闘争に巻き込まれて、技術屋の経歴とは無縁の系列会社に出向させられた。他にも優秀な人間が組織中枢を追われた結果、会社の製品開発能力は落ち、小原が大学三年の時に外資に買収され、社名も何もかもを失っている。父親のように不毛な争いに巻き込まれたくない、権力闘争がない仕事に就きたい。そんな気持ちから小原は、公正で、筋の通った基準で物事が進められている――と思った司法の道、特に検察を選んだのだ。

志や理想もなく司法に進んだ自分が、検察の仕事の醍醐味《だいごみ》、重要性を実感できたのは、この検事のおかげだった。人が改心するさまや、隠れた犯罪を暴く指揮官となる姿を間近で見ることによって仕事に目覚めた、と入庁当時の自分が聞いても信じられないだろう。だが、仕事を続けていれば、周囲の人や環境などで自身の気持ちが変わる場合もある。自分が何よりの証明だ。

――では、また今度。早く検察の信頼を回復して、司法で社会貢献しましょうね。そこに現場も管理もありませんので。『鍬《くわ》の一振り、一本の杭《くい》』の心意気ですよ。

検事は弱々しい笑みを残し、法務省の敷地へ入っていった。

自分たちが『鍬の一振り、一本の杭』になる――という精神が、検察の立て直しに

必要だと伝えたかったのだろう。『機械がない時代、大河川の流れを変える大工事

も、鍬の一振り、打ち込まれた一本の杭から始まったんです。人間の力は凄《すご》いです

よ』。検事は大の歴史好きで、ある時、江戸時代の治水工事について熱っぽく語って

いた。

真意を確かめる機会はやってこなかった。ほどなく検事が心身両面で体調を崩し

て、検察を去ってしまったのだ。検事も壊す、苛烈《かれつ》な派閥抗争……。無意味だ。優秀

な人材が潰れて困るのは、組織なのに。赤レンガ派も現場派も、派閥争いの先に何を

求めているのだろう。

小原は足を止め、思考を切り替えた。

「こちらです」

はいよ、と有馬は物柔らかな返事をした。小原はドアを丁寧にノックする。どう

ぞ、と返事があり、ドアを開けると、奥の執務机にいた高品和歌《たかしなわか》が滑らかに立ち上が

った。黒いスーツに映える黄色のスカーフが首元で揺れている。

「お久しぶりですね」

高品の顔がぱっと明るくなる。おう、と有馬が気さくに手をあげた。

高品は特殊・直告班の検事だ。前任地では、複数の県議が絡む汚職事件や市長の贈《ぞう》

収賄《しゅうわい》事件などを手掛けている。高品には有名な逸話がある。かつて千葉《ちば》地検にいた

時、被告人が『高品を見続けたい』と二週間黙秘を続けたらしい。被告人の気持ちも

理解できる。高品は上智《じょうち》大学のミスコンでグランプリを取っている。

高品検事室を訪問する旨《むね》を伝えるよう、小原は有馬に指示されていた。有馬と高品は司法修習年次では二期違いだ。ともに「新任明け」の赴任先が千葉で、一時期、一緒に働いたそうだ。

「和歌、例の懸案はどう？」

「思い出話もしないうちに、いきなり仕事の話ですか」

高品が苦笑した。有馬が心持ち口元を歪《ゆが》める。

「そういう性格なんだよ。知らないわけじゃないだろ」

「忙しいだろうと気を遣ってもらった、と好意的に解釈しときます。なにせ必死なもんで」

「糸口は？」

「あちこちにあるようでないような」

「一本しっかりした糸が見えれば、一気にいけるかもしれないね」

これが仕事の話？　何だろうか。

どうぞ、と応接室の方から高品の立会事務官、吉見里穂《よしみりほ》がおぼんに人数分のコーヒーを運んできた。二十代後半で特捜事務官に抜擢《ばってき》されたのだ。かなり優秀なのだろう。

どうも、とまず有馬が受け取り、小原も目礼してコーヒーを手にした。

「サンキュー」と高品もカップを取り上げる。「特捜部で有馬さんと顔を合わせるのは初めてですね。挨拶にと思っても、仕事に追われて。すみませんでした」

特捜部では、扱う事件が違えば、長い間会わなくなるのも普通だ。

「五ヵ月も無視されるとは思わなかったよ」と有馬が冗談めかした。

「有馬さんこそ顔を見せてくれなかったじゃないですか」

「こりゃ、一本取られたな。こっちも忙しくてさ。取調べの可視化とか、一連の司法改革で色々と制度が変わったろ？　異動早々、実務部分のレールづくりをさせられてね」

有馬と高品はしばらく司法改革について意見交換していた。小原は唐突に込み上げた欠伸《あくび》を、咄嗟に奥歯で嚙み殺した。疲れが抜け切ってないのだ。

「ところで財政班の中澤《なかざわ》君って、どんな検事？　例の懸案、彼が端緒を切り開いたんだろ」

「急にどうしたんです？　あの事件の頃、有馬さんはまだ法務省でしたよね」

「現場動向を気にする、ごく一部の間では話題になってたよ。誰が割ったのかってね。でも、特捜部の捜査は外に漏れてこないから、今回鎌形部長に聞いたんだ。で、どうだい？」

「いい検事です」高品は即答した。「頼もしい限りですね」

「厳しい和歌が言うんなら、間違いないな」

「良かったら紹介しますよ。大学からの付き合いなんで」

「じゃあ、頼もうかな」

「といっても源吾《げんご》も……あ、わたしは下の名前で呼んでるんです。源吾も例の懸案に関わってるんで、この部屋で有馬さんたちの歓迎会を一時間程度行う形でどうでしょう」

「オーケー。貴重な時間を割いてもらって悪いね。今回は和歌の顔を拝《おが》みに来ただけだから、ここら辺で失礼するよ」

「有馬さんならいつでも歓迎します」

「うれしいお言葉だね」

コーヒーを飲み干し、有馬と小原は高品検事室を出た。有馬は高品と親しげだったが、やはりプライベートな話をしなかったな、と小原は思った。自分や吉見がいるからかもしれないが。

検事室に戻ると、有馬から口を開いた。

「さっき出た例の懸案って、見当がつきましたか」

「いえ」

「海老名治《えびなおさむ》の事件、知ってますよね」

ええ、と小原は答えた。東京地検の者なら知らない方がどうかしている。海老名は、国民自由党《こくみんじゆうとう》の元党首だ。元々は与党民自党のドン・馬場が君臨する最大派閥・清明会に所属し、防衛大臣経験もあった。二〇〇五年に民自党から分裂する形で国民自由党を立ち上げ、二〇一〇年、自由共和党《じゆうきょうわとう》が約六十年ぶりに政権を奪った際は連立政権を組み、党から数人の大臣を出している。

その海老名が政治資金規正法違反で昨年末、逮捕・起訴された。海老名はほどなく議員を辞職し、政界も引退した。今年四月の補欠選挙では娘の保奈美《ほなみ》が無所属で立候補して、民自党公認候補らを破って当選している。父親の腐敗を涙ながらに詫《わ》び、地道な選挙活動を展開したそうだ。新聞やテレビは『結局、地盤がある候補が勝つ』という国民の冷めた声と、低い投票率を報じた。無所属の新人議員に何ができるか。娘の真価が問われるのはこれからだろう。

「海老名を割ったのが、先ほど話に出た、財政班の中澤君です」

「なぜ部外者の私に？」

有馬は眉毛を意味深に大きく上下させた。

「もうすぐ小原さんも部外者じゃなくなります。この事件絡みでは馬場の名前も出ていて、鎌形部長指揮のもと、目下、特別チームが解明にあたってるんです。私もその一員になるそうで。人使いが荒いですよね」

微塵《みじん》も気負いのない口調だ。心中がまるで読めない。

る。

3

花織は車の助手席で唇を引き結んだ。脳内では夕方に浴びた言葉が繰り返されている。

――こげん小娘になんができっとか。

発言者は長年久富を支える後援会『隆賀会《りゅうがかい》』のトップ、八尋定芳《やひろさだよし》だ。創業地の佐賀県鳥留《とりどめ》市に本社を置く、世界有数のタイヤメーカー『ヤヒロ』の会長。同世代の二人は『隆一』『さっちゃん』と呼び合うなど、敬語抜きで話す間柄で、初めて久富が衆院選を戦った時からの付き合いらしい。花織は八尋の名前も人物相関チャート図に書き込んでいた。ヤヒロやその子会社には、地元事務所を守る公設第一秘書の榊原憲夫《さかきばらのりお》の親族や、地元スタッフの身内の多くが働いている。

花織はヘッドレストに力なく頭を預けた。

八尋は、久富の要望で上京したそうだ。用件はわからないが、最近しきりに体調不良を嘆く政策秘書の山内は、神経をすり減らしていた。ああ、胃が痛い。午後三時を過ぎた頃から、普段以上に腹部をさすりだしたのだ。どうしたんですかね。花織は小声で大坪に尋ねた。

――ほら、遺漏《いろう》なく八尋さんを応対しないといけないから。普段、ウチのセンセイも奥さんも東京で、地元関係は榊原さんに任せっきりでしょ。いわゆる、国家老ってやつよ。八尋さんの応対もそうだし、後援会の勧誘も地元での陳情処理も、『この前はあの店で飲み物を買ったから、今度はあっちの店で買え』とかそういう細かな点も。

――今日、榊原さんはお見えにならないんですか。

父親の関係で花織は幼い時を含め、久富の秘書と大抵会っている。榊原とも二、三度顔を合わせた。大きくなったね、といった子どもへの社交辞令の類《たぐい》もかけられた記憶はなく、無愛想という印象だ。秘書となり、何度か電話で報告した時も、印象は変わらなかった。

――そう。上京するのは八尋さんとお付きの方々だけって聞いてる。榊原さんがいたとしても、山内さんは胃が痛くなったろうね。地元事務所との関係も色々難しいみたいだからさ。

そして花織は夕方、久富親子と山内と一緒に、八尋の宿泊先である帝国ホテルに向かった。そこで初対面の挨拶をすると、いきなり「小娘」と鋭く言われたのだ。言い返せず、口ごもってしまった。その眼光に、自分の内面を見透《みす》かされた気がした。

――こん小娘に泥水がすすれっとか？　隆一も知っとっとやろ。榊原は地べた這いつくばって、とうとう浦辺陣営の一角ば切り崩したと。そげん真似ができっとか？

――大企業のトップが小娘なんて言っていいのかよ。セクハラだのパワハラだのに引っかかんじゃねえのか。

——小娘に小娘と言ってなんが悪い？　小僧は小僧、オッサンはオッサン、バアさんはバアさんじゃなかね。口先だけ取り繕う風潮は好かん。そげんこつより、隆一、さっさと答えんね。小娘になんができっとか。

——若い者には若い者の役割があんだよ。

久富がとりなしてくれた。

その後、帝国ホテルから赤坂の老舗《しにせ》料亭に、二台の車に分乗してやってきた。

「どうした？　悩み事？」

運転席の関根が穏やかな声をかけてくる。

二人は駐車場で待機していた。玉砂利《たまじゃり》が敷かれた駐車場は広く、生け垣が目隠しとなり、外とは別世界だ。料亭には、関根が仕える御子柴議員も同席している。後援会のトップを東京に招き、派閥では久富の右腕である御子柴も来たのだ。重要な会合なのだろう。

秘書にとっては長時間待つのも大切な仕事だ。花織はすでに二時間ほど、関根の車に同乗していた。エンジンは切り、窓を少し開けている。もう夜の風は肌に心地よい。そういえば、ホテルニューオータニに来てほしい、とライバル議員の浦辺からの伝言。あれはどうなったのだろう。時刻はもう八時を回っている。

「いや、政治家って本当に料亭を利用するんだな、と」

「昔ほどじゃないよ。いまは会合にホテルを使う方が多いしね」

「中ではどんな話を？」

「大切な話だろうね。なんせ後援会は大事だから」

一般的に後援会の勧誘や維持は難しい。まず加入は大抵口利きとセットだ。陳情を成功させせないと、普通は誰も入らない。そして日頃の政治成果を郵便物などで知らせ、維持を図る。花織が手書きする手紙もその一種だ。事務所に入った初日、隆宏がそう教えてくれた。

「おじさんは料亭に入ったご経験は？」

「何度もあるよ。三十年以上秘書してんだから」

「料理のお味は？」

「花織ちゃんもすぐに自分で確かめられる」

どうしてわたしはここにいるのだろう。車番？　行きにもう一台の車を運転した隆宏は料亭に入ったのだから、酒の一杯や二杯は飲んでいるはずだ。免許はあっても、いざ議員や大企業の会長を乗せての運転は緊張する。

「なんでこの場に自分がいるのか不思議なんだろ」

「よくわかりますね」

「おじさんも経験してるから。これはオヤジの親心だよ。政治の世界へようこそって、花織ちゃんを歓迎したんだ。あ、来た来た。噂《うわさ》をすれば」

関根が嬉しそうな声を発した。料亭の裏口から、和服姿の女性が風呂敷包みを持って、小走りで車に近寄ってくる。関根はドアを静かに開けた。

「さあさあ、下りて。挨拶しないと」

言われるがまま、花織も助手席を出て関根の隣に並んだ。玉砂利を踏む小気味いい音がする。玉砂利を踏むなんて、何年か前に明治神宮の参道を歩いて以来かもしれない。

こちらをどうぞ、と和服姿の女性が風呂敷包みを関根に渡した。

「ありがたく頂戴《ちょうだい》します」

なんだかわからないまま、花織ももごもごと礼を言い、頭を下げた。

車内に戻ると、えもいわれぬ豊かな香りが漂った。関根が膝の上で風呂敷包みを開く。

漆《うるし》塗りの四角い箱が二つ包まれていて、その一つを渡された。

「料亭の味をご堪能あれ」

関根が歯を見せて微笑んだ。

花織はさっそく蓋をとる。さらにいい匂いが立ちのぼった。卵焼き、白身魚の西京焼き、煮物といったおかずと白米がバランスよく綺麗に詰められた、松花堂《しょうかどう》弁当だ。朱塗りの箸も立派で、魔法瓶に入ったお茶も温かい。まず里芋の煮物を口に含むと、上品でまろやかな味が広がった。

「凄い、おいしい」

「料亭も一つの文化さ。政治家が料亭のイメージを落としちゃってるのは残念だよ。もちろん、毎日こうしたおいしい料理を食べてるわけじゃないにしても」

政治家の夜はほとんど会合で埋まるが、立食パーティーやら何やらで、あまりまともな食事はできない。花織は秘書になってそれを知った。久富は『総合栄養食だ』と、執務机の引き出しにかりんとうを常備している。人形町《にんぎょうちょう》にある和菓子店でしか買わないこだわりようだ。会合帰りに事務所に立ち寄り、よく食べている。

花織は一品一品を口に運んだ。料理に詳しくなくても、手の込んだ味つけがされているのはわかる。一口ずつ大事に食べたい味だ。

「こういう料理って、政治家以外、どこの誰が食べるんでしょうね」

「財界のトップクラスとか大物演歌歌手とかかな」

「別次元ですね。普通、どこかに食事に行くとなっても料亭なんて選択肢にない。政治家って、わたしたち庶民と乖離《かいり》してますよ」

「花織ちゃん、政治家秘書の役割って考えたことある？」

「突然なんですか」

「まあまあ、いいからいいから」

「政治家を支える、って一点に尽きるんじゃ？」

国会議員は恐ろしく忙しいのだ。毎日分刻みのスケジュールで、土日祝日も関係ない。会合や勉強会、陳情対応などで予定表はすぐに埋まる。国会が始まれば、さらに忙しくなる。時間のやりくりを秘書が調整し、足りない部分を補わないといけない。事務作業量も膨大だ。例えば、活動報告書の発送。支援者には高齢者も多いので、電子メールの類は使わず、一万通以上の封筒封入を手作業で行う。この作業一つとっても、国会議員は秘書がいないとたちまちパンクしてしまう。

「じゃあ、政治家は日々の仕事を通じて何を実現させようとしてんだろう」

「端的に言うと、予算分配を通じた各方面の利害調整でしょう」

社会保障、景気対策、防災、教育、規制緩和や撤廃、インフラ整備――。どの分野を重点的に改善していくのか。立場が違えば、当然主張が違ってくる。誰だって自分の属する組織や業界、地域の問題点を優先的かつ速やかに解決してほしい。めいめいが自身の主張を押し通そうとすれば、混乱を招く。政治家はその優先順位を調整していく。この仕組みを悪用し、ただひたすら甘い蜜を吸おうと考える御用聞き議員もいるだろう。

「それは何のために？」

「大きく言えば、社会のため、国民のため……かな」

「そうだね。政治家が大局的な観点を持てなくなったら終わりだよ」

「じゃあ、日本の政治って終わってるのかも。まだわたしは経験ないですけど、不法滞在の外国人ホステスを助けてほしいとか、裏口入学や入社の陳情なんて日常的って聞きます。票と金欲しさの近視眼的な観点そのものですよ」

「確かにそんな陳情をする有権者も、嬉々《きき》として解決に走る議員もいる。まあ、花織ちゃんがかかわる事態にはならないよ。オヤジは議員一年目から『そんなのめんどくせえ』って一蹴してきたんで、誰も頼んでこない。その分の時間と労力を勉強に注ぎ込んできたんだ。ほら、目先の票や金には繋がらない法務部会にも進んで参加してるだろ」

花織は西京焼きを口に入れ、味を堪能し、話を続けた。

「一人が頑張っても、日本の政治が終わってる現状は変わりませんよ。最近、誰かが失言するたびに国会が空転してるし。野党もこぞって、責任をとるまで議論しないとか言っちゃって。そりゃ、失言した人を見ると、なんでこんな人に国を託さなきゃいけないのって情けなくもなります。でも、国会は国の行く末を決める議論の場でしょう。そこは割り切って審議は審議で進めないと。こういう点が政治離れに拍車をかけてるのに、気づいてないんですよ。政治家は、政治に興味を持たれない方が好き勝手にできていいのかもしれないけど」

「語るじゃないか」と関根が花織の方を向いた。

「滅相《めっそう》もない。ただの一般論ですよ。秘書なのになんですけど、政治には興味なくて」

「それが国民の大半さ。なので、花織ちゃんが政治の世界にいることが重要なんだよ。最初の質問に戻ろう。政治家の秘書の役割についてだ」

「だから、政治家を支えることなんじゃ？」

「さっき、『政治家が大局的な観点を持てなくなったら終わり』って言ったよね。秘書も一緒じゃないかな」

花織は箸を止めた。食べながら聞く話ではない気がする。

関根が穏やかに続ける。

「秘書は政治家を通じて国民を、社会を支えてるんだよ」

花織が考えたこともない視点だった。

「政治のニーズは庶民の暮らしにある。庶民の暮らしの中にいる人間が、議員には必要なんだ。秘書は庶民代表で議員に意見を言ったり、質《ただ》したりできるし、しなきゃいけない。そういう関係性にならなきゃいけない」

わたしが久富隆一に意見？　できそうもない。隆宏にならびしっと言えるけど、二人で政界を生き抜いていく姿は想像できない。

「良くも悪くも国会議員は庶民じゃないんだ。選挙時の候補者紹介記事とか、組閣時にテレビがやる大臣紹介で『料亭よりチェーンの居酒屋派』『趣味はバス旅行』なんていかにも庶民的な嗜好《しこう》を語るけど、庶民の営みを理解してるのとは別さ。親近感を持ってもらおうと、ステレオタイプな庶民性を主張してるだけだよ」

あとはね、と関根は急に声を潜めて秘密めかした。

「愛読書紹介なんてのも、イメージ作りによく利用される。今度、選挙の時に新聞の候補者紹介に目を通してごらん。多くが特定の小説を挙げてるから」

関根が続けたのは、有名な歴史小説家の代表作だった。

「ちなみにオヤジさんの愛読書は？」

「ゴキブリ視点のユーモア小説一本やり。初出馬の頃は、記者たちに珍しがられたもんさ。今時の記者はあんまり本を読んでないから、何とも思わないみたいだね」

「ユーモア小説？　意外。御子柴議員は？」

「時々のベストセラー。無難な選択かな」

「おじさんは、御子柴議員に意見を言ったり質したりします？」

「言うべき意見は言い、指摘すべき疑問点はぶつけてる」

薄暗い車内でも、関根の顔がきつく引き締まったのがわかった。

「久富事務所にいた時は？」

「ずけずけ言ってた」

「久富事務所の時の方が言いやすかったみたいですね」

「なんていうか」関根は頭を力なく掻《か》いた。「御子柴議員は仕事相手、オヤジは……うーん、オヤジっていうより年齢的にアニキって感じだからかな」

「どうして久富事務所を離れたんですか」

「当時の派閥の意向さ。派閥全体で力をつけようって時期だったから、まだ若かった御子柴議員を支えるため、久富事務所から異動したんだ。馬場議員対策でね」

花織はちょっと驚いた。そんな前から反馬場を掲げているなんて。

「そういえば、馬場派の西崎《にしざき》議員の件ってどうなったんでしょうね。秘書が自殺した件です。報道を見る限り、特捜部が調べてましたよね」

当時はまだ会社員だったが、父親の職業柄、秘書にまつわるニュースは自然と目につく。また政治家の秘書が死んだのか、とその時は単純に受け止めた。

「そういや、特に動きがないよなあ」

「特捜部、何やってんのって感じ。ま、わたしは特捜部なんて信用してませんけど」

「手厳しいねえ」関根が間延びした声を出した。「特捜部にも骨のある検事はいるさ。現に海老名治がいきなり逮捕・起訴された時は驚いた」

政治資金規正法違反だった。補欠選挙では、花織と同世代の海老名の娘が当選している。

「仕える議員が恩人だとしても、どうして自殺までしなきゃいけなかったんでしょう。議員と秘書って、命を預けるほどの関係になるんですか」

「おじさんには答えられないなあ。人にはおのおの立場や考え方があるしさ」

「わたしが同じ状況になったら……」

言いかけて、花織は口を閉じた。脳裏には、退職届を部長に出した時の自分の姿が浮かんでいた。あらためて口を開く。

「おじさんならどうします？」

「絶対に自殺しない」関根は毅然と言い切った。「切り抜けられる手段を考えて考えて、考え抜く」

関根はこの話は終わりとばかりに、おもむろに花織から視線を外すと、正面のフロントガラスに向き直った。一拍の間があって、関根の口が再び動き出す。

「わたしは人々の暮らし、社会システムを支える仕事に就きたい。わたしは資源の現状やエネルギー問題について何も知りません。でも、環境法や環境問題を学んだ自分だからこそ、自分にとって未知の分野でも果たせる役割があるはずです」

「おじさん、今のって」

「そう」関根がにやりと笑った。「花織ちゃんがエントリーシートに書いてた志望動機」

「なんで憶えてるんですか」

「何度も相手をさせられたからね」

面接の練習として、関根に相手をしてもらったおかげもあり、第一希望の五葉マテリアルに入社できた。……関根は会社を辞めた理由を一度も尋ねてこない。

「この志望動機は、秘書の仕事にも通じるんじゃないかな」

花織は咄嗟にはどう答えていいのかわからなかった。

すっ、と料亭の出入り口から人影が現れた。

「ありゃオヤジだね」と関根が呟いた。

花織は急いで車を降り、関根も運転席を出た。玉砂利を踏みしめ、久富が近づいてくる。

「どちらまで？」

「関やん、ちょっと運転頼むわ。御子柴たちは俺が戻るまで飲んでっからよ」

「ニューオータニ」

「なるほど」

何が『なるほど』なのだろうか。浦辺の呼び出しと関係が？　花織と久富の目が合った。

「花織ちゃんも一緒に来い。政治の動きを間近で見られる、いい勉強になるぞ」

いそいそと関根が運転席に戻り、花織も助手席に、久富は後部座席に乗り込んだ。

「花織ちゃん、弁当はうめえだろ」

「あ、はい。おいしいです」

「そりゃよかった。食べながら行け」

車が発進し、小路から大通りの流れに乗った。関根は模範的な運転だった。ルームミラーを覗《のぞ》き込むと、久富は無言で眉間に皺《しわ》を寄せている。花織は弁当を食べる手を止め、蓋をそっと閉めた。食事ができる雰囲気ではない。なにがニューオータニであるのだろう。外を眺めると、高層ビルや店の灯りが白線となって通り過ぎていた。

十分ほどでニューオータニの車止めに到着した。ドアマンが慇懃《いんぎん》に歩み寄ってくる。久富が運転席と助手席の間に上体を突っ込んできた。

「よし、記者はいねえな。すぐ戻る。二人で待っとけ」

久富は一人でエントランスに向かった。ポケットに手を突っ込み、肩を揺らし、大股で。

関根は車を移動させ、出入り口が見渡せる待合スペースに止めた。

「行先がニューオータニと聞いただけで、何が『なるほど』だったんです？」

「スイートルームを通年で借りてる議員がいるんだ」

「え？　いくらかかるの？　ゴージャス。誰ですか？」

「オヤジが戻ったら、自分で訊いてみればいいよ」

十分後、関根の電話が鳴った。はい、見当たりません。久富が記者の有無を確認してきたのだろう。ほどなく久富が悠々と出入り口から出てきた。関根が車寄せにぴたりと止め、久富が無造作に乗り込んでくる。

「御子柴たちに早く伝えにいこう。関やん、赤坂に戻ってくれ」

久富が顎をしゃくり、関根の口元がぎゅっと引き締まる。車が滑らかに動き出し、大通りに入った。関根が慎重に切り出す。

「どう答えたんです？」

「すかさず蹴飛ばしてやった」

「そうこなくっちゃ」

関根が声を弾ませ、心なしか車の速度も上がった。あの、と花織は訊《たず》ねた。

「誰とお会いになったんでしょうか」

「馬場のジジイ」

久富はさらりと言った。

馬場ならニューオータニの部屋を通年で借りていてもおかしくない。政界における馬場の実力も思い知らされる。伝言を運んできたのは久富のライバルで、外務大臣である浦辺の秘書だった。馬場は現役外務大臣をも伝書鳩に使うのだ。

「どんなお話をされたんですか」

「国の方向性について、かな。いきなり決裂しちまった。勘違いすんなよ。俺は野党と違って、馬場のジジイだからって何でもかんでも反対してんじゃねえ。ジジイの提案だって、国のためになると思えば賛成に回る」

ルームミラーを覗き込むと、久富は真顔だった。

「七十に手が届く人間が言うのもなんだが、俺にも敬老精神はあるんだ。馬場のジジイもそれなりの成果を出してきた。敬意を表して、こうして訪問もする。だからって、唯々《いい》諾々《だくだく》と従う必要はねえ。こんな政治の動かし方は、もううんざりだ」

車のエンジン音が無言の空間を埋めていく。久富は瞬《まばた》きもせず、ルームミラー越しに花織を見据えていた。

「憶えときな。この世界ではな、国会みたいな公の場じゃなく、陰で力を行使するのを政治力って呼ぶんだ」

花織はまた一つ、自分が政治に抱く嫌悪感の要因を間近に見た思いだった。

「馬場議員はどうして総理大臣にならなかったんですか」

「口は出したいが、責任の重い立場にはなりたくない。はたまた政治ではなく、権力に興味がある。どっちかだな。ジジイの姿勢をどう捉える？」

「国を動かしたいんなら総理大臣になればいい、と単純に思います」

「至極《しごく》まっとうな意見だよ」

久富が目を細めた。

4

十月十日、午後四時を過ぎた途端、久富事務所の電話は鳴りっぱなしになった。電話を切ると、すぐさま次の電話が鳴り、花織も次から次へと電話対応に追われた。支援者からの激励、報道各社の問い合わせ、ただのいたずらなど様々だ。

窓は熱気で曇っていた。室内の空気を入れ換えたくても、窓を開ける暇もなく、誰もトイレにすら立てない。

花織にとっては政界で経験する、初めての戦いが始まった——。

午後三時、久富が会長の派閥「繁和会」の会合が、溜池山王《ためいけさんのう》のホテルで開かれた。久富が急に会合の呼び出しをかけたのだ。方々への連絡は山内と隆宏が行い、会合にも同行した。派閥所属の議員は何事かとおっとり刀で駆けつけ、聞きつけた記者たちも慌てて現場にやってきたという。

会合が終わり、記者に囲まれた久富は落ち着いた物腰で宣言した。

「総裁選に立候補します」

記者にとってみれば、急転直下の発表だった。今回の総裁選は無風で、現総理大臣・倉橋潤三郎《くらはしじゆんざぶろう》の続投が無投票で決まると目されていた。半年前、連続二期までだった総裁選任期の党規則が、連続三期に改正されたからだ。その際、現厚労大臣で次期総裁候補筆頭とされた議員に、『馬場は三年後に回るよう因果《いんが》を含めた』と新聞やテレビは一斉に報じている。

党執行部も一気に忙しくなっただろう。選挙日程などを急ぎ決めないといけない。

派閥の緊急会合十分前、議員会館に詰める秘書には、久富本人が決意を述べた。

——みんな、国盗りだ。気を引き締めろ。勝利するぞ。

花織は背筋がぞくっとした。昨晩までの出来事がすべて繋がった瞬間だった。金庫番の打診、後援会トップの上京、馬場の呼び出し、国を動かしたいなら総理大臣になればいい、という花織の発言に対する久富の一言——至極まっとうな意見だよ。

久富は出馬を思い止まるよう馬場に呼び出され、そこで仁義を切ったのだ。それに先立ち、後援会のトップ、八尋に報告した。

久富が現総理と総裁の座を争う……。勝てる見込みがあるのかは皆目見当もつかないが、怖さとともに昂揚《こうよう》感もある。

事務所に戻った久富は、花織の父親と山内と執務室にこもっている。資金と票の算段だろう。花織は隣の隆宏を一瞥《いちべつ》する。一生懸命に電話対応しているけど、どんな気持ちなのだろうか。

支援者への対応を終え、花織は受話器を丁寧に置いた。すぐ次を取り上げようと身構える。鳴らない。細切れの時間も無駄にできない。

花織には民自党総裁選の知識はなかった。久富が会合に出かけてから、総裁選の仕組みなどを急いで調べ、基本をひと通り頭に入れた。復習のため、反芻《はんすう》していく。

総裁の任期は三年。立候補できるのは党所属の国会議員で、推薦人として党の国会議員二十人を確保しないといけない。久富が率いる繁和会は三十人の国会議員がいるので、推薦人集めは問題ない。投票できるのは党所属の国会議員と地方党員だ。議員票は三百八十票で、党員票もそれと呼応させた三百八十票分になる。候補者の得票に応じて比例配分される仕組みだ。過半数、三百八十一票を獲得した候補者が当選し、総裁となる。

事務所のドアが開き、関根が入ってきた。

「ちょっと様子を見にきたんだ。助っ人がいりそうなら、同じ派閥内で手配しないとさ。電話番は足りてる？」

「電話の数だけ秘書がいるので、なんとか」

「それを足りてないって言うんだよ。誰もトイレにさえ行けないだろ？」

奥の執務室のドアが勢いよく開き、久富が顔を出した。花織は息を呑んだ。面つきが全然違う。引き締まったというより、鋭い。

「関やん、山内と相談して応援の手配をしろ。選対事務所はパレスホテルに置け」

「承知しました」

「花織ちゃんはもう電話はいい。十分後に出発するぞ」

予定にはない行動だ。どこに行くのだろう。

花織は隆宏が運転する車に乗った。後部座席に久富と並び、車内では三人とも無言だった。久富が行先を指示しなくても、隆宏は何も聞かずに運転している。

平河町に至ると、車は速度を落とした。車で出向く距離じゃない。議員会館を出て三分も経っておらず、歩いた方が早く着いたくらいだ。

少し先に人だかりがあった。重厚な低層建物の前に、記者やカメラマンが群がっている。

「オヤジ、どうする？」と隆宏が硬い声を発した。

「どうするもこうするもねえよ。別に悪さしてんじゃねえんだ。突っ切るぞ。花織ちゃんは一緒に来い。露払《つゆはら》いだ。女性が近くにいれば、連中も手荒に押し迫ってこない。車を下りたら何も考えず、真っ直ぐ建物の中に入れ」

人よけの道具として呼ばれたのだ。久富らしい。オレンジジュースの時と同じだ。

車を止めると隆宏が降り、後部座席のドアを開けた。まず花織が降りて、久富が続き、二人はたちまち記者に取り囲まれた。汗臭く、人いきれでむっとする。あちこちでフラッシュがたかれ、テレビカメラが久富を撮影し始める。記者たちが何か質問を発しているけれど、声が重なり、うまく聞き取れない。花織の脇腹を何度かひじうちがかすめるも、先頭の記者が盾になって踏ん張ってくれていた。

建物内はひんやりしていた。壁面が綺麗な大理石で、立派な受付もあるロビーに入っても記者たちがついてくる。彼らの質問は廊下に反響し、より一層意味をなさなくなった。五人の男が前方から早足に近寄ってきた。立ち居振る舞いは秘書のそれだ。

「久富先生、こちらへ」

五人のうちで最も背の高い一人が抑えたトーンで言い、花織の前に立った。振り返ると、久富に目配せされ、正面に向き直った。背筋を伸ばして、ついていく。

フロア奥にエレベーターホールに続くガラス製のオートロックドアがあり、長身の秘書がテンキーに暗証番号を打ち込んで開けた。花織の背後で、久富が報道陣に向き直る気配があった。花織もさっと振り返る。

「記者の皆さん、後ほど」

久富は鷹揚《おうよう》に述べ、花織を目顔で促してきた。報道陣に背を向けてホールに入ると、エレベーターがすでに一階に止まっていた。

最上階の五階に行き、長身の秘書が先に下りてドアを押さえた。廊下には黒くて分厚い絨毯《じゅうたん》が敷かれ、フロアには金属製の扉が一つだけ。長身の秘書が久富と花織の前に回ると、扉脇のテンキーに手早く番号を打ち込み、カチ、と甲高《かんだか》い音がしてドアが開く。

奥にもう一つ木製のドアのある、広い部屋だった。アンティーク調の備品と穏やかな照明が空気を落ち着かせている。二十人程度が一度に会合を開ける大きなテーブルと椅子があり、三人の男が座っていた。長身の秘書が先頭に立ち、久富が部屋の奥に歩き出す。花織はその背後についた。部屋の絨毯は廊下より毛足が深く、一歩ごとに体が沈む感じだった。

「秘書の方はこちらで待機して下さい」

奥の木製ドア前で長身の秘書に慇懃に言われた。扉脇の壁際に椅子が用意されている。これもアンティーク調だ。

秘書が木製ドアをノックし、どうぞ、と返事があった。ドアが開くと、重厚な執務机があり、テレビでよく見る顔が座っていた。

党幹事長の遊佐《ゆざ》正明《まさあき》。国会議員四十人を擁する遊佐派――高志会《こうしかい》を率いている。

邪魔するぜ、と久富が軽く手を挙げ、一人で入っていく。扉が音もなく閉まり、花織は扉脇の椅子に浅く腰かけた。

長身の秘書も少し離れた大テーブル席に着くと、部屋はしんとした。余りの静寂に、議員会館事務所での喧騒《けんそう》が、まったくの虚構の世界にも思えてくる。花織は耳を澄ましてみた。ドアの向こうの話し声は漏れ聞こえない。

「こちらをどうぞ」と若い男がガラスのコップが載ったトレーを運んできた。

「ありがとうございます」小さく頭を下げ、花織は受け取った。手の平に吸いつくほど、よく冷えた緑茶だ。「いつもこんなに静かなんですか」

「いえ。普段、治山《ちさん》会館にはひっきりなしにお客様がいらっしゃいます。今日は人払いを指示されてますので」

ここが、あの治山会館。高志会が長年事務所を構える建物だ。馬場が民自党を牛耳る前、高志会は幾人も首相を輩出している。

久富を待つ間、花織は遊佐派の秘書たちと名刺交換した。

三十分後、久富と遊佐が和やかに肩を並べて出てきた。

「総裁候補をお見送りしないとな」

遊佐は秘書たちに笑いかけた。

一階に到着してドアが開くなり、記者たちの姿が見えた。こちらにカメラのレンズやテレビカメラも向いている。久富と遊佐が肩を組み、小声で何かを話し始めた。気安く、親密といった感じだ。花織は耳をそばだてた。

「隆一、ラグビーのルールって知ってっか」

「ある程度はな。それよかアメフトのルールの方がちんぷんかんぷんだ」

今話すべき内容なのだろうか。花織には意味不明だった。

「そういや少し痩せたか？」

「年取っただけだよ。正明だって肉が落ちてんぞ」

「お互いに気苦労が絶えねえもんなあ」

オートロックのガラス戸を抜けると、遊佐が久富の背中を二度強く叩いた。

「ご健闘をお祈りします」

「ありがとうございます。お見送りはここで結構ですよ」

お気をつけて。遊佐は訓練された微笑みを見せると踵《きびす》を返し、長身の秘書を連れて、またエレベーターに乗り込んだ。

ロビーではたちどころに記者に取り囲まれ、花織は久富の背後に立った。何本ものマイクや録音機が久富に向けられる中、年嵩《としかさ》の記者が報道陣を代表する恰好で質問を切り出す。

「久富議員、総裁選出馬の決意を固めたのはいつですか」

「昨晩です」

「ご出馬の理由は？」

「無投票で総裁が決まれば、国の未来像やそこまでの方針などが何も語られないまま国政が継続されます。それでは政権政党として責任を果たしているとは言えません」

丁寧な言葉遣いや物腰は、花織の知っている久富とは別人だ。明らかにカメラの向こうの民自党員や有権者を意識している。実に政治家らしい一場面だった。

「与党にいながらにして、政府に反対の立場だと？」

「賛成する政策も反対する政策もあります。民自党は本来、侃々諤々《かんかんがくがく》と党内で議論を戦わせ、政策を深めてきた歴史があるのはご存じの通りです」

「勝算は」

「選挙は蓋を開けないと何とも言えません」

「かなり厳しいという見立てにも聞こえますが」

「選挙は蓋を開けてみないとわからない。それ以上でもそれ以下でもありません」

久富は抑制のきいた態度だった。

「今日はどういったご用件でこちらに？」

「挨拶です」

「どんなお話を？」

「ですから、ただの挨拶です」

「肩を組み、かなり親密にお話をされていたようにお見受けしますが」

「私と幹事長は年齢も同じで、政治家としても同期です。皆さんもご存じでしょ」

「では遊佐派は久富さんを支援すると？」

「それは遊佐さんたちがご判断なさることです」

*

ドアをノックすると、どうぞ、と吉見の声がした。小原が静々と開ける。

「だからさあ」高品がにぎやかに言い放ち、右手で食べかけの煎餅《せんべい》を振った。「煎餅はパリパリじゃないと。しけった煎餅なんて、トイレットペーパーのないトイレに入っちゃったくらいがっくりするわけよ」

「ちょいとお待ちを。しけてたって煎餅はおいしいですよ。だいたい、ぬれ煎餅っていうものだってあるんです。美味ですよ」

応じているのは、特捜部にいる事務官の臼井《うすい》直樹《なおき》だった。若い頃、小原は何度か別の部署で一緒に仕事をしている。

「ぬれせんはそういう商品だからおいしいの。しけってんのとはワケが違う」

「そりゃそうだ」

臼井が自分の額を叩き、おどけた。小原の脇を有馬が抜けていく。

「シビアな話題の中、邪魔するよ」

「ほんと、超シビアですよ」と高品が口元を緩めた。

小原は有馬と高品検事室に招かれていた。右側のスペースには唐揚げやコロッケ、アボカドサラダといったお惣菜のほか、ポテトチップス、ポリポといった菓子類と缶ビールも並んでいる。壁際には段ボールが積まれ、テレビは点けっぱなしだ。

取調べで被疑者が座る椅子から、四十前後の男がすっくと立ち上がる。

「初めまして。中澤です」

「お、君が噂の中澤君か。よろしく」

有馬が気さくに応じた。

この人が海老名治を割ったのか。初対面の小原は、有馬と話す姿をまじまじと見た。どちらかといえば優しげな風貌《ふうぼう》だ。中澤の立会事務官を臼井が務めている。

「さあ、早速はじめよう」

高品が手を叩くと、吉見がそれぞれに缶ビールを配った。

「有馬さん、小原さん。ようこそ特捜部へ。プロースト」と高品が乾杯の音頭をとった。

「和歌、ちょい待ち。いまの何語？」

「ドイツ語の『乾杯《おぼつか》』です。なんせビールなんで」

プロースト。覚束ない声が一斉にあがる。

ほどなく六人の目が一斉にテレビに向かった。午後九時のＮＨＫのトップニュースが流れ、民自党総裁選に久富隆一が立候補したと報じている。特捜部に籍を置けば、自ずと政治の話題には目がいく。

「きな臭くなってくるぞ」

有馬が缶ビールをテレビの方に掲げると、すかさず高品が茶々を入れた。

「顔も声も楽しそうですよ」

そうかな、と有馬は首を傾げるも、テレビの映像をじっと見つめている。

「遊佐に挨拶って、本当かなあ」臼井が呟いた。「政治家って言葉足らずというか、いつも何も言ってないに等しいですよね。本心を表に出さないうち、自分でもよくわからなくなるんじゃないですかね」

「今回は文字通り、挨拶も幹事長訪問の一側面だろうね」有馬が即答した。「幹事長はすべての政策が自分の下を通るし、党の方針を打ち出す役目でもある」

高品が訝《いぶか》しそうに首を傾げた。

「久富は勝算があるんですかね。実質的な相手は馬場でしょう」

「今の和歌にとっては、標的かい」

「標的っていうか、超強敵です」

「特捜部一の馬場事情通として、久富に勝ち目はないと踏んでるわけか」

「ええ。そりゃ、久富と遊佐は近い仲として知られてます。遊佐派は久富派と同じく改革派で、馬場派はゴリゴリの右寄り保守派。けど、遊佐は心情的に久富派だとしても、幹事長という立場上、与党幹部として政府を支えるべく総理派にならざるをえない。たとえ遊佐派が久富に与《くみ》しても、馬場派には及びませんしね。源吾はどう読む？」

「総裁選どうこうというより、どうすれば日本っていい国になるのかって、つい考えてしまいますね。仮に馬場を倒しても次の馬場が出てくれれば、意味ないですから」

ほう、と有馬は興味深そうだった。

「どうすればいいんだろう？」

「まずは、国民による政治家と官僚の監視でしょう。現状、選挙は機能不全ですが」

「その通りだよ」有馬は納得顔だった。「投票したい候補者がいない、と棄権する奴は選挙の根幹をわかってないんだ。選挙は、いかにましな候補者を選ぶかなんだからね。自分にとって完璧な候補者がいても、他人にとっては完璧じゃない。当たり前だろ？　みんな欲するところは違う。どの分野で妥協するかなんだよ。経済なのか、外交なのか、社会保障なのか」

「ううん」高品がうなった。「当たり前の事柄を、当たり前として受け止めてる有権者ってどれくらいでしょうね」

「三パーセント以下かな。ま、政治には興味ないから適当に言ってんだけど」

有馬が笑い飛ばした。そんなはずがない、と小原は思った。政治に興味がない人間は、こんなあっさりと選挙の本質を口にできない。

小原は、有馬に赤レンガ派の気配を感じた。彼らは常に政治動向にアンテナを張っている。捜査に使うものではなく、自分たちの得になる政治家を探すアンテナだ。有馬は日頃から赤レンガ派として『使える議員』を選ぶ目を養《やしな》っているので、今のような発言ができるのでは……。

――絶対に関わらない方がいいですよ。

かつて慕った検事が倒れて以来、小原は自分が仕える検事が赤レンガ派か否かを見極めるようにしている。赤レンガ派の方が、派閥抗争に前のめりだからだ。また、経歴からして明らかに赤レンガ派とわかる検事に仕えた事務官の動向も追った。出世コースの総務畑に入る者もいたが、心身の不調で退職する者や閑職に追いやられる者も多く、抗争の側杖《そばづえ》を食ったとしか思えなかった。派閥に興味があると悟られないよう、左遷した職員に探りを入れた時もある。

――何も話せないんだ。自分の行いを公にしたって、赤レンガ派に指示された証拠はない。口に出したのがバレれば生活できなくなっちまうしさ。思い出したくもない。

中年事務官は体を震わせていた。一体、何をさせられたのか。仕える検事が赤レンガ派なら、距離の取り方や自身の言動で、派閥抗争の巻き添えを食うリスクを減らすしかない。小原が仕えてきたのは無派閥の検事ばかりで、幸い抗争に近づかずにこられた。

――早く検察の信頼を回復して、司法で社会貢献しましょうね。

志半ばで検察を去った検事。彼にかけられた最後の言葉は、今も胸にある。自分に代わりが務まるはずないが、できる限り志を引き継いでいきたい。

「結局、鶏が先か卵が先かって話だよ」有馬は朗らかに言う。「天下無双の政治家が颯爽《さっそう》と現れれば、誰しも投票に行きたくなる。そんな政治家は選挙や国民の監視に揉まれないと誕生しない」

お疲れ様です。いつの間にか隣にいた吉見が囁《ささや》いてきた。小原は無言で頷くにとどめた。有馬たちの会話を止めたくないし、吉見も話そうと声をかけてきたのではないだろう。

「有馬さんは、どんな人間ならいい政治家になれると思いますか」と中澤が訊いた。

「難しい問いだけど、俺は政治家たるもの、きちんとした人格が備わってるべきだと思う。政治力や頭の良し悪しを上回る大事な要素じゃないかな」

有馬は缶ビールを軽く振り、続けた。

「今は政界をはじめ、どの分野も人格や知識、実直に仕事に向き合う姿勢は軽んじられてる。もはや否定されてると言ってもいい。仕事ができると評価されたり、重きを置かれてるのは、目端がきいて他人を出し抜けるとか、機転がきくとかそういう当意即妙性だ。そういう奴が多い方が効率的に利益を得られるからね」

「仕方ないですよ。儲《もう》からないと倒れちゃう社会構造ですもん」と高品が言う。

「最悪、企業はいいさ。政治は違う。したたかさや機転は周りがカバーすればいい。俺は、議員になるからには首相を狙わないといけないと思う。連中は国をより良くしたくて、国会議員になったはずなんだ。一番偉くなれば、できる仕事も増える。首相になれば、外国の首脳と接する。相手が傍若無人《ぼうじゃくぶじん》でも、こっちはきちんと堂々と相対《あい》すべきだ。そうすれば尊敬を集められ、尊敬はいずれ国益に変わる。観念論みたいだけど、実務面を周囲がカバーすれば、絶対にこの形の方がいい」

では、どんな人間ならいい検事になれるのだろう。有馬はそこを目指しているのか？

「目の前の不正を潰す以外、検察には何ができるんでしょうか。先に死んでしまった人のためにも、我々にできることとは……」

中澤がぼそっと言った。

＊

花織が湯呑をテーブルに静かに置くと、父親が穏やかな調子で言った。

「疲れてるだろ。明日も早いのに悪いな」

「大丈夫だよ」

花織は実家のリビングに父親といた。高二の時に引っ越してきたマンションだ。それまでは久富の家から五分もかからないところに住んでいた。今は一駅分離れている。

十三歳になった白黒猫の豆蔵《まめぞう》がソファーで丸まり、寝ていた。マンションは三ＬＤ

Kでそこそこ広いけど、豆蔵は大抵ここにいる。

日付が変わる頃、父親と議員会館を出た。事務所ではまだ隆宏たちが仕事をしている。花織も仕事が残っていたが、『藤木と花織ちゃんは、今日は帰れ』という久富の指示に加え、『ちょっと話をしたい』と父親に小声で言われ、実家に来た。父親にそんな風に言われるのは初めてだった。

母親は深夜にもかかわらず、簡単な食事を用意してくれた。『急だから、布団も毛布も干してないよ』。母親は今、花織の部屋でベッドを整えている。そのまま風呂に入ると言っていた。

「話って何？」

「正直に言ってくれ。どれくらい本気で秘書を続ける気だ。金庫番の件だ。覚悟のない者には任せられん」

ありのままを伝えるべきだろう。花織は顎を引き、軽く首を振った。

「先のことはわからない」

「そうか」父親は抑揚もなく言うと、立ち上がった。「ちょっと待ってろ」

しばらくして、父親は段ボール箱を運んできた。封はされていない。父親は中から数冊のファイルを取り出した。いずれも青い表紙の、何の変哲もないファイルだ。

「これは普段ここにはない。ある場所に置いてる。今日のために運んできたんだ」

花織が手を伸ばしかけると、父親がバンッとファイルに手を置いた。

「オヤジには、これを花織に今晩中に見せるよう言われた。でも、お父さんは迷ってる」

「何が挟まってるの」

「本当はないはずの記録」

花織はハッとした。裏金かそれに類する金の記録――。金庫番の打診を受けたわたしに、父親が管理する資料で、久富が見せるよう指示する代物は他にない。

「記録ってひょっとして……」

「おそらく花織の推測通りのものだ」

一瞬、全身に力が入った。意識的に深く息を吸って強張りを抜き、口を開く。

「どんな思いで扱ってきたの」

「ただの数字だと思ってきた」

「お母さんは知ってる？」

「書類のことは話してない」

リビングの空気がぴんと張りつめた。何年も住んだ部屋なのに、急に空気がよそよそしく感じられる。花織はゆっくりと手を引っ込めた。

「嫌だった？　したくもないのに、そうするしかなかったの」

「想像に任せる」

父親は強い眼差しだ。

一体何を考え、秘書として過ごしてきたのだろう。想像もつかない。いくら顔を合わせる機会は少なかったとはいえ、何年も同じ家に住み、お母さんが作った同じご飯を食べてきた親子なのに――。

日々の行動の端々に、父親の心境が窺えるヒントがあったのかもしれない。政治に目を背けてきた花織は、些細《ささい》な素振りや顔色を気に留めてこなかった。いや、一度だけあった。秘書になりたいと告げた時だ。目元を緩めた一方、目そのものは笑ってなかった。本心では娘になってほしくなかったのではないのか。久富が二人目の金庫番に指名するのを見越して。

「そもそも、なんで金庫番になったの」

「オヤジになってほしいと言われた時、お父さんにしかできない仕事だと思ったのは確かだ」

「どうして」

「花織が金庫番になる時に教える」

父親は揺るぎない口調だった。

「金庫番を長年してきて、今どんな気持ち」

沈黙がやってきた。花織はじっと待ち続けた。父親の強い眼差しは変わらない。たっぷり一分近くが経ち、おもむろに父親の口が動いた。

「人間が何十年か生きてれば、誰にだって話せない事情の一つや二つはできるもんだ。花織にはまだないか」

花織は息を呑んだ。ふっと父親の眼差しが柔らかくなる。

「あったとしても言わなくていい。別にお父さんは聞きたくない」

花織は父親が手を置くファイルの表紙に目を落とした。あのファイルを開いて、自分も金庫番になれば、父親の思いを察するのだろう。

花織は瞬きを止めていた。手をファイルに伸ばせない。腕がぴくりとも動かないのだ。ドクドクドク。脈が速くなり、お腹もずきずきと痛む。

ソファーの豆蔵が大きく伸びをして、また丸まって寝た。

父親がゆっくりと目を閉じ、数秒後、目蓋を上げた。

「今晩、花織はいくつも質問をした。答えは自分で見つけなさい。今の時代、色々な事象をパソコンやスマホですぐに調べられ、答えらしきものを得られる。でも、本当に大事な問題の答えは、そんなことじゃ見つからない。自分であがき、もがき、手に入れるしかない」

「お父さんには答えがあるのね」

「ああ。自分なりの」

目の前に座っているのに、父親がはるか遠くでぽつんと一人で立っているようだった。

父親はファイルを手に取り、段ボール箱にしまった。

「ファイルを見せる前に、花織は疲れて寝てしまった。オヤジにはそう言っておく。ファイルの中身を見る覚悟が定まったら、言いなさい」

第二章

1

「おはよう、早いね」

「そっちこそ。俺も今来たとこだよ」

花織がいつもより早めに出勤すると、もう隆宏がいた。二人だけの六時過ぎの事務所。隆宏のパソコンの稼働音が妙に大きく聞こえる。

自席に腰掛け、花織は慎重に切り出した。

「隆宏の秘書になる件だけどさ……」

ちょい待ち、と苦笑した隆宏が手の平を向けてくる。

「返事が顔に書いてあるぞ。結論を急ぐなよ。俺は待ってっから」

気勢をそがれ、花織は起動前のパソコンに向き直るしかなかった。また折を見て話そう。そう思うなり、急に目の重たさを実感した。昨晩父親と話してから、まったく眠れていない。

パソコンを立ち上げ、ぼんやりメールチェックしていると、言葉を失い、眠気が吹っ飛んだ。

久富隆一は若い愛人を新たに秘書にした。こんなだらしない男が総裁選に立候補？


明らかに花織にまつわる内容だ。発信元は永田町新聞という会社で、送信時刻は午前三時。永田町全体に流れているはずだ。

「花織って、全然愛人顔じゃないのにな」

隆宏がパソコン画面から目を離し、にやついた。

「愛人顔って？」

「永田町のオッサンどもは女性秘書を、『あれは愛人顔』『いや違う』って品定めしてんだ」

「なにそれ」花織は溜め息を吐いた。「バカみたい」

「みたいじゃない。バカなんだよ」

「この永田町新聞って知ってる？」

「さあ。どうせ存在しない会社だよ。怪文書なんて日常茶飯事だ。タイミングからして、馬場の息がかかった連中かな。永田町じゃ、誰もこんなの信じねえよ。ちょっと異性と一緒にいるだけで、『あの二人は怪しい』って言われる」

「昨日近くにいすぎたかな」

女性秘書はなるべく議員と一定の距離を置いて歩き、大勢の食事でもツーショットにならないよう気を配る。

「あんなもんだろ。あれ以上離れたら何かあってもすぐ対応できなくなる。とはいえ、ばっちり顔バレだしな。昔の友達が連絡してこなかったか」

テレビ各局の映像でも朝刊各紙にも、記者の取材に応じる久富の背後に、花織がうつり込んでいた。

「あるわけないでしょ。今は誰もテレビや新聞でニュースを見ないよ。オヤジさんと遊佐幹事長って仲いいんだね。肩を組んで報道陣の前に出ていくなんて」

「あの二人は本当に仲がいい。でも仲良くなくても、政治家同士が記者やカメラの前で肩を組んでコソコソ話する姿はよく見る。重要な話をする間柄ですよってアピールさ」

「本当に大事な話は公の前でしないんでしょ」

昨日、二人はアメフトのルールがどうとか、少し痩せただとか他愛ない話をしていた。

「そりゃね。ただのポーズさ。政治家は常にどう見られるかを計算してんだよ」

隆宏はちょっとだけ笑い、真顔になった。

「実際はこんな怪文書より、総理経験がない点を指摘される方が痛いのにな。内政も外交も色んな問題が山積みになってる。解決には経験豊富な人間が適当だ、って日本人の多くは考えるはずだ。良くも悪くもまだ封建的で、立場や肩書きで動く社会だから」

「そのうち、経験不足を攻撃されるのかな」

言った途端、アッと花織は気づいた。

「ねえ、あえてオヤジさんが仕向けたのかも。総理経験がない点を指摘されないために、別のネタを提供したって線はない？」

記者が幹事長周辺に網を張るのは予想できる。大事な時にベテラン秘書を差し置いて、そんな場所に経験の浅い女性秘書を連れていくだろうか。今回みたいな怪文書が流れる事態も十分に想定できるのだ。近頃わたしをそばに置いているのも、その一環ではないのか。

「出馬表明翌日の指摘は回避できても、いずれ言われる」

「馬場にはできないよ」

「なんで」

「馬場自身が止めるから。オヤジさんは、女性秘書が常に近くにいれば面倒な悪評を流されかねない現実を知ってる。なのに幹事長への挨拶にわたしを同行した。その意図を馬場は考え、オヤジさんの『流すなら、この話題にしろ』って思惑と、隠れたメッセージも読み取る」

「隠れたメッセージ？」

「総理経験がないことを指摘すれば、今後の総裁選で同じ指摘をするぞ――って。馬場派だって、いずれは総理経験のない人が立候補するんだから」

隆宏が腕を重々しく組んだ。

「言う通りかもな」

「まさに化かし合いだね」

花織は画面を閉じると、壁際の山積みされた段ボール箱に歩み寄った。支援者に送る、政治活動報告書だ。昨日までに一万通をビニール封筒に封入済みだったが、総裁選出馬の挨拶文も追加で入れ、明日中に発送しないとならない。花織の担当で、この作業のために早出してきた。印刷物は昨晩、帰宅直前に届いている。日中は色々仕事があるけど、何とかしないと。ジャケットを脱ぎ、シャツの袖を捲《まく》り上げて段ボール箱を開け、一通目を手に取る。あれ？　二通目を手にする。

「ねえ、誰かやってくれたの」

「ああ。途中までだけど。昨晩はどうにも眠くなって、三箱が限界だった」

「隆宏が？　ありがとう。でも何で」

「平たく言うと、恩を売ろうとしてんのさ」

隆宏は軽く嘯くが、少しでも負担を減らそうとする心遣いだ――。昨日、わたしが仕事環境に慣れていないのを気にしていた。今後忙しさに拍車がかかるのは目に見えているし、明日までに一人で一万通を再封入するのも、かなり無理がある。

「ひょっとして、今朝もそれで早出したとか？」

「まあな。作業姿を見せて驚かせようってね。花織がこんな早く出勤するのは予想外だったよ」

ありがとう。花織はもう一度礼を言った。

二人で再封入作業に没頭し、七時半を過ぎると、続々と秘書が出勤してきた。父親は怪文書メールを見て、言った。

「花織も永田町の洗礼を受けたな」

父親は昨晩の一件はおくびにも出さなかった。

ほどなく久富も事務所に来た。面貌は引き締まっている。

「藤木、『力持ち』にアポを入れろ。山内、所信表明の原稿を練るぞ。みんな、今日も忙しいだろうが、気張ってくれ」

素早く指示を飛ばして、久富は執務室に消えた。花織は隆宏に顔を寄せ、小声で尋ねた。

「力持ちって誰」

「民自党の参議院議員会長。ウチではそう呼んでるんだ。政治力があるってことさ。昔から参議院を制する者が総裁選を制す、って言われてきた。最近は地方票を制する者が総裁選を制すなんて言われてる。どっちにしても参議院議員は重要だ。地方に影響力がある。選挙区が都道府県全体なんで、党の各都道府県連とパイプが太いんだ。会長はパイプを一手に握ってる」

「そんな重要人物のアポが簡単に取れるの？　ウチの父親、あっさり引き受けてたけど」

「無理難題にはもう慣れっこなんだろ」

よく愛想が尽きないものだ。わが父親ながら感心する。

先に隆宏が再封入作業から抜け、次いで花織も事務所を出た。八時から全国町村長会館の会議室で超党派の法務勉強会があり、その出席も担当だ。勉強会には衆参両院の法務委員だけでなく、他委員会所属の議員も多く参加する。総裁選で忙しさは増しているけど、日常の勉強会や部会は疎《おろそ》かにできない。どこで票に結びつくかもわからない。

空は薄曇りで、外気はひんやりしていた。五分ほど歩いて全国町村長会館に入り、勉強会が開かれる会議室に向かった。受付で所属と名前を記入していると視線を感じ、花織はさりげなく周りを窺った。受付係の男性二人がまじまじと自分を見ている。きっと永田町新聞のメールを読んだのだ。愛人顔かどうかも楽しんでいるのかもしれない。

花織の隣に女性が並び、受付で記帳をはじめた。

衆院議員　無所属　海老名保奈美。綺麗な字が滑らかに書かれた。海老名が微笑みかけてくる。

「おはようございます、隣に並んで参加しません？」

「喜んで」

法務勉強会で何度か海老名を見かけたが、言葉を交わすのは初めてだった。

二人は空いている窓際の席に並んで座った。この勉強会では議員も秘書も区別なく、席につける。ただし、発言できるのは議員だけだ。花織はここでも自分に視線が注がれるのを感じた。

「女性というだけで注目を浴びる社会って何なんでしょう」海老名が呟いた。「口では女性が活躍する社会を作りたいなんて言ってるくせに」

海老名はわたしの側にいる。花織は少し嬉しく、それだけに聞き流せなかった。

「ご意見には賛成ですけど、あまり大勢がいる場でそういう発言を口にされない方が」

「あっ」海老名はおどけた様子で口元を押さえる。「ついつい」

花織はさっと部屋を見回した。いつも勉強会に姿を見せる関根はいなかった。

レジュメに目を落とす。今日の議題は、難民の受け入れ要件緩和について。日本は消極的な姿勢を貫き、難民認定のハードルはかなり高い。かたや外国人労働者に関しては出入国管理法を改正する方向で、受け入れ拡充に舵《かじ》を切った。そこで、難民の一定数を外国人労働者枠で受け入れてはどうか、その場合、法的にどんな問題が生じうるのか——という内容で野党議員が提議していた。

本題に入る前に紛糾《ふんきゅう》した。

「今日は議論するまでもないですな。難民認定は今まで通り、厳しくていい」

弁護士出身で、馬場派の衆院議員がさらりと言った。

「待って下さい」野党議員が言い返す。「難民受け入れの拡充は人道的評価を国際的に得られ、労働力も確保できる。多様性が経済を活性化させるのは、ヨーロッパで証明されてます」

「当のヨーロッパではいま何が起きてます？　各国で排斥運動の嵐でしょう。ヨーロッパの轍《てつ》を踏むだけですよ。労働力だって、改正入管法で十分に対応できる」

馬場派議員は切り口上だ。野党議員が食い下がる。

「法案をろくな議論もせず、数で押し切ろうとしてるのはそっちでしょう」

しばらく二人の応酬は平行線を辿った。

あの、と海老名が間隙を縫って手を挙げる。

「少なくとも今回の議題は、話し合う価値があります。本勉強会は超党派なんです。民自党の論理を持ち込まないで下さい」

「どういう意味でしょう」と馬場派の議員が鋭く言った。

「民自党はここ十年で党執行部や官邸の力が強まったことで、トップダウン式で物事が決まっていくケースも多い。今回の議題を一顧だにしないのは、その弊害ですよ」

馬場派の議員が海老名を睨みつけた。

「民自党を馬鹿にするんですか」

「内閣や党の方針に従うだけなら、国会議員なんて不要だと申し上げたまでです」海老名は一歩も引かない。「改正入管法は成立を急ぎ過ぎてます。労働力は確保できても、受け入れ体制はすかすかじゃないですか。モノやロボットを輸入するんじゃない。喜怒哀楽もあれば、疲れもする人間に来てもらう制度なのに。彼らの家族の教育、医療、福祉の体制なんてなおざりのままです」

「関連省庁の省令や通達で都度対応すればいい。だいたい、働きにくる外国人は自らの意志で来日するんです。彼ら自身が日本での生活を段取りすべきでしょう。民間の登録支援機関も介在する。国が深く介入する必要はありません」

花織は眉を顰めた。国が決めた制度なのに……。

「全てのお膳立ては難しいにしても、地方自治体にしわ寄せがいき、いずれ費用を中抜きする悪徳ブローカーも登場して、現場が混乱するのは目に見えてます。できる限り問題点を洗い出し、解決策を見出すのは国会議員の仕事でしょう」

「労働力不足は待ったなしの問題なんですよ。立ち止まっていたら、いつまでたっても解決しない」

「待ったなしだからといって、問題があれば改めるべきです。改正入管法はいずれ大きな社会問題を引き起こしますよ」

「ほう」馬場派の議員はお手並み拝見といった面持ちだった。「というと？」

「つぎはぎで外国人労働者を守る制度が構築され、いずれ日本人労働者のそれを上回る。すると今度は日本人労働者が火種になる。次の選挙に勝つという目先の利益だけを追求した政策の尻拭いは、私たちの世代がするんです。本当の問題が起きる頃、制度を作った張本人たち、政府閣僚は誰もこの世にいない。心底実現したい政策が先にあり、そのために目前の利益を追求するならまだ理解できますが、私の目には保身のための政策としか映りません」

「若者がある程度割りを食うのは仕方ないでしょう。彼らは選挙で意思表示しない。これも一つの民意ですよ」

悔しいけど一理ある、と花織は歯嚙みした。

だいたいだね、と馬場派議員は得意気に続ける。

「選挙で圧倒的多数の信託を受けた民自党が全会一致で決めた点をお忘れなく」

「モラルや少数派に配慮のない多数決なんて、ただの暴力でしょう。数は行動を正当化する根拠になりません。そもそも数字のトリックですよ。小選挙区制の得票率と議席数は正比例しません。先の衆院選にしても、民自党対野党第一党の得票率は五対四なのに、議席数は四・五対一です」

「そういう選挙制度なんでね」

馬場派議員は冷笑を浮かべた。花織は二人の意見を聞きながら、別の頭では隆宏も海老名のように堂々と議論できるかを考えていた。……できるはず。こうした場面に出くわすたび、隆宏は忸怩《じくじ》たる思いを抱くのだろう。

その後も議論はほとんど深まらず、所定の一時間が終わった。花織はレジュメを鞄にしまい、海老名と並んで会議室を出た。

「藤木さんはいつから秘書に？」

「九月からです」

「じゃあ、人生では後輩でも政界歴は私の方が上ですね」海老名が携帯番号も印字された名刺を出した。「なにかあれば、ご連絡を。こんな括《くく》り方は不本意ですけど、今の政界だと、私たち女性が超党派で協力する局面もあるはずです」

花織も名刺を出した。

「海老名さんはどうして議員になられたんです？」

自ら火の海に飛び込むようなものだ。海老名の父親は政治資金規正法違反で逮捕された。

「私の役目だと思ったんです」海老名の表情が引き締まる。「学生時代、東南アジアや中南米の小国を訪問した時、政情不安定な地域で暮らす人たちが被る悪影響の大きさを実感しました。そんな時、東日本大震災が起きて決意したんです。政治家になって、きちんと安定した政治を担う人間になろうって。政治に手が届く境遇にいるんなら、個人的には世襲に批判的だろうと、やるべきじゃないか、自分の使命なんじゃないかと」

隆宏も同じような意見だった。ここでも先を越されている。

「父が逮捕されたことの禊《みそぎ》も私がしないといけませんしね」

海老名が顔を寄せ、声を潜めてきた。

「私は無所属なので投票権がないですけど、総裁選がんばってください。私は久富先生を応援します。馬場先生には、もうご引退して頂かないと」

海老名の父親は政党立ち上げ前、民自党の馬場派だった。彼女には何か馬場への感情があるのだろう。いずれ心の内を聞ける日が来てほしい。

それじゃあ、と海老名は軽く手を挙げ、第二議員会館へと小走りで入っていった。

花織は第一議員会館の久富事務所に戻り、喧騒に追い立てられるように手早くメールをチェックした。

国賊・久富を総裁にするな

かなり剣呑《けんのん》な表題だ。差出人欄には『日本の将来を憂う市民連合』とあり、本文に目をやる。

——かつて久富隆一は就職氷河期に正社員になれず、今もフリーター生活から抜け出せない四十代に対し、予算を投じて正社員化を進める施策を打ち出すべき、という意見をメディアで語った。言語道断ではないか。連中が就職できなかったのは時代のせいではなく、単に努力しなかったためだ。そんな人間を税金で救う必要はない。当時就職できた者も多くいる。こんな提案は票欲しさの戯言《ざれごと》にすぎない。税金をドブに捨てる政策を打ち出す者は、まさに国賊だ。こんな男が民自党総裁になれば、日本は潰れる。断固、阻止しなければならない。

花織は椅子の背もたれに体を預けた。このメールも馬場派の仕業だろうか。

ぬっと目の前にポリポが現れた。

「おい、眉間の皺が渓谷《けいこく》みたいになってんぞ。ポリポでおいしく気分転換したらどうだ」隆宏が微笑む。「国賊メールだろ？　世の中には様々な意見がある。受け流しとけばいい。馬場に近い連中の仕業さ」

「どうして言い切れるの」

「馬場は熱烈な新自由主義信奉者……もとい新自由主義原理主義者なんだ」

「新自由主義って、伸び伸び生きられそうな名称だけど、行き着く先は自己責任論だったよね」

「ああ、名称に騙《だま》されそうになるよな。儲けられないのは本人が悪い。現状を打破できないのは本人が悪い。周りの環境や景気がいかに酷《ひど》くても、成功してる人間もいるんだからって理屈は、政府には都合がいいしさ。政策が悪いんじゃなく、国民が悪いって論法にもっていける。生活が良くならない、現状打破できない、それは努力不足だ――ってね。真面目な日本人には劇薬だよ」

今朝の法務勉強会を思い出した。海老名に対する馬場派議員の返答。外国人労働者自身が日本での生活を段取りすべき。あれも自己責任論だ。

隆宏はポリポをかじり、短くなった棒を振る。

「もちろん、努力した人間が報われる方がいい。むしろ、じゃないとおかしい。はなから人生を諦めてる奴と頑張った人間が手に入れる結果が同じってのは、納得できない。だから、結果的に大企業や富裕層が生まれるのも理解できる。ただしそのバランスをとるのが政治なのに、馬場は舵取りを放棄してるんだ」

堂に入った話しぶりを見ると、隆宏にはやっぱり久富の血が色濃く流れていると感じる。どんな政治家になるのだろう。幼馴染としても一国民としても、いい政治家になってほしい。けれど……。花織にはいい政治家像自体がうまくイメージできなかった。

しかもさ、と隆宏は短いポリポを振る手を止めた。

「今は戦後最長の好景気って触れ込みだから、そこに異を唱えにくい。政府もこれみよがしに数字を掲げてるしな」

「肝心な数字の信頼性が揺らいでるでしょ。省庁の統計手法に問題があって」

「だな。もっとも、やり直したって無駄さ。政府に都合のいい別の数字が出てくるだけで、馬場の方針を変える根拠にはできないよ。馬場体制の歪みだよな。野党は『官邸の意向で数字を改竄《かいざん》したに決まってる』って鼻息荒く追及してるけど、俺に言わせりゃ浅い。指示や忖度《そんたく》の有無なんかより、官僚が数字や調査方法をごまかしても何も感じない方が、根深い問題だ。自己責任論を言い換えると、『結果がすべて』だろ。仕事の土台や基礎は、評価の対象外になる。統計もその一つさ。だから上の意向に沿ってやる者は後を絶たない。いつしかそれが当たり前になる」

「このまま進むと、どうなると思う？」

「上だけが太る体制が進むだけだよ。この体制が崩れないよう、着々と〝下〟を管理するシステムも強化されてる。いわゆる盗聴法やテロ準備対策法はもう施行されてるし、緊急時に国民の自由や権利を停止できる法案通過も狙ってんだぞ。でも、有権者のほとんどは何の声もあげない」

花織は、隆宏のポリポの箱から一本引き抜いた。甘いはずのチョコレートが少し苦く感じた。

「強者だけが強くなっていくわけか……。いつから始まった体制なんだろうね」

「バブル崩壊後だな。馬場主導で、政府が『市場は正しい、政府は市場に介入すべきではない』って新自由主義の考えを取り入れたんだ。体力のない企業は切り捨て、大規模な金融緩和も行われた。無駄な公的資金投入を減らし、税収もアップするから馬場は称賛された。だけど、派遣社員の急速な増加とか、大規模小売店が各地にできて小規模小売店が廃業していくとか、富める者だけがより富んでいく芽も生まれてる」

「政治家が絡む時点で、本当の新自由主義じゃなくなるもんね」

「名づけるなら、馬場式新自由主義ってとこか」

「他にも馬場式新自由主義に破綻《はたん》が出てそうだね」

「ああ。最近だとリーマンショック後も、馬場は大規模な金融緩和を許さなかったって話だ。そんで、猛烈な円高になって日本の一人負け状態になった」

「なのに、馬場がドンでいられるのはなぜ？」

「表向きは政府の失政だ。政府が責任を負えば、誰も馬場を追及できない。うちのオヤジはだいぶ嚙みついてたけどな」

花織は食べかけのポリポを左右に振った。

「まさか隆宏とこんな話をする日がくるなんてね」

「日本人は政治の話をしなさすぎる。海外勤務した時、驚かれちまった。『どうしてそんなに無関心でいられるんだ？』ってさ」

「耳が痛いよ」

「まったくだ」

隆宏は手に持つ残りのポリポを口に放り込み、ぞんざいに咀嚼《そしゃく》する。花織も食べ切った。

「おい、隆宏」執務室を出てきた久富の声があがる。「ちょっとこい」

ただいま、と隆宏が返事すると、久富は執務室に引っ込んだ。

「ねえ。今回の総裁選、どう思ってるの」

なにしろ隆宏は父親に引退してほしいのだ。

「全力で応援する」隆宏は肩をすくめ、声を抑えた。「始まっちまったもんは仕方ない。馬場派よりオヤジの方がマシだ。いきすぎた自己責任論は世界を滅ぼす。馬場派をのさばらせるわけにはいかない」

いきすぎた自己責任論。にわかに花織の心は会社員時代の記憶に落ちていく。

五葉マテリアルが社長の肝いりで秘密裡に進めていた、デタチキスタンプロジェクト。

つい半年前の出来事なのに、もうはるか遠い過去にも思える。花織は身を屈め、バッグにしまっているお守りを手に取った。お守りの中に入れた、五センチ四方のビニールの小袋を取り出して、中身の黒い土を眺める。

この黒い土には、五年分の時間が凝縮されている。

2

二〇一八年四月、花織は中央アジアの小国・デタチキスタン共和国で、乾いた風を浴びていた。目の前には広大な草原が広がっている。三百六十度の地平線。足元では短い草が風になでられ、さわさわと音を立てた。

この国に巨大な資源発掘現場が生まれ、世界を変える──。

今日、五年にもわたったデタチキスタンプロジェクトが一つのヤマを越えた。

デタチキスタンは旧ソビエト領で、これといった産業もなく、牧畜と農業に従事する国民がほとんどだ。GDPも低く、国民の生活も決して豊かとはいえない。けれど、茶色いレンガ造りの低い建物に囲まれたバザールや街中には、人間味豊かな笑顔が溢《あふ》れていた。住宅の窓は外側にスペースがあり、人々は大抵バラかゼラニウムの植木鉢を飾っている。笑顔と花が街に満ちた国。それがデタチキスタンの第一印象だった。

花織はもう何度も訪れ、食生活にも慣れた。少し辛いカレーとシチューの間のようなスープ『プーチャ』に、小麦粉の味が濃い薄いパンを浸す。今ではプーチャの具をマトンにするかチキンにするか、はたまた川魚にするか選ぶのも楽しみになった。

「いよいよ始まるな」

花織の隣に立つ、上司の鬼塚信行《おにづかのぶゆき》が感慨深げな声を発した。横顔を見ると、まぶしそうに目を細めていて、四十代前半にしては深い皺が顔中に刻まれている。

はい、と花織は相槌《あいづち》をうった。

入社二年目の春、花織は資源開発部鉱物資源調達課調達二係──鉱調二係に配属された。配属当時は生まれたばかりで、係員は五人だけ。半年間リチウムやタングステンを調達していたが、ある日、鬼塚が会議室に全員を呼び出した。そこからプロジェクトは始まった。

◇

「みんな、この係には秘密の目的がある。リチウムやタングステンの調達はカムフラージュだ」

チームの誰もが息を呑んだ。鬼塚は中腰になり、テーブルに両手をつく。

「本当に調達すべきは、ウカクリウム」

あの、と花織は小さく手を挙げた。知らない点をその場で質問できるのは、若手社員の特権だ。

「ウカクリウムって何ですか」

「レアアースの一つさ。聞き覚えがなくて当然だ。特段用途もなく、廃棄される物質だったんだから。ウカクリウムは世界を一変させるぞ。五葉グループ全体で長期間進めたプロジェクトに大きく関わる。プロジェクトチームに、調達の打診を受けた」

「そのプロジェクトってひょっとして……」

流れ上、花織が質問を投げかけようとすると、鬼塚が声をかぶせてきた。

「そうだ。FCプロジェクトの一環だ。ワクワクするよな。ところでFCVは知ってるか」

チームメンバーに笑い声が細波《さざなみ》のように広がり、また花織が代表して口を開く。

「燃料電池自動車ですよね。飲み会のたび、課長が力説されるのでチームで知らない人なんていません」

「教育の賜物《たまもの》だな」と鬼塚は声を弾ませた。

五葉グループは三十年以上前から関連会社に人を出向させ、合同で燃料電池自動車を研究している。鬼塚は入社当初より、五葉マテリアルの一員としてプロジェクトに参加していたそうだ。鬼塚がプロジェクト成功のカギを握る物質を調達する係を仕切るのは、当然の流れだろう。

「じゃあ、藤木、ＦＣＶを巡る状況を簡潔に言え」

鬼塚に指名され、花織は手早く脳内でまとめた。

「二酸化炭素排出量などの環境問題を受け、自動車業界にも対応が求められています。環境にやさしい車の究極形がＦＣＶです。燃料は水素で、排出されるのは水だけ。普及すれば二酸化炭素排出量は格段に減る。しかし、普及には二つの問題点があります。エンジンが高価なので車両自体も高額な点と、ガソリンスタンドにあたる、水素供給ステーションの整備が進まない点です」

「よくできました」鬼塚がおどけて手を叩く。「つまり、二つの問題点を解決すれば、シェアを独占できる公算が大きい。そこで五葉グループ、殊に五葉自動車の研究部門は粛々《しゆくしゆく》と研究を進めた。ついに、十年がかりでウカクリウムという見向きもされなかった物質に辿り着いた」

おお、とチームメンバーがどよめく。

「みんなも知っての通り、現状のFCVは酸素ボンベ状の缶に水素を入れる。かたやウカクリウムは、一センチ四方の塊《かたまり》でボンベ一本分の水素を吸収できるんだ。で、五葉自動車の研究部門はウカクリウムの塊から水素を取り出し、エネルギーに変換する実験に成功した。エンジンを低価格で開発できる見込みがたったんだ。既存店舗でウカクリウム塊《かい》を売買すれば、水素ステーション設置の手間も省ける。そこで、ウカクリウムを安定的に調達できるシステムを構築すべく、我々、鉱調二係が立ち上がった」

レアアースやレアメタルは鉱物資源のメジャー企業約二十社が牛耳っている。彼らに頼らずに供給源を確保できれば、余計な支出も削減できる。また、レアアースの九割以上は中国で産出されており、中国が輸出制限した二〇一〇年には世界は混乱に陥った。今後、いつ同様の騒動が再燃するかもわからない。最近、日本領海の海底でレアアースの発見が相次いでいるとはいえ、安定供給にはまだまだ莫大な金と長い年月がかかる。

この日以降、チームは三ヵ月間、本当に中国以外に産出できないのか検討した。まず中国でウカクリウムが採れる地域について、現地の土壌成分のほか、恐竜が闊歩《かっぽ》した時代にはどんな場所だったのか、どんな生物がいたのかなどを詳しく調査した。その結果、中央アジアの小国・デタチキスタンが候補に浮かんだ。

「公用語はクジャキ語？　ロシア語は通じんのか？　どうやって秘密裏に実地調査をしたり、相手政府と交渉したりするかだな。誰か信用できるコーディネーターか通訳を知らないか。まあ、そんな都合のいい話はないよな」

鬼塚は駄目で元々と言った調子で、チームメンバーに尋ねた。誰もが沈黙する会議室。花織はおずおずと手を挙げた。

「実は、そんな都合のいい話があるんです。自分でも信じ難いんですけど」

大学時代、花織はゼミでロシア人留学生のナターシャと知り合った。ナターシャは日本のアニメに憧れ、十二歳から独学で日本語を勉強したという。アジア系の血とヨーロッパ系の血が混ざり、顔立ちはエキゾチック。抜群のプロポーションで一緒に街を歩くと誰もが振り返り、頻繁に声をかけられた。バーでは、声をかけてきた連中によく奢《おご》ってもらったものだ。ナターシャは自身が見つけた池袋のバーがお気に入りだった。BGMもなく、三十センチ先の指先すら見えない店。そこは大晦日《おおみそか》と元日以外は朝五時まで営業し、個室もあった。花織はその店で、いつもホワイトレディを数杯飲んだ。

ナターシャはロシアに帰国後、開発公社に入った。しかし、『賄賂《わいろ》とか腐敗が多くて嫌になって辞めちゃった。今はなんにもする気になれない』と二ヵ月前にメールが届いたばかりだった。デタチキスタンの名前が候補に挙がった際、花織はナターシャの母親が中央アジアの国出身だと話していたのを思い出し、念のためにメールで確かめていた。

——そう。デタチキスタン。誰も知らないような国をよく憶えてたね。花が綺麗な街。カオリの名前にぴったりだよね。

花織が報告すると、チームは一気に盛り上がり、鬼塚はにやりと笑った。

「どうやら運があるぞ。藤木、話をつけてくれ」

通訳の打診に、ナターシャは二つ返事だった。

二〇一四年、初めてデタチキスタンを訪問することになった。ナターシャとの間柄もあり、花織が鬼塚に同行した。ナターシャとはモスクワで合流し、空路デタチキスタンに飛んだ。

乾いた風の吹く小さな空港だった。所々コンクリートの割れ目から雑草の生えた滑走路にタラップで下りると、年齢不詳の大きな男が花織たちを待っていた。着古された分厚い生地のスーツに真っ赤なネクタイ、革靴も先端部分が毛羽立ち、剃《そ》り上げた頭は見事に光っている。花織たちは事前に、日本の経済産業省にあたる機関のしかるべき人間が空港にいる、と連絡を受けていた。

セルゲイ、と男はぼそっと名乗り、ぶっきらぼうに握手を求めてきた。骨が折れそうなほど強く握られ、花織は思わず顔をしかめそうになった。同じようにされても、ナターシャはなぜか微笑みを崩さない。

到着が夕方だったので、セルゲイの運転で宿泊先のホテルに向かった。窓の外は草原と砂埃舞う砂漠が混在し、ぽつぽつと読めない文字の看板が立っていた。セルゲイは道中、ぶすっとして無言だった。花織と鬼塚は目を見合わせ、前途多難を確かめあった。

夜、ホテルの食堂で四人は席に着いた。相変わらずセルゲイは何も言わない。給仕が三人がかりで大きな木樽を運んできた。日本なら大企業や政治家が鏡開きをしそうな木樽だ。

セルゲイがぬっと立ち上がり、木樽の蓋をとった。途端に甘い匂いが漂う。

「ムーチオ」

セルゲイは一言だけ抑えた声を発し、柄杓《ひしやく》のような道具で、どんぶり鉢並の容器に四杯のムーチオをなみなみと注いだ。花織も渡され、中身を覗き込んだ。乳白色の液体で満たされている。

「これ、なに」と花織はナターシャに尋ねた。

「羊のミルクを発酵させたお酒。歓迎時に振る舞われる。おいしいよ。オニヅカさんもカオリも、口をつけたら一気に飲み干して。それがデタチキスタンでは歓迎の席に招かれた者の礼儀です。歓迎する側と同じ量を飲まないと、馬鹿にしていると見なされます。我が国ではお酒を飲めない人間は信用されません」

えっ、と鬼塚が目を丸くした。鬼塚はほとんど酒を飲めない体質だ。

ねえ、と花織はナターシャに囁きかけた。

「セルゲイって飲める人だよね」

「もちろん。この国の男はみんなすごい飲む」ナターシャは眉を大きく上下させた。

「平気だよ。ムーチオはゲロの味しない」

セルゲイがぼそぼそ何か話すと、カンパイ、とナターシャが日本語で音頭をとった。セルゲイが一息でどんぶり一杯のムーチオを飲み干す。

やるしかない――。

花織は鬼塚に目顔で決意を知らせ、口をつける。甘さと酸味がほどよく、上品な濁り酒、あるいは質のいいヨーグルトを飲んでいる感じだ。アルコール度数もさほど高くない。花織も一息で飲み干すと、すかさず二杯目が注がれた。鬼塚は早くも顔を真っ赤にしている。容赦なく、鬼塚のどんぶり鉢にもムーチオがなみなみ注がれる。

三杯目の途中で鬼塚はテーブルに突っ伏した。ナターシャは花織に目配せしてくると、どんぶり鉢を置いて鬼塚の介抱に回り、花織とセルゲイが黙々とムーチオを飲み続けた。

三杯、四杯、五杯、六杯……。花織は数えるのが面倒になり、味わうに徹した。飲めば飲むほどムーチオの味は深まり、体全体の細胞が喜ぶようだった。

ほどなく木樽が空になり、二つ目が運ばれてきた。セルゲイが蓋を剝《は》ぎ取るように開け、またなみなみと二杯分注ぐ。カンパイ。セルゲイが憶えたての日本語で音頭をとり、二人でぐっと飲み干していく。ツマミもBGMも会話もない食堂に、ムーチオを飲む音だけが満ちていった。

二つ目の木樽の底が見えた頃、突如セルゲイが勢いよく机に突っ伏し、いびきをかきだした。

ナターシャが悪戯っぽくウインクしてくる。

「やっぱり、カオリは強いね。一応、今日もスタンバイしたけど」

大学の頃、二人で酒を飲みにいくと下心丸出しで声をかけてきた男を酔い潰して、『タダ酒、ごちそうさま』と颯爽と並んで店を出た。『日本人の男は優しいけど軟弱ね』。ナターシャはいつも笑っていた。ゲームには一つだけルールがあった。もし一人が潰れても大丈夫なように、どちらかは余り飲まないように振る舞う。この日もナターシャは鬼塚を介抱するふりをして、準備をしてくれた。また、ナターシャは花織がワインを苦手だと知っている。何を飲んでも嘔吐物《おうとぶつ》の味に感じるからだ。一方、他の酒ならどんどん飲める体質だということも把握している。ナターシャは横目で花織とセルゲイの勝負を楽しんでいたのだろう。

「カンパイをやり直そうよ」

ナターシャは声を弾ませた。机に突っ伏しているセルゲイを挟み、二人で杯を掲げる恰好で写真を撮った。

翌朝、ホテルのロビーに下りると、ニコニコと笑みを絶やさないセルゲイがいた。

大きなバラの花束を二つ抱えている。

「昨晩、カオリは私の親友になった。あれほどムーチオを飲める女性を私は知らない。いや、男だって知らない。花束をカオリとナターシャに捧げる」セルゲイは茶化すように続けた。「オニヅカはだらしない。だけど、カオリに免じて信じよう。さあ、ともに話し合おう。君たちは我が国で何がしたいんだ？」

セルゲイは自らハンドルを握り、土壌調査の候補地に案内してくれた。道中、セルゲイはよく喋《しゃべ》った。デタチキスタンにも相撲に似た競技があり、十年前は王者だったという。『私は三人のボディガードも兼ねてるんだ』。セルゲイは腕をぐっと曲げ、立派な力こぶをみせた。

調査に渋る業者や土地所有者がいると、セルゲイは顔を真っ赤にして、激しい手振りと強い語気で相手に迫った。

「カオリは、ムーチオの飲み比べ対決で俺を倒した。なのに、信用できないのか？　じゃあ、まず俺と勝負しよう。お前で俺に勝てるのか」

最初の訪問以降もセルゲイの信用を勝ち取った花織が、鬼塚とデタチキスタンに赴く担当となった。時折、ホテルに迎えにきたセルゲイは難しそうな顔をしていた。

――どうした？　悩み事か？

都度、鬼塚が心安く尋ね、セルゲイは肩をすくめた。

――役所でちょっとやりあってね。

文字通り四人は泥まみれになって、三年がかりで土壌を調査した。雨が降ったら合羽《かっぱ》を着て、雷が鳴ったら地面に伏せて、寒さで手がかじかんだら白い息を吹きつけて。結果、デタチキスタンには今後五十年分は賄《まかな》えるウカクリウムが埋蔵されているという確信を持てた。

◇

花織は草の匂いで満ちたデタチキスタンの乾いた空気を胸いっぱいに吸い、束の間の満足感を噛み締めた。少し先には、セルゲイとナターシャが並んで立っている。草原が陽射しできらきらと輝き、ナターシャのブロンドの髪が風にたゆたい、セルゲイは剃り上げた頭を撫《な》でている。

「藤木、お得意の勘は何を告げてくる？」

「まだ何も」

「そりゃそうか。これからだもんな。何か感じたら、言ってくれよ」

「もちろん、すぐさま伝えますよ」

あれは再びデタチキスタンに来訪した二〇一五年だった。土壌採取のため、セルゲイが候補地に車を走らせていた。繁華街を離れ、郊外に続く一本道を進んでいると、花織はだしぬけに不穏な気配を感じ取ったのだ。

「ナターシャ、セルゲイに車を止めるよう言って」

「藤木、何事だ？」

「車を止めて、どこかに隠れましょう」

「あ？」

「いいから、早く。ナターシャ、ほら早くセルゲイに伝えて」

花織の声は険しくなっていた。セルゲイが怪訝《けげん》そうな面持ちで道路脇に車を止め、四人で車を下りた。訝る三人を引きつれ、花織は街道を急いで外れた。少し先に、背が高くて表面が錆《さ》びたドラム缶が二つある。

左右どちらからともなく銃声がした。急に道の両側からエンジン音と土埃が近づいてくる。

「ゲリラ」

一言発したセルゲイの動きは素早かった。花織はひょいと持ち上げられ、片方のドラム缶に入れられた。ドラム缶の高さはちょうど自分の背丈くらいだった。

花織はドラム缶に手をそっと添えた。冷たく、内側も錆びている。何の金属かはわからないけど、かなり分厚い。足元には小さな虫の死骸が溜まり、油のきついニオイが充満している。続けてナターシャが隣に入ってきた。

「二人は？」

「もう一つのドラム缶に入ったと思う」

銃声が間近に迫ってくる。ガタ、ガタ。断続的にドラム缶が鈍い音をたて、激しく反響する。花織とナターシャは咄嗟に頭を抱えた。左右から銃弾を食らってるんだ……。花織は鈍い音がするたび、反射的に体が震えた。いくら分厚くても、ドラム缶は古い。いつ銃弾が貫通し、自分やナターシャの体にあたるかわからない。

ガタ。銃声。ガタ、ガタガタ。銃声。一秒がやたら長かった。一分……いや一時間以上にも感じられた。手の平には汗が滲み、咽喉《のど》が渇いていく。無事にここを出られるのだろうか。手榴弾を食らえば終わりだ。神経がぴんと張りつめ、呼吸が浅くなる。

やがて銃声が途絶え、エンジン音も去った。外から、もう大丈夫だそうだ、と鬼塚が話しかけてきた。頭上をみると、ぬっとセルゲイが覗き込んできている。

花織とナターシャはセルゲイに引っ張り上げられた。硝煙《しょうえん》のニオイが辺り一帯に漂い、道端に止めた車のボディやフロントガラス、窓、タイヤにはいくつもの穴が開いている。

「本当にこんなトラブルがあるとはな」鬼塚は額の汗をシャツの袖口で拭った。「俺が新人の頃、当時の上司が『オレは銃弾飛び交う紛争地帯を歩いた』って言ってたけど、嘘《うそ》だと思ってた。まさか我が身に起こるなんて……。藤木はとんでもなく勘がいいな。おかげで命拾いしたよ」

「昔から勘はいい方なんです」

カーナビが普及していない時代、祖母が倒れた時、父の車で病院に向かおうとした。いつもの道を使わない方がいい気がして、花織はそう言った。別の道に入ると、いつもの道路でタンクローリーの横転事故があり通行止めになった、とラジオのニュースで流れた。こんな出来事もあった。街ですれ違った際に目につく男がいた。特に変な行動をとってるわけでもないのになんでだろう。花織は疑問を胸に帰宅した。三日後、男が殺人犯として逮捕されたニュースを見た。ギャンブル系はからきしだけど、危機察知系の勘は自分でも驚くほどよく当たった。

「連中は集落を襲いに行くのかもしれない。襲撃前、景気づけに道端で銃を撃つと聞いたことがある。我が国は貧困で、他人の物を奪おうというゲリラがいるんだ。恥ずかしいよ」

セルゲイは屈強な体を窮屈そうに縮こまらせた。ナターシャも訳すのが辛そうだ。

セルゲイ、と鬼塚がその広い肩を叩く。

「ウカクリウムの採掘工場が建てば、国に金が入る。でも、ウカクリウムはいずれ底をつく。ウカクリウムの金で別の事業を起こすんだ。日本には資源がない。けど、何とかやってる。デタチキスタンにできないはずがない。我々も協力するさ」

セルゲイは唇を引き結び、深く頷いた。

ウカクリウムの埋蔵量にも目星がついた二〇一七年の年明け、花織たちはデタチキスタン政府と採掘工場設立の下交渉に入った。セルゲイとは異なり、欧米の大企業重役さながらの上質なスーツに革靴、高級腕時計を手首に巻いた五十代前後の男が交渉の場に現れた。政府高官で、影の大統領と言われるほど、内政外交に強い影響力を持つ男だという。

交渉の最中、高官はしかつめらしく所々で質問を挟んできた。諸々の条件交渉が終わった後、ナターシャがセルゲイの発言を訳した。

「オニヅカさん、別室で別途話したい件があるそうです」

セルゲイは苦しそうな顔をしていた。

花織を残し、他の四人が別室に消えた。数分後、高官が満足そうな笑みを浮かべて別室を出てきた。かたやセルゲイの足取りはかなり重たい。

交渉会場を出ていく高官を見送ると、セルゲイが鬼塚に対して膝をつき、首を垂れた。ナターシャの通訳がなくても、謝罪しているとわかった。気にするな、と鬼塚はセルゲイを立たせた。

「課長、一体何があったんです」

「賄賂の要求だよ。海外で事業展開する際は、別に珍しくない」

「まさか、受け入れたんですか」

思わず、声が大きくなった。花織は頭の芯が強くうずいた。ちょうどゲリラとの遭遇直前の時のように。

「一度帰国して、本社に問い合わせると答えた。撥ねつければ契約もできない。こっちだってコストをかけて調査してきたんだ。みすみすウカクリウムを手放せん。そんな怖い顔するな。目がつり上がってるぞ」

「だって――」

花織は言葉が続かない。デタチキスタンの住民は貧しくても、よく笑い、よく働いている。セルゲイは典型だ。高官のようにその地位にいるというだけで正当な理由もなく金を得られる行為を許せば、セルゲイたちの日常を鼻で嗤《わら》うに等しい。一方、渡さなければ採掘工場建設は頓挫《とんざ》するかもしれない。五葉マテリアルが撤退しても、政府高官は別の企業に声をかければいい。いずれウカクリウムの重要性に自動車メーカーは気づく。他の企業が政府高官に賄賂を渡し、やっぱりこの国に生きる人たちを嘲《あざ》笑《わら》う結果になる。鬼塚、セルゲイ、ナターシャらと積み上げた時間や努力も無駄になる。だったら、賄賂の汚さを理解する人間が呑み込んでしまい、デタチキスタンを潤《うるお》す工場建設を進めた方がまし？

「セルゲイも撥ね返せなくなったんだ。彼だけに苦しい思いをさせたくない」

鬼塚はやるせなさそうだった。花織はハッとした。これまでもセルゲイの顔色が優れない時があった。役所でやりあった、とセルゲイは話していたが、自分が盾となり、賄賂の要求を断っていたのだ。経験上それを察していた鬼塚はセルゲイの様子がいつもと違うと、必ず声をかけた――。

「どうやって捻出《ねんしゅつ》するんです？」

「藤木は知らなくていい」

わたしを巻き込まない気遣いだ。

オニヅカ、とセルゲイが声を震わせる。

「すまない。汚い金を……。あの男は恥知らずだ……」

「仕方ないさ。工場が建てば、デタチキスタンは潤う。その第一歩を踏みだすためだよ」

「我が国は汚れている」

「どの国も同じさ。世界は綺麗事でできてない。人生は誰にとってもままならない」

言い終えた鬼塚の肩にセルゲイは顔をのせ、声を押し殺して泣いた。

今、セルゲイは声を上げてナターシャと笑っている。

二時間前、第一号採掘工場の完成パーティーに出席した。二〇一八年四月七日。花織はこの日を一生忘れないだろう。パーティーでは、一人一杯ずつムーチオを飲んだ。賄賂を渡した政府高官も出席していた。パーティーがお開きになると、セルゲイの運転で工場から二時間をかけ、草原にやってきた。ここは、セルゲイの先祖が住んだ土地だという。

——いつか三人に見せたかったんだ。やっと念願が叶《かな》ったよ。どこまでも続く草原、頭上には青い空と気ままに流れる雲。昼は太陽が昇り、夜は星々が瞬《またた》く。時折小鳥の声が聞こえ、風が鳥たちを追う。ここぞデタチキスタンさ。

「まだ賄賂に引っかかりがあるんだろ」

鬼塚が正面を見たまま言った。

「わかりますか」

「顔に書いてあるとは言わんが、お前はそういうのを許せない性質《たち》だから」

草原の乾いた風が頬を撫でていく。

「俺は、みんなと積み上げた経緯を捨てたくなかった。この国の発展の礎《いしずえ》になる事業を己の手で摑みたかった。デタチキスタンはいい国だ。晴れた日はきちんと日向《ひなた》の匂いがして、雨が降るとちゃんと雨の匂いがする。だけどな」

そこで鬼塚は口を閉じた。花織は続きの言葉をじっと待った。セルゲイとナターシャは楽しそうに話している。

「煎じ詰めれば」鬼塚の声がすとんと落ちる。「俺は世界の仕組みに負けた」

「わたしだって課長を止められませんでした。会社だってそうでしょう」

実際には、会社の思惑は鬼塚やわたしとは異なる。デタチキスタン発展に貢献する、という視点はない。会社にとって大事なのは、ウカクリウム採掘事業でFCV生産が軌道に乗れば、莫大な収益を上げられる点だ。

セルゲイの大きな肩に、ナターシャがそっと頭をのせた。セルゲイの上機嫌な口笛が草原に広がっていく。ビートルズのヒア・ゼア・アンド・エブリホエア。

鬼塚ははるか遠くを眺めたままだ。地平線と草原の彼方《かなた》に何を見ているのだろう。

「プロジェクトに加わったのを後悔してるか」

「いえ。プロジェクトには、世界を変えられる意義深さがあります」

「藤木……」鬼塚は何かを言いかけ、その何かを呑み込んだ。「いや、何でもない」

「あの、どうしてわたしはウカクリウムチームに入れたんです？　何の実績もなかったのに」

「憶えてないだろうが、お前の入社一次面接には俺もいたんだ。志望動機が印象に残ってな。実績はなくても適任だと思い、チームにねじ込んでもらった」

花織は自分の志望動機を思い浮かべた。

――わたしは人々の暮らし、社会システムを支える仕事に就きたい。わたしは資源の現状やエネルギー問題について何も知りません。でも、環境法や環境問題を学んだ自分だからこそ、自分にとって未知の分野でも果たせる役割があるはずです。

鬼塚は恩人だったのか。

「ありがとうございます」と花織は深々と頭を下げた。

「藤木のおかげで命拾いもした。勝負もこれからだ。礼を言われるには早すぎる」

翌日から採掘工場の操業が始まった。花織は最初に採掘された真っ黒い土を記念に貰い、五センチ四方のビニール袋に入れた。

その日の夜、夕食の席でセルゲイが眉を顰めた。

「APの速報はチェックしたか？　日本の財務大臣が不用意な発言をしてるぞ。『米中の貿易戦争は米国が勝利する、と学者も言っている』って。日本の政治家は、中国がへそを曲げるのを予想できないほど馬鹿なのか？」

「どんな組織も上には悩まされる。こいつも社会の嫌な仕組みの一つだな」

鬼塚が溜め息混じりに呟いた。

花織はホテルに戻ると、ニュースサイトで動画を確認した。財務大臣は記者に米中貿易戦争による日本への影響を問われ、『注視している』と答えた後、セルゲイが言った内容を得意げに続けていた。双方の側に立つ専門家の見立てから彼らのバイアスを外し、状況を分析すべきなのに。

鬼塚と帰国する日、小さな空港までセルゲイとナターシャは見送りにきてくれた。ナターシャはモスクワに戻らず、デタチキスタンに留まる。現地スタッフとして、正式に五葉マテリアルが採用したのだ。セルゲイはデタチキスタン政府に、採掘工場の統括として任命されている。二人に任せておけば、問題ない。最初のウカクリウムが日本に来るのは、半年後の予定だ。

またね。セルゲイとナターシャと抱擁《ほうよう》して、花織は旅客機に乗り込んだ。

帰国後は、鬼塚か花織がナターシャやセルゲイと連絡を取り合い、採掘工場の進捗《しんちょく》状況を確認した。万事順調だった。

しかし五月の連休が明けると、ぱたりと鬼塚を会社で見なくなった。チームのメンバーに尋ねても、誰も何も知らない。何か別プロジェクトに関わりだしたのかもしれない、と花織は思った。秘密裡のプロジェクトは、いつもどこかで動いている。デタチキスタンの成功をひっさげ、抜擢されてもおかしくない。

鬼塚が出社しないまま、二週間が過ぎた。その間、花織一人が現地とやり取りし、部長が直接決裁する格好になった。花織は話の最後に何度か尋ねた。

——鬼塚さんは今どちらに？

——色々あるらしい。

部長はそれしか言わなかった。

六月に入り、五月三十一日付けの人事異動情報が社内イントラの掲示板に掲載された。

依願退職　鬼塚信行　資源開発部鉱物資源調達課　課長

チームメンバー全員が寝耳に水だった。机にもロッカーにもまだ鬼塚の私物が残っている。

おかしい。どんな理由であれ、五年も一緒にプロジェクトに邁進《まいしん》した仲間に何も告げずに辞める人じゃない。現地のセルゲイやナターシャにも挨拶するのが筋だろう。

鬼塚はそういう筋を通す性格だ。

依願退職したのは鬼塚だけでなく、担当常務二人もだった。何かあったのだ。騒然とする中、部長が会議室にメンバー全員を集めた。

——諸事情により、鬼塚君は辞めた。プロジェクトは引き続き進行してくれ。

部長は簡潔に言い、質問も受けつけず、足早に会議室を出ていった。

花織は鬼塚に電話やメールで連絡をとろうとした。電話はすぐに留守番電話に繋がり、メールにも返事はなかった。タイミングを見計らい、部長に鬼塚の退職理由を尋ねた。退職の事情は知らない、と取りつく島もなかった。

二週間後、花織は会社で購読する東洋《とうよう》新聞の社会面を見て、我が目を疑った。


デタチキスタンでのレアアース採掘工場建設を巡り、日本企業の社員が現地公務員に賄賂を渡した問題が浮かび、東京地検特捜部と大手資源・エネルギー商社「五葉マテリアル」とが日本版「司法取引」（協議・合意制度）に合意していたことが十五日、関係者への取材でわかった。制度は今月導入されたばかりで適用は初めて。特捜部はすでに今月七日、同社がデタチキスタンで進めたレアアース採掘工場建設に絡み、現地高官に日本円で約二千万円相当の賄賂を渡したとして、同社資源開発部担当常務の秦邦夫《はたくにお》被告（六五）と早坂輝彦《はやさかてるひこ》被告（六七）、同部鉱物資源調達課長の鬼塚信行被告（四三）の三人を不正競争防止法違反（外国公務員への贈賄）

で在宅起訴していた。三人は起訴内容を大筋で認めているという。初公判期日は決まっていない。

日本版「司法取引」は、捜査段階などで他人の犯罪を明らかにする代わりに、自身の起訴の見送りや求刑の引き下げなどを受けられる制度。企業が社員の犯罪を認めれば、法人としての起訴の見送りなどを取引できる場合もある。関係者によると、合意内容は同社が自社社員の不正を認めて捜査に協力する代わりに、外国の公務員に賄賂を渡すのを禁じた不正競争防止法について、特捜部は法人としての起訴を見送る方針だという。賄賂を渡したとされる社員はすでに依願退職しており、五葉マテリアルは「現時点でお知らせする話はない」としている。

外国公務員への贈賄行為による不正競争防止法違反は、個人の場合なら五年以下の懲役《ちょうえき》か五百万円以下の罰金。個人が業務によって同法に違反した場合は、法人も三億円以下の罰金を科される。

司法取引？　花織は唇を嚙み締めた。なんなの、このひどい制度……。最終的に個人に責任を押しつけられるのなら、会社は何でもできる。特捜部もどうかしている。鬼塚は会社の事業の一環で賄賂を渡したのに、企業側の責任は問わず、個人に罪を負わすなんておかしい。ただの弱い者いじめだ。

新聞を机に叩きつけたかった。五月の連休明けから、鬼塚は特捜部に聴取されていたのか。だから姿を見せなかった。そして今月から司法取引制度が導入されたのにあわせ、会社は鬼塚らを人身御供《ひとみごくう》にした――。社内イントラでは依願退職とあったけど、体のいい厄介払いだったのだ。

鬼塚はＦＣ事業に心血を注いだ。デタチキスタンの経済発展も望んでいた。それなのにウカクリウム採掘で会社が罪に問われれば、事業が一旦中止、下手すれば数年停止しかねない。会社が鬼塚を切るのは簡単だったはずだ。因果を含められれば、鬼塚の性格なら進んで自ら責任を引き受けるに違いないのだから。

「賄賂か。ちょっとがっかりだな」

チームメンバーの一言に、花織の体は硬直した。鬼塚は公判で有罪になるだろう。わたしは賄賂の話を知っていた。このまま事業にかかわっていいのだろうか。会社にいていいのだろうか。

誰かが電話対応している。誰かがパソコンのキーボードを打っている。誰かがコピーをとっている。誰かが立ち話で軽い打合わせをしている。それらが合わさった音がワァっと花織の周りで漂っている。

十年近く当たり前だった景色が、今日を境に日常から遠ざかっていく気分だった。

三日後、花織は窓のない狭い会議室で部長と対していた。

「考え直せ。今なら間に合う」

部長の手元には、花織が提出した辞職願がある。

「わたしは自分に失望したんです。デタチキスタン高官に賄賂を渡した経緯を知っていたのに、止めなかった。課長が辞めるなら、わたしにも責任があります」

部長は渋面《じゅうめん》になった。会議室はエアコンで冷え切っていた。

「君の心中は理解できるが、知っていたところで誰にも止められなかった。渡さないと、事業は頓挫していたんだ」

「賄賂の件、部長もご存じだったんですね」

「ああ」部長が鼻から盛大に息を吐く。「鬼塚君は私や常務に相談してきた。上層部は誰もが知っているよ」

予想はしていた。特捜部と司法取引した以上、上層部も聴取されたと推測できる。ここで花織を引き留めないと、外で内幕を話されかねないと思い、踏み込んだ説明をしているのだろう。

「個人に責任を押しつけて、会社は恥ずかしくないんですか。責任逃れじゃないですか」

「それは違う」部長が眉間に皺を寄せる。「もとはといえば、鬼塚君の責任とも言える。賄賂が必要な進め方をしたのは、現場責任者の鬼塚君なんだ。会社はこれまでの投資を回収しないとならず、許可するしかなかった」

カッと花織の体は熱くなった。決して鬼塚のせいではない。でも——。今度は体が急速に冷えていく。結果は結果。会社の理屈は崩せない。

「ただ、君の言う通り、会社にも多少は責任がある。だから不利益を最小限に止《とど》めるため、司法制度の枠組みで打てる手は打った。会社は我々社員の生活も守らないといけない」

「会社が進んで特捜部に申し出たんですか」

「いや。顧問弁護士を通じて、特捜部がそれとなく司法取引制度を持ち掛けてきたんだ、運が良かったんだよ。制度が導入される前だったら、ぞっとする結果になったはずだ」

花織の脳裏に、気泡さながら一つの疑問が浮かんだ。どうして賄賂の件が漏れたのだろう。現地政府高官や鬼塚、会社の上層部が漏らすとは思えない。他に知っているのは……セルゲイ、ナターシャ、わたし。セルゲイとナターシャが日本の司法当局に伝える意味はない。

部長が身を乗り出してくる。

「せっかく鬼塚君と常務が犠牲になってくれたんだ。三人のためにも我々はＦＣ事業を進めていく義務がある。デタチキスタンプロジェクトは走り出したばかりじゃないか」

「事業は皆さんにお任せします」

「辞めてどうする気だ？　結婚か」

言葉に詰まった。こんな状況でそんな的外れな報告をするわけないのに。

「何も決めてません」

「それなら残るんだ。五葉マテリアルの看板を外した君に何ができる？　君は何者でもない。ただの会社員なんだぞ」

「鬼塚課長はわたしに影響が及ばぬよう、わたしが賄賂の一件を知っている点を特捜部に言及しなかったんだと思います。そうでないと、わたしも罪に問われたかもしれない。会社に残るべきではありません。いられません」

「そんな甘ちゃんじゃや、やっていけんぞ。世の中は綺麗事では動かない。君だって三十を過ぎてるんだ。社会の仕組みを理解してるだろ。誰も彼も報われるわけじゃない」


結局、花織は七月三十一日付けで退職した。花織の退職を誰よりも残念がったのは、セルゲイとナターシャだ。

——カオリ、セルゲイはとても悲しんでいる。次の職場が決まったら、必ず連絡をくれって言っている。わたしも連絡がほしい。本当は辞めないでほしい。でも、カオリの気持ちもわかる。時々でいい。最初に採掘したウカクリウムを見て、わたしたちを思い出して。

ナターシャからのメールは個人用のパソコンアドレスに転送した。それくらい構わないだろう。二人は仕事仲間という以上に、友人なのだから。

誰にも見送られず、大手町の五葉マテリアル本社を出ると、花織はあてもなく歩いた。引き締まった顔をしたスーツ姿の中年男性や、華やかな笑みを浮かべるＯＬが闊歩している。めいめいが各自の目的地に向かっている……。雲のない真っ青な空だった。皇居からセミの鳴き声が届き、外堀《そとぼり》通りを多くの車が走り去っていく。

どこかの会社の入り口に続くスロープに腰かけ、花織は頭を抱えた。不意に視界が滲み、涙が込み上げてくる。我知らず肩が震え、しゃくりあげていた。

わたしはもっと五葉マテリアルで働きたかった。でも、負い目があるままでは、いい仕事はできない。わたしはそんな器用な人間じゃない。

目蓋の裏に、飛行機から見たデタチキスタンの草原が浮かんできた。

「大丈夫ですか。気分が悪いんなら、救急車を呼びますよ」

若い男性会社員に声をかけられ、花織はできるだけしなやかに立ち上がった。袖口で乱暴に涙を拭き、若い男性に会釈《えしやく》して、その場を足早に立ち去る。行き先はない。これからの人生を暗示しているようだった。わたしはどんな人生を送るのだろう。

はたと気づき、オフィスビル街の真ん中で立ち止まった。見慣れたビルが少し先に見える。足は自然と五葉マテリアル本社に向かっていたらしい。

両目に三十階建ての高層ビルを焼きつけて、すぐ脇にある地下鉄の階段をそろそろと下った。足元がおぼつかず、何段か踏み外しそうになった。心には気持ちの悪い疑問が染みついている。どうして賄賂の情報が漏れたのか。誰がリークしたのか——。

どうでもいいか。終わった話だ。

退職して一ヵ月後、自宅に一通の封書が届いた。差出人の住所はなく、裏に鬼塚の名前だけが記されていた。どうやってわたしの住所を調べたのだろう。五葉マテリアルには、社員同士で年賀状を送り合う風習もない。花織も人事部に赴き、鬼塚の住所を尋ねていた。個人情報なので明かせません、とにべもなくあしらわれている。花織は急いで封書の端をハサミで切り、丁寧に折り畳まれた便箋《びんせん》を取り出した。

◇

残暑の候、いかがお過ごしでしょうか。藤木が退社したと耳にしました。残念でなりません。将来、藤木は五葉マテリアルを背負って立つ逸材だと思っていました。退社の報を聞き、デタチキスタンの草原で言いかけた言葉を呑み込まなければよかった、と後悔の念に襲われました。あの時、口に出していれば、藤木は会社を辞めなかったかもしれない、と。もう遅いが、伝えておきます。

人生では心から嫌悪感を抱くことでも、やらなきゃいけない時がある。

何について書いているのか、わかるはずです。私は後悔していない。会社を恨んでもいない。誰でも平等に、人生はままならないからです。私はセルゲイにもそう言いました。個人的にこの社会の仕組みは嫌いです。誰かが割りを食い、それは大抵弱い立場の人間になる。あの時は、真面目に日々を営むデタチキスタンの国民だった。そして今回、順番が私に回ってきました。

いくら虫唾《むしず》が走っても、うんざりしても、私は社会の仕組みから逃げる人間だけにはなりたくなかった。

嫌なことの向こう側にも、そこでしか見えない景色があるからです。嫌でも目を逸らさず、見続けるうちに別の何かが見えてくる場合もあります。そこまでの光景も含め、今後の藤木にはしっかりと見てほしい。藤木はそれができる人間だと思います。

汚れを知るからこそ、本当の清らかさを感じるのではないでしょうか。

怖気《おぞけ》をふるう世界から逃げ出したくなった経験があるからこそ、そこで生きる以外にない人たちの気持ちも理解できるのではないでしょうか。

暗部で蠢《うごめ》く影を見つめたからこそ、人として本当にやってはいけない一線を痛感できるのではないでしょうか。

嫌悪感を抱く物事から目を背けなかったからこそ、世の中の問題点を実感でき、社会の仕組みを変えたいと思った時、実現可能な方法を絞り出せるのではないでしょうか。

清濁併せ呑む人間になれと言っているのでも、今回のような事件や私自身を正当化していいるわけでもありません。何かがわかるというのは、雑学を知っているとか、テストで百点を取ったなどとは違う、と思うのです。

泥まみれになった、デタチキスタンでの土壌調査を思い出して下さい。あの時、雨が降れば雨に打たれ、寒い日には白い息を吐き、暑い日は汗を流し、雷が鳴れば身を伏せたように、ありのままの現実に身を置き、何かを探し求められる人になってほしいのです。たとえ、そこに何もなかったとしても、ただ汚れただけだとしても、その場に身を置いた経験は消えません。もうごめんだと思うのなら、二度と見なければいい。その後、どんな道を歩むとしても必ず役立つはずです。

私も、今後の自分に何ができるのか考えていきます。簡単に見つかるものでもないでしょう。幸い、会社員時代に比べると時間だけは沢山あるので、頭をひねり続けます。

ついでです。もう一つ、本心を記しておきます。藤木が退社して残念と書きましたが、一方で安心もしています。この問題に関して、藤木が部外者になったからです。

今後、藤木の人生が幸せであることを心より祈っています。

◇

花織は何度も手紙に目を通した。鬼塚は責任を押しつけられ、詰め腹を切らされた。会社に裏切られ、犯罪者にもなったのに、恨み言は一言もない。

どうしてこんな心境に至れるのか、わたしは知らなきゃいけない。

嫌悪感の向こう側に見えるもの……。鬼塚はそれを見たからこそ、手紙にあるような心持ちでいるのではないのか。同じ光景を前にしながら、鬼塚にしか見えなかったのは、はたしてどんな景色なのだろう。

どうすれば、それがわかるのか。考え続けた結果、花織は一つの解決法に辿り着いた。

鬼塚と同じ立場になる――。

別の会社に入って、鬼塚と同じような地位に就く程度では、五葉マテリアルでの環境とさほど変わらない。五葉マテリアルに在籍し続けても、鬼塚の心境に達せたとは思えない。辟易《へきえき》する社会の仕組みを髄《ずい》まで味わうため、心から嫌悪感を抱く世界に飛び込もう。自分にとってそんな世界は一つ。

それが政治だった。

3

午前九時半、小原は次席検事室の壁際に立ち、ペンを握り、手帳を広げていた。十月十一日、今日の日付に丸印をつけた。ある種の記念だ。東京地検で十五年働いているが、次席検事室に入るのは初めてだった。ヒラ検事室よりかなり広く、足元の絨毯もぶ厚い。執務机や椅子はおろか、普段使いの湯呑や便箋まで一段ランクが高そうだ。

部屋の主は今林良蔵《いまばやしりようぞう》。丸い金縁眼鏡の奥にある目は別段尖ってもいないのに、こちらに緊張を強いる圧力を発している。権力の座に長くいる者の眼差しだ。早大卒でありながらも、東大閥ばかりの赤レンガ派に属している。

五分前、有馬検事室に内線が入った。受話器を置いた有馬が、穏やかに言った。

――次席検事室に呼ばれました。小原さんも同席して下さい。

――私の同席も指示されたんですか。

仕える検事が次席検事室に呼ばれても、普通なら立会事務官は自室で待機する。赤レンガ派と距離を置きたい者としては、近寄りたくない部屋でもあった。

――私の判断です。メモを取るのが面倒なんでね。代わりにメモをお願いします。

従うしかなかった。今のところは取り留めもない話題ばかりで、メモをとるべき話はないが。

今林が高い背もたれに寄りかかった。

「中澤君とはもう会ったかね」

「ええ。なかなかの男でした」

「そうか」今林が悠然と頷く。「彼と私は知らない仲じゃないんだ。私がここの刑事部長だった時、彼が刑事部に赴任してきてね。彼は長崎《ながさき》地検にもいたし」

「ちゃんぽんの名店についてでも話されたんですか」

今林と冗談を交えて親しげに話す姿を見ると、赤レンガ派が有馬を特捜部に送り込んだように思える。気心が知れているので、次席に対しても有馬は余裕のある態度でいられるのだろう。

「まあ、そんなとこかな。彼のことはよろしく頼む」

「承知しました」

さて、と今林が上体を起こして執務机に両肘をつき、緩やかに手を組んだ。

「海老名治の逮捕からだいぶ経つのに、他のバッジに波及しそうもないな」

「何とも言えませんね。この五ヵ月間、司法取引にかかりきりだったので。ようやく手を離れましたけど」

有馬は日本初の司法取引事案で、検察側の仕切り役だった。つつがないスタートを望むのは赤レンガ派も現場派も同じで、適用第一号案件は腕のある検事に任せたいと考える。派閥争いで潰れた検事の分も含め、小原もぜひ参加したい仕事だった。立候補制なら迷わず手を挙げたろう。

「そりゃ、異動時期からいって担当するのを覚悟してましたよ。でも、制度開始早々いきなりなんで驚きましたね。ねえ小原さん」

急に有馬に話を振られ、「ええ、はい」と小原は幾分詰まりながらも応じた。今林が何度か頷く。

「どんな新制度も第一号案件はいつも簡単じゃない。君たちはうまくやってくれたよ」

「端緒の確度が高かったからでしょう。いいスタートを切れると、波に乗れる性格なんです。次席が耳にして、鎌形部長に繋いだんですよね」

「まあね」

「そういえば、五葉マテリアルのヤメ検弁護士は、次席の同期とか」

「ああ。ご苦労さんだったな」

ええ本当に、と有馬はなかばおどけた調子だった。実際はさほど苦労していないのを、傍らにいた小原は知っている。司法取引は弁護人との調整がほとんどだ。諸々のやり取りもスムーズにいき、今回、検察側の意向をほぼ丸呑みさせた。腕もさることながら、有馬が五葉マテリアル側にそれとなく促し、自首に近い形で司法取引を持ちかけさせた面も大きい。

企業側とすれば、司法取引が破談すると会社にガサが入り、起訴に至る。制度を利用しない咎《とが》で巨額株主代表訴訟の恐れもある。そのため、検察側の要求がことごとく通り、在宅起訴した幹部の供述もスムーズにとれた。メールの記録などの証拠もあったが、彼らは切り捨てられてもなお、長年勤めた会社に愛着もあったのだろう。

「おおもとの情報源はどこなんです？」

「わたしにもわからんよ」

今林のさらに上？　生臭い権力闘争、企業の潰し合いの気配を感じざるを得ない。検察の派閥抗争を避けるべく、そのニオイを感じ取ろうとしてきた自分にはわかる。

「率直な意見を聞かせてくれ。新制度を扱ってみて、どうだった？」

「使いようですね。検察側が申し入れても、あるいは受け入れても、『検察は手詰まりだ』と被告人側に察せられかねませんし。こっちの手の内を探るためだけの持ち掛けも想定しないと。個人的には罪を犯した者は司法取引なんか利用せず、真正直に調べに応じるべきだと思いますがね」

「そんな人間ばかりなら、世の中から犯罪は消えるだろうな」

ごもっとも、と有馬は肩をすくめ、続けた。

「合意内容書面の信用度は高い――という評価を勝ち取っていくのが肝要でしょう。検察官調書のレベルまで持っていくんです。実績を積み上げないといけません。今後、企業が司法取引を持ちかけてくるケースは間違いなく増えます。そこをうまく利用する、と」

「難しい取り組みだからこそ、今後も有馬君の力が必要だよ。検察が再び、立法府にも行政府にも誰に対しても絶対的な存在として復活するには、もう失敗は許されないんだ」

この人たちは……。小原はペンを握る手に力が入った。合意内容書面に関しては必ず証拠として調べる規定がある。まさに無実の第三者が罪に引っ張り込まれないための予防線だ。今林も有馬も、それを骨抜きにしようとしている。合意内容書面の信用度を、法廷での供述より重視される検察官調書同様まで高めれば、万一公判で検察側の主張に反論されても、こちらの言い分が通りやすくなる――と言っているのだ。検察が起訴した案件の有罪率は九十九・九パーセント。この数字の死守こそ、上層部の考える復活なのか。

――早く検察の信頼を回復して、司法で社会貢献しましょうね。

派閥争いで潰れた検事の言葉が、小原の胸に蘇《よみがえ》ってくる。

検察の復活。その第一歩目は国民の信頼を取り戻すことではないのか。もちろん、検察は判断を間違ってはいけない。人の自由を奪えるのだから。だが、たとえ有罪率が落ちようとも、丁寧で、誰もが納得のいく公判を積み重ねていかねばならない段階のはず。なのに赤レンガ派は数字だけを追い、視線は国民に向いていない。小原は胸の奥に黒い霧が立ち込めたようだった。

「ウチの上は頼もしいですよ」有馬が声のトーンを上げた。「ここ数年、取り調べの可視化とか検察の在り様にメスが入り、取調べがやりづらくなった。でも埋め合わせのように、日本版『司法取引』という武器を手に入れたんです。たとえ多くの課題をはらんでいても」

「多くの課題とは?」

「最大の課題は冤罪《えんざい》を生む危険性でしょう。冤罪を防ぐ目的で導入されたにもかかわらずです。自分の罪を逃れんがため、無実の第三者を引っ張り込む恐れがあります。アメリカでは、そんな例はわんさかですよ」

「安全弁は設けてるじゃないか。まず合意内容書面を証拠として調べないといけない。今までは捜査関係者に嘘を言っても罰する規定はなかったが、新たに虚偽供述罪も設けた。さらに協議の場では必ず弁護人が立ち会うこともそうだ」

今林の口調には気持ちがこもっておらず、省令や通達文書を読み上げているようだった。

「それこそ落とし穴ですよ。合意内容書面の信頼度が上がっていけば、いくら無実の第三者が法廷で供述しても、書面の方が信頼される方向に進むでしょう。我々はその方向を目指すわけですが」

「他の二点はどうだ？」

「安全弁とは程遠いですね」有馬がさらりと言い切る。「虚偽供述罪の導入で、被告人は取引に合意した上で虚偽供述をした場合、法廷で真相を言えなくなるんです。大阪特捜部の証拠改竄《かいざん》事件で被告人が無罪になれたのは、取り調べ段階で虚偽供述をした人間が法廷で真相を話したからこそなのに。次に弁護人の同席ですが、それは被告人の弁護人であって、被告人が言及した第三者の弁護人じゃない。引っ張り込みの歯止めにはなりません」

問題点をしっかり認識しているからこそ、うまく利用できるわけか。

「まあ」有馬が面倒くさそうに肩をすくめる。「いずれも検察以外が苦労する問題といっていい。赤レンガ派のたくましさには脱帽です」

検察の組織改革は、法務省の赤レンガ派が取り仕切っている。日本版「司法取引」の導入は、現場派への「貸し」となり、政治案件での口出しを通しやすくなるという計算もあったはず。現場派はこうした武器があれば助かるものの、複雑な思いを抱えているのだろう。

「赤レンガ派どうこうというより、どの省庁もこれくらいの知恵は回るよ。今後有馬君は特捜部で何をするんだ?」

「本日、鎌形部長よりご説明があるそうです」

「どうせまたこっぴどく働かされるぞ」

今林が眉毛を上げて茶化すと、有馬は両手を軽く広げた。

「仕方ありませんよ。検察なんてブラック企業の最たるもんです。私も次席みたいに早く偉くなりたいなあ」

「私が偉いかはどうあれ、東京地検次席の椅子に座りたいのなら、しっかりやってくれ」

「もちろんです。では、失礼します」

小原は拍子抜けした。メモを取る必要などまったくなかった。

次席検事室を出ると、腕時計に目を落とした有馬が物柔らかに声をかけてきた。

「このまま特捜部長室にいきます。小原さんもご一緒に」

くるりと背を向け、有馬がつかつかと歩き出す。十歩もいかないうちに有馬が立ち止まり、振り返ってきた。

「次席は長崎地検に赴任してません。どうして中澤君の話題で長崎が出てきたんでしょう」

さあ、と小原が相槌を挟むと、ああ、と有馬が眉を開いた。

「次席は長崎県出身だったな」

有馬は背を向けて進み出す。小原は訝った。有馬の頭には、会話で出た些細な事柄も入っているのだ。わざわざ立会事務官にメモを取らせなくていい。どうして自分を同行させる？　聞きたくてもできない。立会事務官は検事を支える役回りだ。指示された業務を粛々とこなせばよく、質問を挟むべきではない。

五分後、小原は特捜部長室の壁際にいた。部屋の奥に据えられた重厚な執務机に、鎌形がいる。間近で見るのは初めてだ。三つ揃いのネイビースーツをきっちり着こなし、やせ型でも肩幅は広い。後ろに撫でつけた豊かな髪は肩まで届くほど長く、白いものも幾筋か混じっている。茫洋《ぼうよう》としていながら、隙を見せると食いつかれそうな眼をしている。これが特捜部の切り札、ミスター特捜とも呼ばれる男。

鎌形のこけた頬と薄い唇が動いた。

「司法取引の事案、ご苦労だったな」

「無事に任務を果たせてほっとしてますよ」

「そんなタマじゃないだろ」

「見かけ通り、気が小さいんですがね」

有馬は鎌形にも軽口を叩いている。小原は混乱した。先ほどは今林への軽口で赤レンガ派だと見なせたのに、現場派でもおかしくない態度だ。五葉マテリアルの弁護士が今林と同期だった点に触れたのは、『絵を描いたのは次席ですね』と暗に告げた？　五葉マテリアルの事件は出来レース？　今林に対する態度は、現場派の意地？　有馬の立ち位置を早く見極めたい。

「呼び出しのご用件は？」

「決まってるだろ。業務だよ」

鎌形は起伏の乏しい声だった。小原はペンを構え、いつでもメモを取れる準備をした。自分のメモなど、有馬には必要ないのだろうが。

＊

絶対に勝って下さい、新しいリーダーが求められてるんです――。

支援者からの激励通話を終え、花織は受話器を置いた。久富の出馬表明以降、この類の電話が後を絶たない。彼らは馬場に象徴される既存の政治枠組みの破壊を、久富隆一に求めている。だけど……。久富は間違いなく裏金を受け取っている。総裁になっても、馬場より幾分マシという程度ではないのか。どんな政治家がトップの座についても、同じなのだろうが。隆宏ならどうだろう。議員にもなっていないのだ。現実感がなく、想像の線が伸びない。

花織ちゃん、と受付の大坪に呼ばれた。

視線を向けると、受付に浦辺事務所の内村がいた。自分以外の秘書は電話対応や、奥の執務室にこもっている。花織が立ち上がって受付に出向くと、内村がスーツの内ポケットから白い封筒を取り出し、芝居がかった恭《うやうや》しさで受付台に置いた。

「チケット代です。私どもにまでパーティーの案内が届くなんて、久富先生はお困りなんですねえ。総裁選を戦えるんですか？」

民自党の慣例として派閥などのパーティー券は、党所属国会議員の全員に送る。当然、送付先には犬猿の仲である浦辺も入っている。また、案内のあったパーティーに出席しなくても、秘書がパーティー券代を議員会館事務所に支払いにいくしきたりなのに……。

「久富事務所にも浦辺先生のご案内がよく届きますよ」

皮肉を返してやった。内村は動じた素振りもなく、ぐるりと部屋を見回す。

「ここは仕事がはかどりそうだ。総理の事務所には議員らがひっきりなしに来られて、応対で大変なのに」内村はこれみよがしに左手首の高級腕時計を一瞥する。「では、失礼」

内村が出ていくなり、ちょっと、と大坪はいつになく厳しい声つきだった。

「なにあれ。塩でも撒《ま》いとこうか」

隆宏が携帯電話をポケットにしまいながら、事務所に入ってきた。

「まずいぞ。明日の東洋新聞朝刊に、『中国が対日インジウムの輸出量制限を強化する方針』って記事が出る」

隆宏の懸念を、花織は瞬時に理解した。資源政策は経産族マター。資源輸入国の日本にとって今や最優先課題といってもいい。問題が生じれば、経産族の顔役である久富の指導力が問われ、解決できないと総裁選にも影響が出る。資源問題は対象国との関係性や相手の政策も絡むので、短期間で解決できるものではない。よりによってこんな時に。

「ねえ」と大坪が話に入ってきた。「インジウムって何」

「花織の得意分野だろ」

隆宏に促され、花織は記憶から知識を引っ張り出した。

「レアメタルの一つです。中国が世界の生産量の七割以上を占める物質で、液晶とかフラットパネルディスプレイ、太陽電池に利用されていて、半導体産業に欠かせない物質ですね。日本でも確か札幌《さっぽろ》の鉱山で採掘できたんですけど、資源枯渇でストップしてます」

「半導体産業？　液晶が関係するのは何となくわかるけど、太陽電池とも関係あるの？」

「ええ。大半の薄膜太陽電池には、半導体技術が応用されてるので」

「詳しいね」

「会社員時代は資源エネルギー、特に鉱物資源にかかわってたんです」

「頼もしい」大坪が声を弾ませ、隆宏に向き直る。「なんで中国は輸出制限を強化するの？」

「何ヵ月か前、財務大臣が『米中の貿易戦争は米国が勝利する、と学者も言っている』って不用意な発言をしたのは憶えてますか」

「あったね。どうせ米国寄りの御用学者の受け売りでしょ」

花織も憶えている。セルゲイが眉を顰めていたニュースだ。

「でもさ」大坪が首を傾げる。「今になって、中国が大臣の発言に報復してきたわけ？」

「失言直後に中国側から制限強化の通告が秘密裏にあり、日中の事務方レベルが水面下で交渉していた。で、日本側の撤回要求が通らなかったって話です」

「資源を握ってる国は強いね。そもそも輸出制限はどうして？」

大坪の質問に隆宏が詰まり、花織が話を引き取った。

「中国国内の消費量が増加したのに加え、採掘時の環境問題も持ち上がり、しばらく前からインジウム輸出を制限してきたんです。多分、もっと自国で使うために制限強化のタイミングを計ってたんでしょう。最近、日中の友好ムードが高まってたので、中国も自分からは切り出しにくい。そこに日本の重要閣僚の失言があった」

「ううん」大坪が細く長い息を吐く。「政治が足を引っ張ったのね。政界の末端にいる者として、国民に申し訳ないよ。選挙も知名度で当選できちゃうし、肝心の財務大臣が痛くも痒《かゆ》くもないのが腹が立つなあ。中国だって『ずっと輸出制限を強化したかったんで、日本の財務大臣が失言してくれて助かりました』なんて言わない。だから失言の責任を問えないもんね」

三人で何となく顔を見合わせ、花織が話を継いだ。

「隆宏はどうやってその情報を？」

「鴻上《こうがみ》って憶えてるか。小中学校が一緒だった奴」

「もちろん。隆宏をいじめてた奴じゃん」

「そう。花織がプールに突き落とした男。何年か前に同窓会で会ったんだ」

「同窓会？　案内きた？　わたし、行ってないけど」

「花織が外国にいた時だよ。ほら、聞いたこともないような国」

デタチキスタンプロジェクトに参加していた頃……。

「その鴻上が東洋新聞にいるんだ。再会した時は横浜《よこはま》だか静岡《しずおか》だかの支局にいたんだけど、二年くらい前から本社の政治部に異動して、今は与党担当」

「鴻上君がインジウムの難局を伝えてきたのね。自分とこの記事を漏らしちゃまずいだろうに」

「今まで毒にも薬にもならない情報を鴻上にやってたから、お返しをくれたんだな。オヤジの総裁選もあるしさ。下心も見え見えだ」

知り合いとはいえ記者を懐柔するなんて、もういっぱしの政治家みたいだ。

「ひとまず、オヤジに知らせてくる」

隆宏は執務室に向かった。ちょっといいかな、と大坪も山内に呼ばれ、席を立った。折悪く、事務所のドアが開く。

関根だった。ひどく顔色が悪い。

「お疲れさん、オヤジいる？」

関根が仕える経産相の御子柴は、資源政策の舵取り役・資源エネルギー庁を所管している。でも、久富が関根を呼び出すにしては早い。まだ隆宏がインジウムを巡る事態を説明中だろう。

「執務室に。総裁選絡みですか？」

「まあね。多数派工作の相談。政治家は敵の中にも味方を持ってないとさ」

関根が足早に執務室へ行く。どこか背中が寂しそうだった。

「なぜインジウムの一大事を黙ってた」

久富の声は抑えられた分、怒りが滲み出ている。

午後七時、花織はヒルトン東京のスイートルームの壁際に立っていた。窓からはきれいな夜景が見える。ぴかぴかの木製テーブルを挟んで久富と向き合うのは、御子柴だ。

午後、隆宏が久富の執務室に入ってほどなく、花織も久富に呼ばれた。

——得意分野の知恵を貸せ。

久富が難しい顔で言った。関根もその場にいて、天井を仰いでいた。

御子柴が隠れ家とする、ヒルトン東京に関根の姿はない。事務所を出る際、花織の父親と久富の執務室で膝を突き合わせていた。

御子柴はトレードマークの口ひげをさすって落ち着かない様子だが、細い眼からは内心が一切窺えない。東大からハーバード大院、さらに外国の大手コンサルに進んだ経歴を誇示するように、海外のエリートが好みそうな高級スーツにレジメンタル柄のネクタイを結んでいる。御子柴は水を口に含み、グラスを静かに置いた。

「総裁選中ですから、先生を煩わせたくなかったもので」

「バカ野郎ッ。国難を黙っとく奴がいるかッ」

久富がテーブルに平手を落とした。現役大臣にもお構いなしに強い語調だ。御子柴が眉をわずかに寄せる。

「先生は経産族の顔ですが、経産大臣は私です。私が所管する案件すべてを先生に相談すればいいってものじゃないでしょう」

「解決できんのか」

「鋭意努力中です。なにぶん難しい局面なので」

「そんで」久富は憤然と背もたれに体を預けた。「どう分析してんだよ」

「今すぐ日本経済に影響が出る恐れはないかと。国内にいくばくかのインジウムを確保しております。一年かそこらは持ちこたえられる量だそうです。その間に対策を打つしかありません」

「どう思う？」と久富が花織に話を振った。

「失礼」御子柴が不機嫌そうに口元を歪める。「先生、私を信用してないんですか。なぜ秘書に意見を求めるんです？　政策秘書にならともかく、私設秘書になったばかりの若造に何がわかるというんです」

「それがわかるんだよ。ウチの秘書は最近まで資源・エネルギーの最前線にいた。俺たちや官僚と違い、ナマの肌感覚を持ってる。政治のニーズは現場に転がってんだ。忘れたか」

いいえ、と御子柴が顎をぐっと引いた。鋭い視線が花織を捉える。花織は御子柴の目を見返した。資源・エネルギーの分野では負けない。日本の大臣は、その筋の専門家でないのが大半だ。官僚が逐一《ちくいち》説明するので、大臣の席に座っていられる。

「恐れながら、ご認識が甘いかと。産業分野での一年の遅れは命取りになりかねません。太陽電池の分野では、すでに中国企業に大きく水をあけられています」

「なら、どうする？　君には日本が誇るトップ頭脳集団の官僚よりいい案があるのか」

「いえ、ございません」

「だったら偉そうな御託《ごたく》を並べるな」

「勘違いしてんじゃねえ」久富が不機嫌そうに割り込んでくる。「彼女は現状認識の甘さを質したんだ。受け入れるのか否かを含め、今後どう舵取りするかはお前の仕事だ。官僚や学者の分析や報告を頭から信用すんなよ。物事は机上で動いてねえ。頭がいい奴が陥りやすい落とし穴だぞ」

はい、と御子柴は不承不承《ふしようぶしよう》、唇を引き締めた。

「御子柴、他に黙ってることはねえか？」

「ありません」

五秒、十秒と久富は重たい間を置いた。

「そうか。あっちの方はどうだ」

「正直なところ、見当もつきません」

「くそ、誰が馬場に漏らしやがった」

漏らしやがった？　花織は目を大きく広げた。そうだ。考えてみれば、馬場がニューオータニに久富を呼び出して、総裁選出馬に横やりを入れてきた流れは妙だ。久富が出馬意向を発表していなかった段階なのに、馬場は知っていた。この得体の知れない気持ち悪さには、花織も憶えがある。東京地検がデタチキスタンでの一件で司法取引をそれとなく仄《ほの》めかしてきた、と知った時と同じだ。誰が賄賂の件をリークしたのか——。

この社会では、状況やタイミング次第で誰も彼もが裏切るのかもしれない。

スイートルームを出てホテルの車寄せにいくと、久富の車が目の前に滑り込んできた。久富は自分で後部座席のドアを開けて乗り込み、花織が続く。運転席には隆宏がいて、即座に発車させた。久富は目的地を言わない。隆宏は行先を把握しているのだろう。

隆宏がルームミラーで久富をちらりと見た。

「インジウムの一大事、御子柴先生は何と？」

「大臣でございとふんぞり返ってるくせに、花織ちゃんに呆気なくやり込められてた。対策を講じると言ってるが、あの様子なら期待薄だな」

車内に沈黙が落ちる。いわば身内の失態で総裁選の不安要素が増えたのだ。

「わたしも一つ伺っていいですか」

「構わねえよ」

「総裁選立候補の意向が、どこかから馬場側に漏れてたんですね」

「ああ。前もって伝えてたのは御子柴をはじめとする派閥の主要メンバー、後援会の八尋、うちの主な秘書、幹事長の遊佐だ。遊佐は外していい。『俺は違う』と言い張り、証明してみせた。ほら、一緒に記者の前に出たろ」

会話内容はどうでもよく、肩を組んだ姿を記者団に見せる行為自体が重要だったのか。馬場にご注進するほど接近していれば、親しげな姿すら見せられない。幹事長というポストにいても、馬場に疑いを抱かれては面倒だろう。

久富が頭をシートに預けた。

「ときに例の話、気持ちは固まったか」

「いえ、まだです」

そうか、と久富は腕を組み、何事か思案を巡らせ始めた。

数分後、だしぬけに後ろからの強い光が二度、三度と車内を貫《つらぬ》いた。そのましばらく走ると、クラクションが鳴り、またパッシングされた。直後、野太いエンジン音とともにスポーツカーが右に並んできた。片側一車線の道路で、花織には信じがたい光景だった。

対向車線の先からはライトがぐんぐん近づいてくる。

甲高い音が耳をつんざいた。花織はシートから投げ出され、尻が浮いた。シートベルトが体に強く食い込み、息が詰まる。隆宏が急ブレーキを踏んだ——気づいた時、目の前にスポーツカーが滑り込んできた。後方でも急ブレーキの音が続き、そこにいくつかのクラクションも重なった。

スポーツカーは速度を上げ、少し先の赤信号を無視して走り去っていく。

「二人とも怪我は？」と隆宏の険しい声が飛んできた。

大丈夫だ。わたしも。久富と花織は相次いで応じ、車は赤信号で停車した。

「急ブレーキ、いい判断だったぞ」と久富が声をかける。

花織は身震いした。もし隆宏が判断を誤れば、さっきの車は対向車線の車と正面衝突するか、わたしたちの車に体当たりしてきたか、対向車線側の歩道に突っ込んで歩行者を撥ねたか……。

「ここ四、五年、ああいう手前勝手な奴が増えたよな」

久富が冷静に言う。

ひどい世の中だよな、と隆宏がぼそりと呟いた。


スイートルームのはしごなんて人生で初めてだった。これからこういう経験を繰り返すのだろうか。花織はさりげなく部屋を見回す。

今度はグランドハイアット東京。民自党の参議院議員会長が通年で借りる部屋だ。窓には分厚いカーテンが引かれている。久富と会長は応接間のソファーセットに対座し、目の前に置かれた水割りにはどちらも口をつけないでいる。グラスに浮かんだ水滴が時折、思い出したように流れた。

危うく事故に巻き込まれかけた後、花織は車中で隆宏に国会議員要覧を借り、参院会長の基本情報に目を通してきた。七十三歳の二世議員で、党の重鎮。後ろに流す白《しら》髪《が》とグレーのスーツが、雰囲気によく合っている。遊佐の派閥に属し、議員歴は久富よりも長い。久富の方が敬語を使っている。

二人の会話は、本当に総裁選の最中なのかと戸惑う内容だった。

――最近ゴルフでスコアが落ちちゃってさあ。

――クラブを代えてみたらいかがです？　変化するチャンスでしょう。

――そうだねえ。どうしようかなあ。

――そうそう、赤坂の高級中華よりうまいチャーシューメンを発見しましたよ。

――お、どこどこ？

――府中《ふちゅう》市の街道沿いにあるラーメン店です。

遊佐との会合同様、会うこと自体に意味が？　少なくとも、総裁選出馬の挨拶回りの一環という面はあるのだろう。

「そういやさ」参院会長が太い足を組み替える。「高層マンションの免震装置データが改竄されてたな。前にも似たケースがあった。あん時はゴムだったかな」

「ですね。かつては構造設計の計算値が改竄されてた事件もありました」

「所有者は生きた心地がしないだろうなあ。なんせ文字通り、足元がぐらつくんだ。土台はしっかりしておきたいよなあ」

参院会長は何かを投げかけるような物言いだった。

4

「まさか私が関根さんを聴取する日がくるなんて、思いもよりませんでした」

有馬は親しげに話しかけた。重厚な机を挟んだ椅子には、現経済産業大臣の秘書を務める関根直紀が座っている。小原は二人を横から見る位置に小さなテーブルと椅子を置き、パソコンを開き、紙とペンも用意していた。十月十二日午前十時、聴取開始。今しがた、そうメモしたばかりだ。

汐留《しおどめ》にあるコンラッド東京の一室にいた。窓からは柔らかな秋の陽射しが注いでいる。容疑もない政治家や秘書に話を聞く場合、検察庁舎でなく大抵ホテルを使い、費用は相手が持つ。彼らは検察庁舎に入る場面を誰かに見られると、自身の評判に響く。それを避けるため、不特定多数が出入りするホテルでの聴取を希望するのだ。

関根の顔色は優れない。検察に呼ばれた者は誰もが緊張を強いられるが、その雰囲気とは少し違う。かなり疲れている様子だ。なにせ現役大臣の秘書で、御子柴の派閥を仕切る久富が総裁選に立候補している。毎日対応に追われているのだろう。

「これは取り調べですか」

舌足らずなのか、関根の呂律《ろれつ》は怪しい。

「広い意味では」

「正直ですな」

「なにしろ、相手が関根さんなので」

二人には一体どんな関係があるのか。小原には見当もつかない。

「単刀直入に伺いましょう」有馬の声はいつも通り穏やかだ。「御子柴議員は、小さなコンサル会社を営む男性とお付き合いがありますよね」

「細かな交遊関係は把握してません。多すぎますので」

「関根さんもご存じの方ですよ。男性はこの五年、個人献金と企業献金の上限を御子柴議員に寄付しています」

「お名前は？」

「辻幸一《つじこういち》」

「辻さんなら存じております。最初から名前を言って下さい」

こいつは失敬、と有馬が軽やかに応じた。単刀直入と言いつつも、別の名前が出てくるかもしれず、有馬は辻の名前を出さなかったのだ。

昨日、鎌形から御子柴と辻の関係を解き明かすよう指示を受けた。

——辻ってのは何者なんです？

——馬場に絡み、あちこちで名前が浮き上がっている。大阪出身の四十一歳、独身。大阪大学卒業後に米国留学。現地IT企業に就職。十年前に帰国し、日本でコンサル企業を立ち上げた。中の下、といった規模だな。

――御子柴もかつてコンサルでしたよね。共通点といえば共通点だし、留学しているのも一緒。そんな人間は掃いて捨てるほどいますけど。辻本人は叩いたんですか。

――半年前に出国し、今はフィリピンにいる。何かに勘づいたのかもしれん。秘書によると、帰国予定も未定だ。

特捜部長室を出て有馬検事室に戻るなり、小原は御子柴事務所に入電して、関根聴取の時間を確保した。有馬の指示だった。『関根さんは御子柴事務所の大黒柱です。議員の交遊関係を把握してるでしょう。相手の裏も表もね』

――なぜこのタイミングで……。

電話の向こうで、関根はしばし絶句していた。近々総裁選がある。立候補した久富は、御子柴が所属する派閥の長。自身の聴取が漏れれば、ただでさえ不利だと思われる久富が、さらに追い込まれかねない。それを恐れたのだろう。

有馬が物柔らかに問いかける。

「御子柴議員と辻氏が知り合われた経緯はご存じですか」

「パーティーの席でしたね」

「御子柴議員ともなれば、パーティーでは大勢が群がってくる。誰とどれくらいの話をするのかを考えるのは、筆頭秘書のお仕事でしょう」

「その通りです」

「じゃあ、関根さんはあらかじめ辻氏の氏素性《うじすじょう》をご存じだったわけだ。さぞ腑に落ちなかったでしょうね」

「よく意味が掴めません」

「辻氏が馬場派の各議員と関係が深い——寄付をしたり政策の相談に乗ったりしていたのは、ご存じだったんでしょ？」

「ええ。ただ、馬場派と距離を置きたい。しかし、政治に興味があるので御子柴のパーティーに出席したい、というお申し出でしたので」

関根の目にはいいカモと映ったのか。付き合いでパーティーに出席はしても、自分に見返りがない限り、献金まではいかない。政治信条に共鳴して寄付しようと思えるほど、日本人は政治家の成果や行いを知らず、興味もない。パーティー初参加者がその後、当の政治家に寄付するのは多く見積もっても一割未満。辻が政治に興味を持っているのは明らかで、寄付してくれる可能性は高い。長い間政治家秘書を務めてきた関根は、瞬時にこの程度のそろばん勘定をするだろう。小原は息を潜めて気配を消し、二人のやり取りを見守る。

有馬が間を置くように軽く手を組んだ。

「辻氏は馬場派と今も繋がりがありますよね。むしろ、より深まってる」

「簡単には切れない、とぼやいてらっしゃった」

「辻氏が寄付を始めて一ヵ月後、御子柴議員は馬場派の総理が率いる内閣で大臣になってらっしゃる。偶然ですかね」

「何を仰《おつしや》りたいので」

「なんとかも方便って言いますし、権謀術数渦巻く世界なら、百戦錬磨の秘書も欺かれる時もあるだろうな——と」

小原はにわかに興奮していた。今は有馬が赤レンガ派か現場派かなんてどうでもいい。

辻が馬場と本当に距離をとろうとしているなら、馬場に切り込める材料を御子柴周辺に吐露《とろ》したかもしれない。一方、辻は馬場に何らかの意図を吹き込まれて御子柴側に送り込まれた線もありうる。この場合、引き入れてしまったのは関根だ。有馬はこちらの線の方が濃いと読み、関根の責任感を揺さぶり、馬場の目的を探る腹なのだ。馬場が辻に背負わせた任務が何であれ、関根が探り出していてもおかしくない。馬場に切り込める端緒に繋がるかもしれない。

関根の顔が微かに引き攣り、手も少し震えはじめた。図星を衝《つ》かれた緊張、あるいは恐怖か。有馬の視線がちらりと関根の手に向いたのを、小原は確認した。

＊

「私、御子柴太は閣僚の一人として、総理に票を投じる所存です」

テレビ画面には、真顔の御子柴のアップが映っている。

久富事務所の空気が凍りつき、花織も政治活動報告書の再封入作業の手を止めた。

ＮＨＫの正午のニュースは、さらに映像が続く。

「派閥の意向に従わないんですね」

記者団から確認の声が飛ぶと、御子柴は重々しく頷いた。

「総理を支える――それが政権を担う閣僚の責務でしょう」

午前十一時五十分、御子柴が経済産業省で定例記者会見を開き、総裁選について言及した模様だった。いかにも速報という荒っぽい編集の映像で、御子柴は平然と記者の質問に応じている。映像がスタジオに変わり、男性アナウンサーが御子柴の意向を再度伝えだした。

「どうなってんだよっ」

隆宏がボールペンを机に投げ捨てた。事務所スタッフ全員の気持ちを代弁した一言だろう。御子柴は久富の若頭格で、発言は重たい。派閥「繁和会」メンバー、特に若手議員に疑心暗鬼の種を植えつけるようなものだ。現総理につかないと反逆したとみなされ、党や政府の役職はおろか、次の選挙で公認を得られないのでは――と。

「花織、昨日オヤジと御子柴が顔を合わせた場に同席したよな。御子柴の様子はどうだった」

素早く記憶を反芻した。しいていえば、自分は大臣だと言い返した程度だ。あれでは、袂《たもと》を分かつ意思を伝えたとはならないだろう。そう告げると、隆宏は数秒思案顔になり、事務所内を見まわした。

「藤木さん、山内さんはいかがです？　御子柴議員の動向に異変を感じてましたか」

「感じてたら、とっくにオヤジに話してるよ」

父親が険しい顔で言った。私も、と山内が力なく続ける。

そうですよね、と隆宏が深い息を吐いた。

「藤木さんはオヤジと対応を協議して下さい。俺と山内さんで問い合わせの電話をさばきましょう。派閥の議員や支援者、マスコミ、問い合わせは全て二人に繋いで下さい」

隆宏が事務所内の全員に指示を飛ばした。

「なんて答える？」

山内は焦った声音だった。

「変わらぬ支持を呼び掛けるしかないでしょう」

隆宏が言い終えるやいなや電話が鳴り、大坪が受話器をとった。落ち着いた言葉遣いで用件を聞いているけど、真っ直ぐ隆宏を見ている。早くも問い合わせがきたのだ。

次の呼び出し音が鳴り、三本目がそこに重なった。花織も対応に入った。御子柴の発言について、繁和会所属議員の秘書からの問い合わせだった。担当者がお答えします、と応じて保留ボタンを押す。また次の外線に出る。

何本目かの通話を終えた隆宏に、花織、と呼ばれた。まだ電話は鳴り続けている。

「だめだ、藤木さんも電話対応に回ってもらう。呼んできてくれ」

「わかった。五番に次の問い合わせ」

了解、と隆宏が保留ボタンを押して対応に入る。花織は立ち上がるなり、小走りで執務室に向かい、急いでドアをノックした。どうぞ、と久富の返事があり、ドアを開ける。

手痛い裏切りにあったのに、久富はいつも通り胸を張り、顔にも険しさはない。

「どうした？」

「父にも電話対応を手伝ってほしい、と隆宏が。わたしもそう思います。山内さんと隆宏だけでは手が足りません。待たせる時間が長いと、ウチは混乱していて応対にも手が回らない状況だ——と認識されかねないので」

「藤木、行け」

父親が唇を引き締め、花織の横を足早に通り過ぎていく。花織がドアを閉めかけると、久富がふっと口元を緩め、重々しく腕を組んだ。

「まさに足元に注意すべきだった。昨晩、参院会長は示唆してたんだ。まだまだ俺も甘いな」

「何のことです？」

「マンションの免震装置データの改竄疑惑の話題から、足元の話になったろ」

あ……。政治家は核心や機微に触れる部分では直接的な物言いを避け、色々な情報を伝え合っているのか。

「まんまと一杯食わされたな」

「関根さんは、教えてこなかったんですか」

「そいつは筋違いさ。俺がアイツでも言わん。今は御子柴の筆頭秘書なんだ。御子柴が総裁選の打合わせと称して関根を寄越したのも、カムフラージュだったんだな」

「関根さんには酷ですね」

「ああ。顔色が悪かった理由の一つだろう」

関根は御子柴に意志を伝えられ、口止めされていたのだ。裏切ると知りながら、久富事務所を訪れた胸中はいかばかりか。哀しみ、悔しさ、怒り、やるせなさ、双方への忠義心、割り切れない気持ち、政界にはよくある出来事だと自分に言い聞かせる冷静さ。諸々の感情が入り混じっていたに違いない。関根の背中はどこか寂しそうだった。わたしの勘は、関根の胸中を感じ取っていたのだ。

リーク——。御子柴が馬場派に久富総裁選出馬の意向を漏らしたのだろうか。政治の権力闘争、御子柴のやり口に嫌悪感が込み上げ、花織のみぞおちの辺りは熱くなっていた。会見の発言は正論だし、理屈は通っていたけど共感はできない。この感情、司法取引で鬼塚が人身御供となった時に抱いたものとよく似ている。

「関根さんはもうウチの事務所に顔を出せませんね」

「関やんはさ」久富がいつにない深い声を発した。「そもそもしばらく出せなかったんだ。なんせ今、別件にかかりきりでさ。そのせいで顔色が悪いのかと思ってた」

「別件って、インジウムの件ですか」

「ああ、それもあったな」

まだ他に懸案が……。心なしか久富の体が少し小さく見える。

「因果ってのは本当に巡るんだな。御子柴が関やんを今回煙幕に使った発端は、俺にある。十年前、馬場派に繫がる県知事が失脚した。俺の指示で、関やんが地元の検事に情報を流したのが端緒だった。知事は自分の利益しか考えない奴でね。御子柴も一枚嚙んだんで、関やんが裏工作に達者だとよく知ってんだ」

内線が入った。久富が腕組みをほどき、受話器に手を伸ばす。

「そうか、通せ」久富は短く応じ、受話器を置いた。「花織ちゃんも、もうひと踏ん張り頼む」

執務室を出て自席に戻る途中、花織は繫和会所属の衆院議員三人とすれ違った。三人とも硬い顔つきで、花織が目礼してもこちらを見ようとしなかった。

「お釣りは結構ですっ」

花織は五千円札を放り投げるように渡すと、タクシーを飛び下り、御成門《おなりもん》の大学病院の裏口に駆け込んだ。薄暗い廊下の先にはがらんとしたエントランスホールが見える。午後七時を過ぎ、一般受付時間はもうとっくに過ぎていた。花織はエレベーターに向け、廊下を進んだ。自分の足音だけが冷たく響く。

三十分ほど前、花織は依然として御子柴を巡っての混乱が続く事務所にいた。そこに実家から連絡があった。

──関根さんが倒れたって。奥さんから電話があったの。搬送先の病院に、奥さん一人でいるみたい。

母親は慌てていた。花織は即座に父親と久富に伝えた。御子柴の裏切りがあったとはいえ、関根は元々久富事務所の身内だった。

──花織ちゃん、様子を見てこい。俺たちは動けない。

久富は重たい口調だった。

花織は病院のフロアマップを素早く確かめ、エレベーターのボタンを押した。8、7、6……。もたもたと表示が変わるのが、もどかしい。

三階の手術室フロアもひと気がなかった。花織が視線を振ると、少し先に灯りが漏れている。壁が一メートルほどへこんだスペースに簡素なベンチが置かれ、関根夫人がちょこんと腰掛けていた。心細そうにうつむき、花織が来たことにも気づいていない。おばちゃん、と呼びかけると顔がゆっくり上がってきた。

「花織ちゃん？」

「おじさんの容態は？」

「脳梗塞《のうこうそく》で倒れて、意識不明になっちゃった。今手術中」

「大変……。ここに来てるの、おばちゃんだけですか？　御子柴事務所の人は？」

「今はそれどころじゃないから、身内で対処して下さいって」

関根夫人の声に力はない。

「一人で大丈夫ですか？　人手がいりますよね？」

「うん。でも娘は北海道に嫁にいってるし、息子は海外勤務中だし」

ちょっと待ってて下さい、と花織は小走りで一階ロビーに下りると、携帯で電話を入れた。

「はい、御子柴事務所でございます」

女性の声が慇懃に聞こえた。

「関根の身内の者ですが、どなたか病院にいらして頂けませんか」

少々お待ち下さいませ、と女性が保留ボタンを押す。お電話代わりました、と今度は男性が出た。花織は用件を繰り返した。

「申し訳ございませんが、先ほど、奥様にお答えした通りです。我々が病院に行っても何もできません。今こちらは本当に忙しく、お身内の方だけでご対応下さいませ」

「筆頭秘書なんですよ。少しくらい時間を割いたっていいでしょう」

「仰る通り、関根さんは御子柴事務所にとって重要な方です。だからこそ関根さんなら、私どもに余裕がない現状をご理解頂けると存じます。他にご用件はございますか」

取りつく島もなく、花織が答えられないでいると、男性が事務的に続けた。

「私どもも関根さんの回復を心より祈っております。では、失礼します」

ぶつ、と通話が切れた。

花織は携帯電話を力任せに握り締めた。いつだって国会議員もその事務所も忙しいのは百も承知だ。特に大臣ならなおさらで、特に今日は総裁選で首相を支持する方針も表明し、その対応もあるだろう。久富事務所だって総裁選に向けててんやわんやだ。それでも、久富はこうして自分を派遣した。御子柴の対応はありえない。義理も人情も何もない。口では国民のために力を尽くすと言いながら、いざ自分の身内が倒れてもほったらかしだなんて。

花織はとぼとぼとエレベーターに乗り、関根夫人のもとに戻った。

「すみません。駄目でした」

「仕方ないよ。みんな忙しいから」

「お医者さんは何か言ってましたか」

「主に過労とストレスだろうって」

花織は廊下の白い壁を見つめた。壁や床に染みついた消毒液のニオイが、鼻をつんと刺してくる。脳裏に関根との会話が浮かんだ。関根が毅然と言い切った言葉だ。

考え抜く。

——絶対に自殺はしない。切り抜けられる手段を考えて考えて、考え抜く。

もし関根が息を引き取れば、御子柴が死に追い込んだに等しいのではないか。関根に酷な役回りを与えたのだから。関根は、久富本人の前で何食わぬ顔でいる演技を強いられた。関根は久富を裏切るという御子柴の方針に苦悩し、どう落としどころを見つけるか考えて考えて、考え抜いた。板挟みになった感情は関根を蝕《むしば》み、裏切りのXデーが近づくにつれ、心労は日に日に増した。そして倒れるに至った——。

政界では今までも、こういった自殺にも他殺にもならない『犠牲』が数多くあったはずだ。どれくらいの秘書が死んできたのだろう。関根が新たな一人にならないのを祈るしかない。

政治は社会を動かす力。政治での犠牲はつまり、社会の犠牲。花織は奥歯を噛み締めた。鬼塚の例もある。世の中は今、誰かが自分の自由や将来、命を犠牲にしないと円滑に回らない構造なのではないのか。そんなの間違っている。社会、国、組織が個人に犠牲を強いる仕組みなんて絶対におかしい。

「不幸中の幸いなんだろうね。今日から特捜部に呼ばれてて、その汐留のホテルで倒れたんだよ。すぐに東京地検の人が救急車を呼んでくれた」

特捜部に関根が？　久富が言った、関根が抱えていた別件とはこのことだろうか。

二時間後、関根の手術が終わった。医師が手術室から出てくると、関根夫人の前で立ち止まり、緑色のマスクを外した。

「手術は万全を尽くしました。ご主人の症状では六割方意識が戻りません。あとは体力と気力が勝負です。ＩＣＵの個室に移られた後、ご家族は十五分面会できます。準備が整い次第、看護師が知らせに参ります。麻酔が醒《さ》める頃ですので、ご主人に何か声をかけて下さい。無意識でも耳は聞こえてます。内容は何でも構いません。私の経験上、意識が戻る可能性がわずかに高まるんです」

あの、と関根夫人が今にも泣き出しそうな声を発した。

「意識が戻ったとして、何か後遺症はあるんでしょうか」

「おそらく左半身に麻痺が残り、リハビリに通って頂くことになります」

関根夫人が白いハンカチで口元を弱々しく押さえた。医師は軽く頭を下げ、病院関係者用の階段に早足で向かう。

三十分後、やってきた看護師に案内され、二人は四階のＩＣＵフロアを進んだ。こちらです。看護師が言った。花織ちゃんは身内だから、と関根夫人に腕を取られ、花織も個室に入った。

中央の大きなベッドで、関根は目を瞑って寝ていた。口には酸素吸入用のマスク、鼻や腕にはいくつもの管や心電図に続くコードが繋がれている。

「あんた、花織ちゃんが来てくれたよ」

関根は微塵も動かない。

「あんた、大好きな花織ちゃんだよ」

関根は微動だにしない。

「花織ちゃん」関根夫人はすがってくる眼差しだった。「何か声をかけてやって」

花織は無表情の関根に向き直る。

「おじさん、また料亭のお弁当を一緒に食べようよ」

関根の様子に変化はない。

それから十五分、何の変化もみせない関根に代わるがわる声をかけ、二人は個室を後にした。看護師に、面会は明日以降もしばらくは身内だけ、限られた時間のみになると告げられた。家族用待合室に入ると、関根夫人が泣き笑いのような顔を見せた。

「ちょっとトイレに行ってきていい？　手術中、我慢してたのを忘れてた」

「どうぞ。ついでにジュースでも飲んできて下さい」

悪いね、と関根夫人が個室を出ていった。

花織は目頭を強く押さえた。つい昨日まで会話を交わしていたのに、関根の顔は粘土細工のようにのっぺりしていた。嘘だと思いたかった。関根は身内同然で久富の秘書になって以降も、色々と世話にもなった。最近だって、資源・エネルギー部の勉強会で危うく資料が手に入らなかったのを助けてくれた。一緒に料亭の弁当を食べながら、秘書の役割について新しい視点を提示してもくれた。御子柴の一件にしても、時には恩人にも非情に徹する役回りを教えてもらったと言ってもいい。元気なら、今後も色々な面で世話になったはずだ。

神様、関根のおじさんを助けてください——。

花織は心の中で何度も祈った。

ドアがノックされ、返事をして振り返った。ドアを開けたのは関根夫人ではなく、身だしなみが整った二人の男性だった。

右側の男に見覚えがある。でもどこで？

「どちらさまでしょう」と花織は訊ねた。

「東京地検の有馬です。一緒にいるのは小原と申します」

東京地検……。どうしてわたしは見覚えがあるんだろう。

「業務に関わり、関根さんのご容態を確かめに参りました。入っても構いませんでしょうか」

「有馬さんは特捜部の方で、関根さんの聴取をご担当に？」

「ええ、まあ。失礼、お身内の方ではないのでしょうか」

「はい。藤木と申します。仕える議員は異なりますが、議員秘書の先輩後輩の間柄です。幼い頃からお世話になった方なので、奥さんが席を外す間、こうしてそばで待機しております」

「ちなみに藤木さんはどなたの事務所に？」

「久富隆一です」

「総裁選準備でお忙しいでしょうに。関根さんと深いご関係なんですね。御子柴事務所の方はおいでになってないのですか」

「来られないそうです」

「なるほど。ところで、奥さんの戻りを待った方がいいでしょうかね」

招き入れるしかない。この人たちが救急車を手配してくれたのだろうから。関根夫人もそう判断するはずだ。どうぞ、と花織は応じた。二人は足音もなく個室に入り、小原が後ろ手で丁寧にドアを閉めた。花織は、明日以降もしばらく家族以外は面会できない旨を伝えた。

「そうですか」

有馬の顔に一瞬落ちた翳《かげ》で、花織の記憶が弾けた。柔和でありながらも、どこか相手を射るような目つき――。

大学のゼミだ。有馬は、いくつかのゼミで合同新年会を催した折、指導教授の招きでやってきた検事だ。刑法ゼミの教授が東大で教鞭をとっていた頃、最も出色の生徒だったと紹介していた。あの時、花織は国際環境法ゼミの一員として自分には無縁の世界だと感じながら、眺めていた。

「小原さん、確認はこれでいいですよね」

「そう思います」

あの、と花織は有馬に声をかけた。

「林原《はやしばら》清《きよし》教授をご存じですか。東大から慶応《けいおう》に移った」

「ええ」

「林原先生主催の新年会に、有馬さんはゲストで参加されましたよね」

「ああ、だからか。藤木さんは先ほど、私のことを思い出そうとする眼差しでした」

さすが特捜部。こちらを鋭く観察している。

「今回のように聴取相手が倒れるケースはよくあるんでしょうか」

「ごく稀に。私の場合は二度目です。だから、即座に一一九番通報できたんでしょう」

あたかも天気の話題でもする軽い声色だ。無意識のうちに、花織は目の辺りに力が入った。

「相手が倒れるほど、苛烈な取り調べをされているんですね」

「そうか。こうおっしゃりたいんですね。どのツラ下げてこの場に来られたのか、と」

「二度もあれば、偶然とは思えません」

「偶然ですよ。どんなに低い確率だろうとね。そもそも疚《やま》しい調べはしていません。関根さんの聴取は、本人同意にもとづいて録音録画もしています。第三者が見ても、適正な聴取だったと判断してくれるでしょう」

「何を聴取されたんですか」

「外部には申し上げられません」

花織は一旦間を置いた。感情的になってはいけない。

「関根さんは、……関根のおじさんは意識が戻っても後遺症は残る恐れが高いそうです。悩みに悩み、精神的に追い込まれた末、倒れた可能性があります。今回の捜査は、一人の人間が押し潰されないといけないほど大切な内容だったんですか」

「私たちは犯罪行為を突き止めるため、常に様々な人に話を伺います。それが犯罪行為でないなら、違うと明らかにする意図もある。もし関根さんが倒れるほど聴取を受けることに思い悩んでいたとすれば、それだけ疚しい点があったとも言えませんか」

「おじさんはいい人です」

「いい人だろうと悪さはします」

「おじさんはどうしようもなく、したくもない行為をしたのかもしれません」

「同意します。必ずしも悪人が法を犯すわけじゃない」

鬼塚だってそうだった。こめかみの辺りで血流が速まるのを感じる。いつの時代も人柱となってきたのは、関根や鬼塚のように心身を社会や組織、国に捧げてしまえる『いい人』ばかりではなかったのか。個人は、体制の駒ではないのに。

「検察、ひいては法律って、こういう歪んだ社会を是正する役目じゃないんですか。なんでおじさんみたいな人が押し潰されなきゃいけないんですか。いい人が割りを食う社会はおかしい。こんなの正義じゃないでしょう」

「勘違いしてはいけません」

平静でありながらも、強い語調だった。有馬がわずかに目元を引き締める。

「歪んだ社会を是正するのは法律ではなく、政治の仕事です。言い換えれば、有権者、国民の意志なんです。法律は補助役に過ぎない。ただ私の目から見ると、取り返しのつかない事態に国を追い込みかねない法律は、いくつか生まれてますがね。悪法も法、というやつです。あるドイツの法学者は、『法とは闘いとるもので、権利のための闘争』と言ってますが、日本人にはちんぷんかんぷんでしょう。日本人は法律に疎《うと》い。当然、疎い日本人には政治家も含まれている。法律がもたらす余波を認識できないんです」

「悪法？　旧優生保護法や国家総動員法、治安維持法みたいな法が？」

「ええ。かつて存在したんです。今もその類の法が生まれない保証がありますか」

ない。有馬はこう指摘しているのだ。かつて日本人は、信じがたいほどひどい法律に従っていた、というより意に介していなかった。『上が決めたことだから』『お上《かみ》が間違った判断をするはずがない』と頭を預けてしまって。そして、いまだこの国民性も構図も変わっていない――。

わたしも頭を預けている一人だろう。秘書になるまで、法律の制定過程すら知らなかったのだから。悪法も丸呑みする一般人にも責任はある。普通は気にも留めず、かつ信じ切っている法律を疑う視点も大事だろう。だけど……。

「一般の人に責任の全てを背負わせるのは違うと思います。法律のような専門分野は、一般人が理解するのは難しい。だからこそ、プロが必要なんです。悪法が生まれれば、直す行動をプロが起こさないと」

「プロにもできることと、できないことがあります。たとえ誤った法律でも、変える権限は我々にない」

「プロが分別臭く、投げ出したら終わりじゃないですか。そんなの責任放棄でしょう」

花織はデタチキスタンでの土壌調査が脳裏をよぎった。寒さ、熱さ、雨、風、雷、汚れ、ゲリラ……遭遇した様々な出来事に屈せず、今後の世界を変える物質を探し求めた。デタチキスタンで見つからなかったら、別の土地でまた調査しただろう。少なくとも、花織はそう提案した。

有馬は無言でこちらを見ている。花織も有馬を見据え直した。

「一般の人は、有馬さんのような専門家を信頼してるんです。悪法を変える動きを作るのは、確かに難しいかもしれません。ですが、特に検察には正義の実現を期待しています。今回なら、おじさんが悪い行為に手を染めていたとしても、そうせざるを得なかった理由や、背後に隠れたものを抉《えぐ》り出すべきでしょう」

「期待するのは皆さんの勝手ですし、検察も裁判所もできるだけ真実に近づこうとはします。けれど、どちらも一定の事実を突き止め、認定する機関にすぎない。検事も裁判官も、問題の何もかもを解明できません」

有馬が視線を緩めた。

「話の腰を折るようですが、林原先生のゼミ懇談会以降、私たちはどこかでお会いしてませんか」

「いえ。ないと思います」花織は息を継いだ。「検察や裁判に正義の実現を、真相解明を期待するのは無駄――そうおっしゃる理由を教えて頂けませんか」

「公判や捜査は、真実の一側面を照らし出すにすぎない。真実ほど多面的な事柄はありません。裏にも脇にも上にも下にも、真実は側面を持っているんです」

確かにそうだ。鬼塚の公判。わたしは賄賂の話を知っていたのに、罪に問われてもいない。

「それに」有馬が淡々と続ける。「藤木さんは先ほど正義の実現とおっしゃった。私にとっては、正義なんてどうでもいいんです」

え？　なぜここまで踏み込んだ話をわたしにするのだろう。

「正義なんて時代や場所によってころころ変わります。悪法だって存在する限り、正義の側になる。そんなものを追求する方がおかしい。正義や、そこから導き出される正論なんて思考を停止させるツールに過ぎませんよ。正義より、その物事が正常かどうかの方が大事なんです。正常かどうかを基準に置けば、悪法を駆逐する方向に舵も切れる。色々煩雑な手続きや経緯が必要だとしてもね」

正義と正常――。今この瞬間まで花織の頭をかすめもしなかった視点だった。

「もっとも」有馬が軽く肩をすくめる。「本心を言えば、正常かどうかもどうでもいい。正義ほどじゃないにしろ、正常かどうかも時代や場所、空気によって歪められますから」

その歪みこそ、鬼塚と関根が『人柱になるのも仕方ない』と判断するしかなかった元凶ではないのか。本来なら政治家が歪みを指摘して、現状の仕組みに代わる理念や方向性を掲げ、有権者の投票によって社会を改めていくべきなのだろう。けれど、実現する兆しはない。選挙も機能していない。第一、こんな正論はわたしが思いつくほどだ。もう誰かが目指しているはず。志半ばに玉砕し、屍《しかばね》は累々と積み重なっているのだ。

有馬はプロとして、世の中と司法の限界を冷徹に見つめているのか。その目と、法律という武器があるなら、プロとして社会改革のために何かできるはずなのに。あるいは、こうした責任感が鬼塚と関根を、追い込んだのだろうか。それならなおのこと、二人が身を投げ出すという判断をするしかなかった社会に、メスを入れないといけない。

「有馬さんは何に基づき、何を求めて、検事として仕事をされてるんですか」

「そういう藤木さんは?」

わたしは——。花織は絶句した。

わたしは今、プロと言えるのだろうか。

有馬が滑らかに顎を引いた。

「私は偉くなるためですよ。偉くなるため、結果を求めてるんです。日本人は上昇思考を隠そうとしますが、私は違います。きちんとした結果が伴えば、とやかく言われる筋合いはない」


有馬たちが待合室を去り、花織は一人じっと無機質な壁を眺めていた。有馬は、ほとんどの日本人に法律を理解する能力がない、丸呑みしている——と指摘した。同じ指摘は政治にもできないだろうか。わたしだけがひときわ政治に無関心だとは思えない。学生時代、社会人時代、周りで誰も政治の話をしなかった。日本人にとって、政治は遠い場所にある。ちょうど検察や法律が遠くに存在するように。どちらも日常生活に密接しているにもかかわらず。

そんな政治の世界に長年身を置いていても、関根は倒れた。いや、倒された。政治家や政治にとって、誰かにつけいり、意図通りに操るなんて造作もないのだ。今まで政治家にも政治にも不信感や嫌悪感を抱いてきたけれど、そこで止まっていた。例えば秘書が自殺しても、『政治家は悪者、その一派が死んでも自業自得』と思ってきた。そこから一歩進み、自分に何ができるのかを考えなかった。他人よりも政治が身近だったはずなのに。

花織は姿勢を正すと深く息を吸って、目を閉じた。何百回と見てきた関根の笑顔と、先ほどの粘土細工のような顔を思い起こす。わたしの人生が変わる瞬間だ――。

おじさん、と心に浮かんでいる関根に声を出して呼びかける。

「わたしは決めました。本気で政治っていうバケモノを相手にします。バケモノを操ってみせます。おじさんみたいな犠牲をもう出さないために」

関根も鬼塚も逃げなかった。わたしは逃げていた。社会を真正面から見据え、辟易する仕組みを髄まで味わおうと近寄りたくもない世界に足を踏み入れたのに、全身でプロの秘書になろうとしていなかった。金庫番の打診を受けた時、巨大な黒い穴を前にした気分にさせられた。あの黒い穴は、政治を通して見た社会そのものではないのか。

わたしはデタチキスタンプロジェクトで世界の仕組みに負けた。今、政治の世界では関根が踏み潰される姿を見た。関根も世界の仕組みに負けた一人なのだ。身近な人間が立て続けに二人も倒されたのは、宿命としか思えない。今のままでは、また誰かが倒れてしまうだろう。

花織は勢いよく目蓋を上げた。世界――社会の仕組みを変えるのは政治だ。政治と正面から相対しよう。政治というバケモノと勝負できるようになってみせる。わたしはエネルギーや自動車が新時代に入ろうとする姿を目《ま》の当たりにしてきた。時代は確実に変わっている。政治も変われないはずがない。変わるかどうかは、そこにいる人間次第だろう。

ただし、これまで誰かが進んだ道では行き詰まるはずだ。わたしは自身の道を探し、進むしかない。利用できるものは徹底的に利用しよう。たとえこの手が汚れようとも、国の方向を変えてやる。のしあがってやる。

金庫番のプロとして。プロが投げ出したら、終わりなのだから。

花織ちゃん、まかせたよ――。

関根の声が聞こえた気がした。

*

病院の無人の廊下を歩いていると、有馬が朗らかに声をかけてきた。

「なかなか面白い女性でした」

「昔お会いになった、とおっしゃってましたが」

有馬でも忘れることがあるとは思わなかった。

「らしいですね。当時のことは全然憶えてませんでした」有馬がちらりとこちらを見た。「異なる意見を知るのは大事ですよね。どの立場からでも物事を考えられるようになる」

あなたは赤レンガ派ですか、現場派ですか？　いっそ訊いてしまいたかった。むろん、訊けない。話が出たのを機に、手駒にされてしまいかねない。

「いやあ、久しぶりに突っ込んだ話ができましたよ」

「なぜあそこまで立ち入ったお話を？」

この数ヵ月、有馬は小原だけでなく、誰に対しても業務にまつわる必要最低限の会話か天気や食事など、どうでもいい話題に終始するばかりだった。

「理由は二つ。一つ目は彼女を見て、想起したものがあるからです。わかります？」

「昔の彼女とか、幼馴染とかですか」

「日本刀です」

心底予想外の返しだった。

「あの、どういった辺りが？」

「すべてですよ」有馬は即答した。「日本刀は人殺しの道具でありながら、美の対象でもある。人殺しの道具なので、せめて美しくないといけないのかもしれません。刀の美は外見じゃなく、存在自体に内在してるんです。何事にもびくともしない凜《りん》とした気高さ、とでも言いましょうか。彼女はまだ表面が赤々と熱せられた鉄の棒の段階でしょう。今後、一体どんな刀になるのか」

この男は何を言わんとし、何を見ているのだろう。小原にはついていけなかった。

「日本刀を想起させた人物は彼女で二人目です。一人目は――。まあ、伏せておきます。私にとって親近感を抱く理由になった、と理解して下さい」

エレベーターホールにつき、小原が降下ボタンを押した。

「二つ目は？」

「小原さんに私の本心を知ってもらう、いい機会だったからです」

有馬はあっけらかんと言ってのけた。

小原は内心で首を傾げた。発言が独り歩きして、人事に影響が出る可能性を考慮してないとは思えない。立会事務官の忠義心を試している？　違う。藤木経由で検察関係者に伝わる可能性だってある。何か別の狙いがあるのだ。なんだ……。

エレベーターが到着し、二人で乗り込んだ。横目で有馬を窺う。いつも通り穏和な面つきで、何を考えているのかまったく読めない。無言のまま一階に到着して、自分たち以外は誰もいないエントランスホールを抜けていく。小原には、有馬と藤木との会話で気になる点があった。

「聴取中に相手が倒れたご経験が、前にもあったんですね」

「ええ。あの時も相手が脳梗塞でね。私も怖くなって、前兆症状を勉強しましたよ」

「どんな症状なんですか」

「舌がうまく動かなくなったり、手足が震えたりするそうです」

「私は関根さんの症状を見誤りました。手足の震えも、呂律の怪しさも感じたのに」

有馬も目にしているはず。先ほども、藤木が垣間見せた目の表情を読み取っていたほどだ。

「緊張反応、と見たんですよね？　私もです」

有馬には一向に悪びれた気配がない。緊張反応と脳梗塞の前兆は違いそうだが……。特に有馬は、目の前で聴取相手が倒れた経験がある。

小原はごくりと唾を呑み込んだ。やはり、有馬は関根の前兆症状を黙過したのかもしれない。だとすれば、赤レンガ派の意向ではないのか。

御子柴は馬場派の首相を支える大臣だ。今林は、検察は立法府に対しても絶対的存在になるべきと唱えたが、赤レンガ派は馬場の意向を窺っているのが現実。法務省人事も内閣人事局の動向、言い換えれば、官房長官——その背後の馬場に左右される。内閣にダメージを与えかねない捜査を止めた、という恩を売っておいて損はない。

正義と正常。関根の症状をわざと見過ごしたとすれば、有馬が下した判断は正常と言えるのか？

検察は社会の安全装置。安全装置が人を倒すのは、本末転倒だ。怖い。小原はさむけ立った。これは権力の私物化ではないのか。検察が意思や意図を持って動き、個人が押し潰されたのだから。司法取引を骨抜きにしようという考えも、私物化の一つだろう。

だが、自分には赤レンガ派の方向性を正せない。そんな立場にいない。小原は己の限界を突きつけられた気がした。

唐突に有馬が足を止め、頭上をゆったりと眺める。

「彼女が政治の世界で何をしたいと考えるのか。楽しみですねえ」

第三章

1

「ほんと、うめえなあ。鳥留駅のごぼ天かしわうどんは」

久富が声を弾ませ、勢いよくうどんをすすった。

立ち食いそばやうどんを食べた経験はほとんどないけど、普通のレベルじゃないのは花織にもわかる。ちょっと甘めのつゆ、嚙むと旨味が滲み出す鶏肉、ごぼうの天ぷら、刻み青ネギ、柔らかな麵《めん》。すべてのバランスが絶妙だ。絶好のうどん日和《びより》でもある。陽射しは目に眩《まぶ》しいものの、夏のそれと違って強さがなく、空気もまろやかなので汗も出ない。

花織は箸を止めて顔を上げ、駅構内を眺めやる。東京の駅にはない風情《ふぜい》が、鳥留駅にはあった。木材がふんだんに使用された駅舎は 趣《おもむき》に富み、足元のコンクリートにも長年踏まれてできたおうとつがあって味わい深い。ちょうど昼時で、向かいのホームのうどん店でも麵をすする姿が見受けられ、誰もが満足そうだ。わたしたちは場違いだな、とも思う。土曜のＪＲ鳥留駅で、スーツ姿の四人組がうどんをすする姿は異様だ。

今朝、久富、隆宏、父親、花織の四人で羽田《はねだ》空港から福岡空港に飛んだ。その後、市営地下鉄で博多《はかた》駅に出て鹿児島《かごしま》本線に約三十分乗り、鳥留駅にやってきた。総裁選出馬を地元支援者の前で告げる、お国入りだ。今日十月十三日と明日十四日、花織たちは鳥留市で過ごす。政策秘書の山内らは、東京で引き続き総裁選の準備にあたっている。福岡空港から車移動の案もあったが、『鳥留駅のうどんを食わんでどうする』という久富の一言で電車になった。

「関やんも、このうどんが好きなんだよな」

久富がしみじみと言った。関根の意識は回復しておらず、花織の母親が入院中の関根の世話を手伝っている。

四人とも、うどんのつゆまで飲み干した。

「先生、うまかったとね」

立ち食いうどん店の女将が気さくに声をかけてきた。

「最高だよ。ずっと続けてくれ」

「またこんね」

「もちろん来るさ」

久富は満面の笑みで応じた。

一行は駅を出た。まず目に飛び込むのは、こんもりしたツツジの植栽が中央にある小さなロータリー。『ようこそ　鳥留市へ』というアーチ形の看板が掲げられ、そこに東京では見かけない小鳥が羽を休めている。客待ちのタクシーが二台止まり、運転手同士が車を下りて話し込んでいた。

駅前は三叉路《さんさろ》で、ビジネスホテルと小さな飲食店がぽつぽつとあるだけ。大物国会議員の地元にしては控えめな街だ。

花織が鳥留市を訪れるのは久しぶりだった。小学生の間は毎年祖父母の家に親類が集まり、年越しをした。中学生になると部活もあって、足が遠のいた。以降、訪れたのは社会人になりたての頃、友人の結婚式が福岡であって、流れで立ち寄った時だけだ。

アーチ看板の小鳥が飛び立っていく。

花織は不意に視界に入った黒い影が気になり、三叉路の右方向を見やった。駅近くの工業団地に続く産業道路に、スーツ姿の男たちが三人いる。真ん中の背中に見覚えがあった。あのグレーの格子柄《こうしがら》スーツは何度も目にしている。

部長……。なんで鳥留市に？　五葉マテリアル関連の工場や企業は鳥留市にない。

「花織、いくぞ」

隆宏に呼ばれ、すでに三叉路の正面方向に歩き出した一行に駆け寄った。

ラーメン店と呉服店が並び、古い戸建てやアパートが連なる通りの一画に、久富の地元事務所はあった。県内では他にも佐賀市などに事務所を三ヵ所構えている。鳥留駅前事務所を地元本拠地にしているのは、鳥留市が久富の出身地であり、鉄道でも車でも交通の要所にあたるためだ。かなり大きな事務所は古い二階建て住宅にも見えるけど、久富の全身写真看板が引き戸脇に立ち、それとわかる。今日と明日、ここで一時間ごとに六つの後援会幹部に総裁選出馬の報告会を行う。報告会後は久富の実家に赴いて仏壇に線香をあげ、墓参りにも行く予定だ。久富の実家は現在、姉夫婦が守っている。

ただいま、と久富が引き戸を開けた。花織も三人に続いて入ると、広い玄関には祖父母の家を訪れた時みたいな懐かしい匂いがしていた。

「お疲れ様です」

背の低いスーツ姿の男が奥から恭しく出てきた。靴はかなり履き込まれ、スーツも着こまれている。どちらもよく手入れが行き届き、みすぼらしい感じはしない。ただ、袖口から覗く真新しい時計だけがそぐわない。金無垢のロレックスなのだ。

「おう、榊原、ご苦労さん。皆さんは？」

「ぼちぼち二階にいらしとります」

「そうか。榊原は花織ちゃんとは久々だよな？　私設秘書に加わってもらった」

ご無沙汰しています、と花織は深めに頭を下げた。公設第一秘書の榊原と顔を合わせるのは何年ぶりだろう。

「こちらこそ」榊原はぶっきらぼうに銀縁眼鏡の縁を上げ、すぐさま久富に向き直った。「挨拶にはまだ早かとですが、皆さんと話ばしてくれんですか」

「そのつもりだ」

「藤木君たちは一階奥でお茶でも飲んどって。三々五々、支援者が集まる段取りになっとったい。頃合いばみて呼びにくるけん」

花織たちは玄関で靴を脱いで事務所にあがった。奥の台所で、テーブルを三人で囲む。割烹着《かっぽうぎ》姿の女性が丁寧に緑茶を淹《い》れてくれ、蓋つきの湯呑で出てきた。一口含むと体の芯に染みていく感じがした。父親もおいしそうに湯呑に口をつけている。

花織は昨晩、関根の入院先から議員会館事務所に戻ると、実家に行き、父親とみっちり二時間話し合った。


「わたしも金庫番をやります」

花織は父親の目を真っ直ぐ見て、言い切った。

父親が強い眼差しを返してくる。

「本当にやるのか？　嫌いな政治の世界にどっぷり浸《つ》かることになるぞ」

「覚悟の上です」

「決めた理由を聞かせてくれ」

「端的に言うと、わたしは自分の目的のために、立場を利用すると決めた」

「目的？」

「生きていれば誰にだって話せない事情の一つや二つはできる——ってお父さんも言ってたよね」

花織はやんわりと撥ねつけた。三十秒近く、どちらも何も言わなかった。父親が緩やかに腕組みして、鼻から長い息を吐く。

「もう聞かんよ。花織は一度言い出したら、てこでも動かん。誰に似たのかな」

「褒め言葉として受け取っておきます。娘が加わってどんな気持ち？」

「率直に言って、複雑だよ」

父親が事務所で話しかけてこなかったのは、意識的だったのかもしれない。就職活動の時も、心から賛成できないので、いくら久富の意向でもしつこく誘ってこなかったのだろう。父親も社会——黒い穴をしっかり見つめてきたからに違いない。

父親は腕組みをほどき、テーブルに身を乗り出してくる。

「まず、金庫番の心構えを伝えておく」

「お願いします」

「金庫番は議員の足腰だ。金庫番が膝をつけば、議員も体勢を崩す。些細《ささい》な失敗ですら許されない。金庫番の道にひとたび踏み出せば、もう後には戻れない。議員と一体になり、人生を歩んでいくしかない。いくら汚れた道だろうとな」

父親が傍らのファイルを手に取り、花織の前にそっと置いた。

裏帳簿——。

花織は息を止め、しなやかに手を伸ばす。わたしにとって金庫番への、本気で社会を真正面から見つめることへの第一歩だ。

紙の重量以上の重みを感じた。表紙を静かにめくり、次々とページに目を通していく。罫線《けいせん》が引かれた各ページには、久富を長年支える後援会『隆賀会』のトップ、八尋が率いるタイヤメーカー『ヤヒロ』をはじめ、大手自動車メーカー、大手小売店、大手商社など様々な企業の名前が几帳面《きちょうめん》な筆跡で記されている。一方、金にまつわる記述はない。日付と『支援者用、写真二十枚焼き増し』などとあるだけだ。

「これ、本当に裏帳簿なの？　闇献金の記述がないけど」

「花織」父親の声が急に冷えた。「たとえ家でも闇献金という言葉は使うな。いざという時、口から出てしまいかねない。言葉一つでオヤジの政治家生命が断たれる場合もある」

「軽率でした」

「以後気をつけなさい。内々では『写真』と呼んでる。写真一枚が百万円を意味する。写真二十枚なら二千万円だ」

「なんで写真と呼ぶの」

「大元となるネガ——裏金に引っかけた。ガネの裏、つまり逆から読むとネガだ。お父さんの世代はネガといえば写真を想起する。後援会や派閥のパーティーではよく写真を撮るしな。百枚単位で焼き増しする時もあるんで、外部の耳に入っても説明がつく。ちなみに『焼き増し』は、写真を派閥の議員らに渡す時に使う言葉でもある」

花織はもう一度ファイルに目を落とす。ざっと見る限りでも、闇献金は年間で数億円単位にのぼりそうだ。

「これとは別に、政治資金収支報告書を作成するんだよね」

「ああ。金庫番の大事な仕事だ」

「先方はどうやって写真を用意してるの」

「訊かないのが暗黙のルールだ」

ソファーの片隅で丸まっていた猫の豆蔵が、大きな欠伸をした。

「写真の用途は？　ファイルに記述はないけど」

父親は別のファイルをテーブルに置いた。花織は一冊目を閉じ、二冊目を開く。こちらも罫線が引かれた紙が使用されている。

二〇一五年二月十日　　写真十枚焼き増し　　福山《ふくやま》・鳥留市議
二〇一五年三月十八日　写真二十三枚焼き増し　御子柴《おさない》
二〇一五年四月四日　　写真五枚焼き増し　　長内・埼玉《さいたま》県議
……

花織がファイルから目を上げると、父親は口を開いた。

「主に派閥国会議員の地元県議選や市議選で使う資金だ。派閥が出す表資金に加えて渡す。どんな選挙でも金がかかる」

「実弾が飛び交うってやつね」

実弾は現金の隠語だ。

「いや、今はあまりないな。報告書に記載するのとは別に、交通費や飲食費なんかに使われてる。信じないかもしれんが、オヤジが写真を私的利用したことはない」

年間に集まる闇献金額を考えると、使い切れないだろう。全国各地といっても、関連議員の選挙は毎月ない。

「写真はどこに貯めてるの？　銀行には預けられないでしょ」

「それは追々《おいおい》」と父親が椅子の背もたれに体を預けた。

「ねえ、前に金庫番は自分にしかできないと思った、って言ったよね。理由を教えて」

父親がゆっくりと頷く。

「さっきも言った通り、金庫番は政治家の足腰だ。政治家が進む道は、平坦な舗装路じゃない。足元はぬかるみ、急勾配《きゅうこうばい》で、視界はきかず、周りから何が出てくるかもわからない。いや、道ですらない。そんな場所を泥まみれで進み続けるには、強い足腰がいる。汚れを厭《いと》わず、足の裏に何が刺さっても歩みを止めず、どんな怪物が目の前に現れても怯《ひる》まず、歩き続けられる足腰が。お父さんほど踏ん張りがきく人間は、秘書陣にいなかった。最後までオヤジに同行できるのはお父さんだ。オヤジもそう考えたんだな」

「山内さんたちと比較できるような出来事があったのね」

「ああ、あった。それを言うつもりはない」

父親は唇を引き結んだ。重ねて尋ねても、口に出さないだろう。久富はどうしてわたしを選んだのか。幼い頃から知っていて信用できるから、と言ってはいたが、なぜそう思えたのかわからない。デタチキスタンでの経緯を知っているはずがないし、関根が倒れるのを予知するなんて不可能だ。この二つがなければ、わたしは金庫番という役目に尻込みしたままだったはず。

「どんな気分だ、初めて政治の裏側に触れてみて」

「まだ実感は湧かない。自分が動かしたんじゃないからかな。お父さんは最初どうだった」

「もう忘れちまった」

父親は遠い目をしていた。自分だけに見えている景色があるかのように。

「あと五分で一回目の報告会ば始めるけん、藤木君たちも二階に」

榊原が呼びにきたので、花織たちも急な階段で二階に上がった。三十畳はある大広間に座布団が敷かれ、年配の男女が五十人くらい集まっている。正面は一段高くなっていて、一脚のパイプ椅子がある。久富はパイプ椅子に座らず膝を畳につき、後援会幹部らと談笑中だ。花織たちは大広間の最後尾、壁際に並んで立った。後援者の先頭には八尋もいた。他の支援者と同じ座布団に尻を落としている。

榊原が耳打ちすると、ゆっくりと久富が立ち上がり、正面の壇上に移動した。大広間のざわめきが一気に落ち着く。

久富が後援者に深々と一礼した。

「高いところから失礼します。本日はお忙しい中、足を運んで頂き、恐縮の限りでございます。もう皆さんもご承知でしょうが、私――久富隆一は民自党総裁選の立候補を決意しました。一世一代の大勝負でございます。苦しい戦いは百も承知です。皆さん、どうかご支援のほどよろしくお願いします。党員票が鍵を握っております。皆さんのお力が頼りです。私に国の舵取り役を任せて頂きたい」

大広間が大きな拍手で埋め尽くされた。久富はもう一度、深々と頭を下げる。

「私は誰もが幸せになってほしい。しかし、今の内閣が見据える方向性は違います。彼らは国家的威信や利益ばかりを求め、国民の営みに思いを馳せていない。ともすれば異論を許さず、寛容さを失い、弱者を蔑《ないがし》ろにしている。危機感を抱かざるをえない現状です」

久富はマイクを使わずに滔々《とうとう》と語り上げていく。

これが政治家の演説か、と花織は聞き入っていた。永田町に来ても、演説を耳にする機会はなかった。選挙時の、選挙カーで候補者が自分の名前を連呼する印象で止まっていた。

「昨今、日本を取り巻く国々でも排他的な傾向が強まっています。だからといって、彼らに歩調を合わせる必要はない。日本は独自の道を歩めばいいんです。しかしながら、現在の政府ではできない。己の方針が中心にないからです」

久富が拳を握り、胸の前に突き出す。

「党内でも多勢に無勢です。けれど誰かが立ち上がらない限り、一石を投じることすらままならない。私以外、誰も政府にものを言えないのです。これが正常な国の姿でしょうか。私は日本を立て直す。そのために総裁になり、総理になる。皆さん、どうか後押しして下さい」

再び大きな拍手が鳴った。ラーメンの相場も知らん、坊ちゃん総理ば倒さんね。そうたい、そうたい。掛け声もあちこちで飛ぶ。総理の倉橋は過去に国会でラーメンの値段を問われて、だいたい二千円、と答えて顰蹙《ひんしゅく》を買った。祖父も父親も総理を務めた家庭ゆえか、高級中華料理店でしか食べた経験がないのだ。花織はくすりと笑いかけ、瞬きを止めた。

久富は党参院会長に、さりげなく高級料理店とラーメン店の話を持ち出していた。あれは坊ちゃん総理より、自分の方がいいと暗に示したのか。政治家はそれとなく伝え合う生き物だと、改めて痛感させられる。

拍手と掛け声がやむ頃を見計らって、久富が手を大きく広げた。

「厳しい戦いに身を投じるにあたり、東京の事務所に新たな戦力が加わりました。長年私を支えてくれている藤木の一人娘、花織君です。花織君、ちょっと前にきなさい」

急に呼ばれて戸惑ったものの、花織は背筋を伸ばし、大広間の端を歩いていく。後援会幹部の視線が自分に注がれていた。久富の隣に並ぶと簡単な自己紹介を求められた。

「藤木花織です。五葉マテリアルに勤務後、この度、久富事務所に加わりました。日常業務はもちろん、特に資源・エネルギー政策について、お力になりたいと考えております。よろしくお願いします」

報告会が終わり、後援会幹部を一人一人見送った。次の会まで、がらんとした大広間に久富一行と八尋、榊原だけとなった。

「隆一」八尋が切り出した。「こんコは政策秘書の手伝いばすっと?」

「いや。金庫番だ」

八尋が目を剝《む》いた。

「こん小娘が？」

「一人でじゃない。藤木がみっちり教え込む」

「やめた方がよか。小娘にはできん」

八尋は諭すような物言いだった。花織は以前、帝国ホテルでも八尋に苦言を呈されている。父親を一瞥すると、二人のやり取りをじっと見ていた。

大広間がしんと静まった。推し量られているような静寂だ。花織は太腿に置いた拳を軽く握り締める。久富も、わたしの覚悟を聞きたいのかもしれない。

「若輩者ですが、一言よろしいでしょうか」

「ああ？」と八尋の怪訝そうな目が花織を捉えた。「なんね」

「自分に金庫番ができないとは思えません」

「あんたには無理だ」

「いくら八尋さんでも、金庫番の仕事をご存じないでしょう。根拠もなく、口を挟むのはおかしいと思います」

「あんたよりは知っとる。企業も政治家事務所も本質は同じやけんね。要は資金繰りったい。なのに、あんたには秘書として何の実績もなかろうもん」

「最初は誰だって実績はありません。八尋会長だってそうだったのでは？」

「せからしかッ」

間髪を容れず、榊原の一喝が飛んできた。八尋もぎろりと睨んでくる。榊原は八尋の代弁者でもあるのだ。二人は長年地元で密接にかかわってきた。お互いの心模様はお見通しなのだろう。

八尋が久富に向き直る。

「後援会は切り崩しにあっとっと。後援会の維持が大変なこつは知っての通りたい」

「榊原に聞いてる。馬場が俺を潰すため、浦辺が手先となってんだろ。ったく、浦辺の野郎は面倒くせえなあ。俺が最初に選挙で勝って以来、ずっと敵視してくる。馬場のジジイに尻尾ふりやがって。ジジイも次の選挙で刺客《しかく》候補を送り込んでくる気かもな」

十分ありうるのだろう。隣の福岡は馬場帝国だ。候補者の選定には困らない。

「さすがに次の選挙では負けん。ばってん、繰り返していくうちわからんくなる」

「切り崩しの手法はなんだ、実弾か？」

「浦辺も馬鹿やなか。あからさまな手段はせんとやろ」

「じゃあ、どうやってんだ？」

「誰もなあんも言いよらん。うまい話ばちらつかされたんじゃなかか。情けなか。県議や市議にも浦辺に乗り換える奴が出てきとっとよ」

八尋は憤然《ふんぜん》と言い、右手でバンッと畳を打った。

「こげん大事な時に、小娘ば金庫番に加えるなんておかしか。藤木の足手まといになんのは目に見えとっとが」

花織は堪《たま》らず口を開いた。

「仕事は年齢や性別でするんじゃありません。早々に戦力になってみせます」

「せからしかッ」

また榊原の怒声が飛んできた。花織は首の裏がカアッと熱くなる。今は何を言っても無駄だろう。

「花織は優秀です」隆宏が毅然と口を挟んだ。「幼馴染の私が誰よりそれを知ってます」

隆宏にも行きの機内で、久富の金庫番になると告げている。

――目の色が変わったな。今はそっちに集中してくれ。頼んだ件は脇に措《お》いてさ。

隆宏は心持ち嬉しそうだった。

「優秀な人間なんて腐るほどおっとよ。世の中は甘くなか。問題は、のしあがっていけるだけの器量と根性の有無。こん小娘にあっとか」

「私はあると思います」と隆宏がすかさず切り返す。「会社員時代に泥にまみれ、這いつくばった経験をしたはずです。花織の目の色を見て下さい」

「目の色だけでは、なんも動かん」八尋がつっけんどんに突き放した。「付き合ってられん」

隆宏が唇を噛んだ。再びその口が開きかけた時、オヤジ、と榊原の声が遮った。榊原が中腰になって膝を詰める。

「国のためもよかばってん、もう少し地元にも利益を生む政策ばしてくれんね」

「地元に利益を落とせない奴が、国に利益をもたらせられるわけがないって理屈か。一つの真理だが、俺のポリシーには反する。俺は国会議員だ。国のために仕事してんだ。地元もそのうちの一つってだけだ」

「オヤジッ」

よかよか、と今度は八尋が割って入った。

「その辺にしとかんね。そこが隆一の美点やけん。地元は俺たちが守ればよか。そげんこつより、こん小娘のこったい」

「八尋、もう決まったんだ。とやかく言ってんじゃねえッ」

「なんばいいよっとッ」

「そいはこっちの台詞《せりふ》たいッ。何べんも同じこと言わすんじゃなかッ」

次第に二人の声量が上がり、久富も方言を使い始めた。顔を突き合わせ、早口でまくし立てあっている。花織には何を言っているのかわからない。拳が飛び交わないだけで、喧嘩にも聞こえる。

失礼します、と大広間の襖《ふすま》が静々と開いた。一階でお茶を淹れてくれた女性だった。

「次の報告会に参加される方がお見えになりました」

「通してくれんね」

久富は八尋に対してとは一転して、穏やかに告げた。

2

花織はこめかみを揉んだ。深夜一時半。心身ともに疲れているはずなのに、眠気はやってこないし、欠伸すら出ない。リビングのソファーセットで向き合う父親にも、眠たそうな素振りはない。

政治と金――。わたしにとっては未踏《みとう》の世界であり、父親にとっても神経が覚醒《かくせい》する話題を扱っているからだ。

土日のお国入りを終え、花織たちは日曜夜に東京行きの飛行機に乗った。今回挨拶できなかった後援会幹部のもとに出向くため、隆宏は久富の名代で地元に残っている。花織は東京に戻ると、父親と二人で久富を自宅に送り届け、池袋の自宅マンションではなく、実家に来た。

資料を見たり、説明を聞いたりすると、本当に政治には金がかかると理解できる。

国会議員は年収が約千七百万円。加えて議員活動費が月百万円、文書通信交通滞在費も年千二百万円受け取れる。議員会館事務所については賃料も、水道・光熱費も無料。これだけを見れば、かなり恵まれた境遇に思える。

けれど、地元などの事務所費、私設秘書の人件費、各種会合の会費などを合わせると支出は四千万円近くになる。さらに、久富は派閥の長だ。年に二回、会社員にとってはボーナスにあたる『氷代』と『餅代』を、所属議員に渡さないといけない。氷代と餅代は約一億円にのぼり、いざ選挙ともなれば自分の費用だけで最低二千万円はかかる。他にも選挙区内に設置する事務所の賃料、机や椅子などのリース代、ポスターやビラ作成費……。

また、派閥会長として所属議員には選挙の軍資金も渡す。

「法定費用で選挙を賄えないのは、永田町の常識だ」父親は事務的に告げた。「まずオモテの解決手段は、個人や派閥のパーティーで稼いだ金の投入だ。夜のパーティーでは一千万円、昼のパーティーだと五百万円の利益が出れば上々だな」

「一般人の年収をちょっとした時間で稼ぐんだね」

花織の一言に、父親は目を広げた。

「そんな視点、忘れてたよ。そもそも持っていたのかすら怪しいな」

花織は、関根にかけられた言葉が頭に浮かんだ。

――政治のニーズは庶民の暮らしにある。庶民の暮らしの中にいる人間が議員には必要なんだ。

「大丈夫、わたしは忘れない」

「頼む」父親の顔は緩み、直後に引き締まる。「繁和会のパーティー券収入はだいたい年間二億円。半額はプールしてネガにする。人件費やペーパーカンパニーへのコンサル費用名目でね。これが写真と合わせ、ウラの解決手段になる」

「なんで繁和会の金庫事情まで知ってるの？」

「繁和会の金庫番も兼務してるからさ。表向きは派閥事務所とは何の関係もないし、政治資金収支報告書も派閥スタッフの名前で提出してるけどね」

父親はこともなげだった。繁和会は議員会館から徒歩五分の永田町中央ビル五階に事務所を構え、常駐スタッフが五人いる。

「わたしって本当に金庫番の娘なんだね」

「何を今さら。父親らしいことは、何もしてやれてないけどな」

父親が申し訳なさそうに、力なく首を振った。……今してくれている。口で言うのではなく、金庫番として成長するのが最高のお礼だろう。

「話を続けよう。繁和会の政治資金収支報告書に繰越金は五億円と記しているが、実際は約二十億円。この金額は、お父さんしか知らない」父親はひと呼吸置いた。「花織が二人目だ」

にわかに肩に重みが加わった気がした。一生付き合っていく重みだ。

「そんな大金どこに？」

「派閥の事務所金庫に保管してるんだ。鍵はお父さんしか開けられない」

「どの派閥も、ウチと同じ手口でネガを作ってるの？」

「手口か。自ら犯罪だと認める言い方だな」父親はわずかに眉をひそめる。「手法とか手段って言いなさい」

「できません。わたしは小手先の言葉遣いでごまかさない。自分がネガ作り――違法行為に手を染めてる現実を認識していたいから」

　それで正当化されるわけではないし、罪滅ぼしにもならない。だけど現時点での、わたしなりの身の処し方だ。

「外では口に出すなよ」

「心得てます」

「さっきの質問に答えてなかったな。多分、どこもネガを作ってるよ」

「だから政治家って、誰も彼も悪人ヅラに見えるんだね」

「笑えないな」

　政治家秘書も他人事じゃない。ネガや写真を扱ううち、容貌が変化していくように思う。父親も金庫番でない人生を歩んでいれば、今とは違う顔つきになったのだろう。

　花織は十年後の自分に思いを馳せる。あの頃の自分と今の自分は同じ人間なのか、と考える時がきっとくる。それでわたしは構わない――。

「オヤジさんの個人資産はどれくらい？」

「ざっと十億円」

「個人資産公開でそんな多額の議員、見た記憶ないけど」

「色々と抜け道がある。普通預金は報告対象外だし、株も保有銘柄と株数の記載だけでいい。資産ゼロって報告も、報告対象となる資産がないだけで無一文って意味じゃない」

「オヤジさん個人としても、ネガを受け取ってるの」

「ああ。オヤジ個人に渡される分だけでなく、政党支部の口座にも表ルートで入ってるよ」

民自党の国会議員は個人の政治資金管理団体のほか、選挙区ごとに代表を務める政党支部の代表も務め、その資金管理団体を管理している。

「支部の資金管理団体には三つの口座がある。まず、政党助成金が入ってくる助成金口。次にその年に余った助成金を移す基金口。最後に一般口。個人献金の受け皿だな」

「一般人には抜け道の作り方が見抜けないんだけど」

「ヒントは企業の政治献金のあり方だ。企業は政治家個人への寄付を禁じられ、政党か政党の政治資金団体に寄付するしかない。ちなみに企業規模によって年間七百五十万円から一億円以内で段階的に定められてる」

「……紐付《ひもつ》き献金」

「そう。禁じられてるけどな。政党、政党の政治資金団体から資金管理団体への献金には量的制限もない。ちなみに手間賃として、民自党は三パーセントを分捕ってる」

ソファーの隅で丸まっていた猫の豆蔵が床に下り、部屋を出ていった。

「あざといね。でもなんで政党支部の一般口を使うわけ？　政治家個人の資金管理団体に入れた方が手っ取り早いのに」

「あからさま過ぎるだろ。しかも一般口の金は、支部や資金管理団体を解散しても返還義務がない。実質的に議員個人の金になる」

「知らないだけで色々な抜け穴があるんだね」

「そうだな」父親が小さく頷く。「いまだに摩訶《まか》不思議な世界だと思うよ」

「総裁選にかかる費用はどれくらいなの」

「さあな。かなりの額になるが、ネガを使えば問題ないだろう。あとは馬場派の国会議員をどう切り崩すかだ」

「実弾で？」

「実弾で動く数なんてたかが知れてる。第一、実弾で勝負しても負ける。馬場はとっくに実弾をバラ撒いてるから、無駄になるだけだ。演説や討論が勝負だよ」

「議員ってまともな論戦ができるの？　そんな光景、国会中継ですら見覚えないよ。野党がたまに鋭い質問をしても、与党ははぐらかすだけでさ。わたしが政治に興味がないだけなのかな」

「いや、当たり前の感覚だよ。民自党はとっくに政策を捨て去った。ここ二十年くらいかな、党としていかに有権者の感情に訴えかけるかに終始するようになったのは。冷静に物事を判断する知性は煽《あお》れないけど、感情は煽れる。この方が集票に効果的なんだ。あたかも政策に見える主張を作り、いかに彼らの感情を左右するかに集中してる」

花織はつくづくぞっとした。政策で選択する自由が有権者にはない社会に、わたしたちは生きている。以前、隆宏が話してくれた馬場の逸話を思い出す。政治改革を錦の御旗にした小選挙区制導入時や『民自党も既得権益もぶっ壊す』と首相が叫んで大勝した解散総選挙での手法も、いい例だ。わかりやすさと単純化は違うのに――。

「わたしも操られてたうちの一人だね。わたしたちって野菜とか肉の生産者を知りたがるし、映画、音楽、飲食店、学校、友達、自分――あらゆるものの評判も調べる。なのに誰がどうやって社会を形作っていて、その道筋をつけてるのかは気にしてない」

「気づくことが重要だよ。気づけば、抵抗できるんだ」

「抵抗……そうだね」

「オヤジが抵抗の第一人者だよ。応援演説に行っても、党が用意した選挙用の政策じゃなく、もっと本質的な政策をぶつ。いかんせん有権者の反応は鈍いかな」

どうしたら有権者を振り返らせられるのか。自分たちが目指す社会を提示して、そこに向かう政策を戦わせる論戦こそ政治の主役にふさわしいし、それで結果を出すのが政治家の本分のはずだ。

そもそも政治の結果って何だろう。物事を決めること？　わたしが学生の頃は、決められない政治だと声高に非難されていた。でも、民自党が圧倒的な力を持ち、法案が簡単に国会を通るようになっても、『十年前、二十年前と比べていい国になった』と心から言える人なんているのだろうか。

　この現実から導き出されるのは、ただ決めればいいんじゃない、強行する政治に成り果ててはいけない――という理念だろう。さもないと、ただの多数派の独裁だ。

「花織は、大変な時代の政治に飛び込んできたんだ」

「お父さん、違うよ」花織は言下に返した。「大変なのは日本人全員」


　翌朝、七時前に花織は出勤した。議員会館の事務所には、まだ誰もいない。いまのうちに――。花織は携帯電話に登録した番号を呼び出した。記録上の発信回数は二百回を優に超え、ぶっちぎりの一位だ。

「五葉マテリアル、鉱物資源調達課でございます」

　海外企業への対応もあり、二十四時間誰かがオフィスにいる。部長をはじめとする幹部が出勤する頃合いでもある。月曜は午前七時半から課の定例会議が開かれるのだ。藤木です、と花織は名乗った。

「おお、久しぶり。元気か」

　つい昨日もこの男性同僚と会ったような気分だった。電話の向こうにある、せわしない空気感も、まだ肌に馴染んでいる。

「鬼塚課長に続いて藤木までいなくなって大変だったんだぞ。人員を補充して何とか乗り切ってるけどさ」

花織は思いがけず息が詰まった。別の誰かがわたしの代わりに入った。否応なく現実を突きつけられる。

「この時間に藤木の電話なんて、遅刻の連絡をされてるみたいだな」

ですね、と花織はついさっきのショックを悟られないよう喉に力を入れる。

「部長はもういらしてます？」

デタチキスタン事業が順調に進んでいるのを確かめたい。部長が鳥留駅近くにいたのが気になっていた。

「そうか、藤木は知らないよな。部長は一ヵ月前に辞めた」

「え？」花織は急《せ》き立てるように尋ねた。「例の件が原因で？」

「例の件じゃない。よりによって、葵《あおい》ファインテック資源・エネルギー事業部の専門常務としてヘッドハントされたんだ」

葵ファインテックは、旧財閥系の葵グループでは中核企業だ。五葉マテリアルとはライバル関係にあり、ヘッドハントされても普通は転職しない。二社間では人材について暗黙の不可侵協定があるらしい。葵ファインテックにはそれを侵すだけの理由があり、部長はよほど良い待遇を提示されたのか。そこまで踏み込める事業とは……。

「まさか、FC事業のデータを葵に持ってったとか？」

「可能性はある」元同僚の声が険しくなった。「資料を持ち出した形跡はないけど、頭の中までは管理できないもんな」

「デタチキスタンプロジェクトは大丈夫ですよね」

「その会議がまさに今からある。現地の採掘事業は順調だけど、部長の転職以降、葵ファインテックが妙に経産省に近づいてる気配があってさ。部長の暗躍を感じるだろ？　部長に何の用だったんだ？　あ、もう元部長か。敵だもんな」

「いや、デタチキスタンプロジェクトの進捗状況を伺いたかったんです。採掘が順調と聞けたので目的は達成したんですけど、嫌な感じは拭えませんね」

「おっと、藤木の勘が発動かい」

「言葉足らずですみません。不快感って意味です」

「そいつは俺もびんびん感じてる」

「あの、葵ファインテックって、佐賀県に工場とか事業所がありましたっけ」

「さあ。福岡にならありそうだけど」

部長は鳥留市で何をしてたのだろう。旅行とは思えない。スーツを着て、他にもスーツ姿を引き連れていたし。たとえ工場があっても、葵ファインテックなら常務が地方を飛び回るケースは極めて少なく、取引相手への挨拶に来たとも思えない。五葉マテリアル時代の取引相手を葵ファインテックに引き入れるため？　違う。葵ファインテックの常務が動くほどの大企業は鳥留市に一つだけ。ヤヒロだ。部長はヤヒロ担当ではなかった。気がかりを減らそうと思ったのに、ますます気になってきた。

「ついつい内幕を話しちゃったな」

「大丈夫ですよ、誰にも言いませんので。辞めてもわたしは五葉マテリアルの側にいます。会議前にありがとうございました。頑張って下さい」

藤木もな、という言葉を受けて通話を切った。花織はインターネットで『鳥留市、葵ファインテック』で検索した。鳥留市に関連の工場も企業もない。

花織は次の電話をかけた。もしもし、と隆宏はまだ寝起きの声だった。

「まだ寝てた？」

「花織か。久しぶりに九時まで寝てやろうと思ってたのに」

「安眠妨害して悪いんだけど、ちょっと頼み事があってさ。鳥留駅近くに工業団地があるでしょ。そこに葵ファインテック関連の工場が建設予定かどうか調べて」

「鳥留に葵の？」隆宏の声が瞬時に覚醒した。「ないだろうな。俺も動向を追ってる企業だから。葵グループは馬場派の資金源の一つでさ。葵ファインテックは長年、馬場派の議員ばっか献金してるんだ」

馬場の名前がここでも出てきた——。さすが政界のドンだ。至る所に触手が伸びている。

「一応調べて。戻りは夕方の飛行機だったよね」

「人使いが荒いな」

「隆宏はそんな人を秘書にしたいって言ってるんだよ。考え直すなら今のうちだね」

「やれやれ、我が人生ながら先が思いやられる」

花織は午前中いっぱい、今夜の総裁選決起パーティーの出席者リストを大坪とチェックした。かなり重要な作業だと、山内に説明を受けた。パーティーは通常、秘書がチケットをさばく。ノルマは秘書歴が長くなるにつれて増え、付き合いのある支援者が十枚、百枚単位で購入して、外部の人間を誘って参加するケースが多い。今回のパーティー参加者も党関係者ばかりじゃない。今後誰が支援者になってくれるかわからないので、こうして名簿に目を通して、久富との会話時間などを検討しないといけない。

「盛大なパーティーになって、いい景気づけになるといいね」

大坪はいつもの気持ちのいい微笑みをみせた。


午後七時に始まった帝国ホテルでのパーティーには二千人近くが訪れ、会場は窮屈なほど人で埋まっていた。話し声や食器が触れ合う音で、会場全体が賑やかだ。

チケットは三千枚売れ、確実に一千万円以上の利益が出る。花織はひと安心する自分に驚いた。いつの間にか出席者を金に換算している。こうやって人間を数値化していくうち、いずれ個人が金や物に見えていくのだろう。今の驚きを忘れないようにしないと。

会の中ほどで繁和会の全議員が壇上に登った。御子柴の姿はなく、他の議員もこれまでとは違う並び方に戸惑い、浮き足立っている。派閥の年長者が総裁選に向けて音頭をとる、エイエイオーの掛け声もどこか力が入り切れていない。関根がここにいたら、何を思うだろう。壇を下りた議員の何人かが、心持ちほっとした顔つきになっていた。

会が再び歓談の時間に戻ると、花織は壁際から会場を見まわした。東京に戻った隆宏が、和やかに出席者と会話をしている。頼んだ件についてはまだ何も話せていない。花織は午後一番から会場で準備にかかりきりだったし、隆宏も東京に戻ったばかりだ。

壇上付近では、久富がにこやかに出席者に応対している。出席者の多くは民自党員ではないけれど、彼らの知り合いに党員がいれば、一票に繋がるかもしれない。

花織はアッと声を上げそうになった。

久富が一瞬、ふらついた。周囲は気づいていない。傍らの山内が即座に背中を支え、事なきを得た。総裁選に絡み、お国入りやパーティーなどで、さすがの久富も疲れたのだろう。

＊

「関根氏の容態は？」

「今のところ、変わらずです」

午後八時、小原は特捜部長室の壁際で、鎌形と有馬のやり取りを眺めていた。

――追及された際、私が無理な取り調べをしていない証言をして下さい。

有馬に乞われ、ついてきた。録音録画を見せればいいのに、とは思うが、立会事務官として検事の指示は断れない。

「御子柴の他の秘書を叩きますか」

「無駄だ。有馬も百も承知だろ」

「ですね」有馬が肩をすくめる。「御子柴が汚い金を扱っていたとしても、自分は知らぬ存ぜぬ、関根さん一人が勝手にやったことにすればいいんですから」

「御子柴が知っていた証拠や証言が要る」

「関根さんが意識を回復しても、後遺症は残るでしょう。満足に話せないようなら、やっぱり責任を関根さんに押しつけるのは明白。馬場との絡みを立件するのは難しいですよ」

有馬は脳梗塞の前兆症状を調べているのだ。後遺症も調べていて不思議ではない。こうなるのを見越して、関根の症状を黙過したのかもしれない。赤レンガ派には願ったりかなったりの展開ではないか。現場派に手柄を与えずにすみ、馬場に恩も売れた。

「馬場は総裁選になる場合に備え、大臣の椅子を餌に早々と手を打ってたんでしょうね」

「だろうな。関根氏からそういう心証を得られたのか？」

「いえ。摑む前に倒れてしまいました」

「そうか」鎌形は平板に応じる。「御子柴ルートはペンディングだな」

小原は息苦しさを覚えた。自分は今まさに、派閥抗争の最前線を目の当たりにしている。派閥争いの激化に伴い、検察の力が私物化され、誰かの思惑で動くようになる姿を——。

関わってはいけない。検察が意思を持って動けば、個人なんて簡単に潰されるのだ。かつて志半ばで去った検事も、関根も犠牲者だ。

「有馬は以前にも関根氏を聴取した経験があったよな」

「ええ。関根さんから地検に連絡があり、県知事に連なる汚職の端緒をもらいました」

それで二人は顔見知りだったのか。恩があったので、有馬は明かせる部分についてはあけすけに語っていたのだ。

「あの県知事は馬場派だったな。だから関根はリークしてきたんだろ。繁和会としての意向もあったんだろうな」

「でしょうね。今や御子柴も見事、馬場派に乗り換えてますが」

検察が政争の道具にされたに等しいが、県知事の汚職は摘発できた。プラス面とマイナス面、どちらが大きいのだろう。

「高品検事や中澤検事の進捗はいかがです？」

「一進一退だな。コンサルの辻を御子柴に近づけたように、馬場は他にも様々な布石を打ってるはずだ。端緒を見つけて、手繰《たぐ》り寄せるしかない」

「この際」有馬が体を少しだけ鎌形の方に傾けた。「馬場の案件は一時棚上げして、御子柴に近づくのはどうでしょう。今なら繁和会を潰せる情報を手に入れられます。御子柴は馬場派の新参者として手柄が欲しいでしょうから。御子柴にとって、久富の首は絶好の献上品になる。特捜部にとっても狩り甲斐《がい》のある首です」

「馬場ほどじゃないが、久富も大物政治家だな」

鎌形は何げない口ぶりだった。

庁舎を出て、小原はまず丸《まる》ノ内《うち》線霞ケ関駅に向かう有馬を見送った。一人になると庁舎前の道路を渡り、午後十一時過ぎの日比谷《ひびや》公園に入る。

ささくれ立っていた気持ちが、徐々に落ち着いていく。事務官になって以来、こうして日比谷公園を抜け、隣の日比谷駅まで歩くようにしている。小原が借りるマンションは最寄り駅が新御茶ノ水《しんおちゃのみず》駅なので、本来は千代田《ちよだ》線霞ケ関駅から乗ればいい。だが、体力維持に繋がり、独身なので自分を待つ家族もいない。なにより夜の日比谷公園では、時折珍しい動物に出会える。

フクロウ、狸、ムササビ。彼らは近隣の皇居から日比谷公園に顔を出したのだろう。もちろん、猫や亀といった一般的な動物を見ても心は和む。一日中犯罪と向き合っていると、どうしたって心が荒《すさ》み、その状態が続くと冷静な判断力を失ってしまう。今はそれが命取りになりかねない。有馬が赤レンガ派らしい以上、自分には注意深さ――派閥や抗争の話題に触れない言動が求められているのだ。有馬の方から突然、自身の立ち位置に触れるとは思えない。プライベートな会話すらしない男だ。志半ばで去った検事は法務省への異動が決まった時、どんな胸中だったのだろう。恐怖、不安、警戒、覚悟。心の裡ではきっと色々とあったに違いない。

小原はひと気のない公園を進んでいった。今日はどんな動物に出会えるのか。官庁街から少し入っただけなのに、夜気は引き締まり、闇も深い。

いつもは二匹の猫がいるベンチに人影があった。人影がこちらの足音に呼応するように立ち上がり、小原は軽く身構えた。よう、と声をかけられ、体の強張りが解けていく。

「こんなところで何やってんですか」

五年前の特捜部で、有馬に仕えた先輩事務官だった。小原は特捜部赴任前に、有馬の性格を教えてもらった。先輩は現在、東京地検の総務課にいる。総務畑は出世コースだ。今日の仕事はとっくに上がっているはず。

「小原を待ってたんだよ」

なぜ自分の習慣を知ってるんだ？　職員に見られていても不思議ではないが……。

いつもと違う気配を感じて、二匹の猫も逃げたのかもしれない。

「何事です？　仕事の話じゃないんですよね」

仕事なら、内線か携帯に連絡をすれば済む。

「ちょっと座ろう」先輩がベンチに目をやり、戻してきた。「仕事と言えば、仕事の話かな」

なら、どうして待ち伏せを？

並んでベンチに座ると、遠くでクラクションの音がした。どちらも正面のツツジの植栽を見たままでいる。

「実は小原にしか頼めない件があってな」先輩が声を落とした。「有馬検事の言動を、定期的に教えてほしいんだ」

小原は思わず先輩を見た。横顔に表情はない。

「何のためです？」

「今の俺の所属を考えれば、想像はつくだろ」

小原は血の気が引いた。頭の芯が痺《しび》れ、体が急に冷えていく。総務系に影響力があるのは、赤レンガ派だ。とうとう派閥争いに巻き込まれたのか——。

「ちょっと待って下さい。有馬検事は赤レンガ派では？」

「さあ。俺は単なる伝書鳩だからさ」

「赤レンガ派は有馬検事を信頼してないんでしょうか」

関根の聴取を巡っては、明らかに赤レンガ派が得する動きを見せているのに……。

「どうなんだろうなあ」と先輩はなおも口を濁《にご》した。

「言動って、何を知りたいんです？」

「誰と会ったのか、何を話したのか」

「完全にエスですね」

エス——スパイの隠語だ。

先輩がゆっくりこちらを向いた。

「悪い言い方をすれば。でも、大きなリターンがある。引き上げられ、一生が保証されるぞ」

「総務系に入る、という意味ですか」

「そうだ」

「もしかして先輩が総務にいるのも、かつてエスになった見返りで？」

「答えるのは差し控えておくよ」

小原は唇を嚙み締めた。ひとたび権力の私物化に関われば、有馬だけではなく、今後もこの手で誰かを潰す結果を招くのだろう。志半ばで去った検事の顔が頭にちらついた。ああいう犠牲を生み出す一員にはなりたくない。検察は社会の安全装置だと、信じているのだから。

——思い出したくもない。

赤レンガ派に仕えた中年事務官が濁していた言葉。あれは本来の役割とは外れた行為をさせられ、誰かの人生を破綻させた結果への後悔ではないのか。その重みに耐えられなかった者は心身を蝕まれて検察を去り、まっとうできなかった者は閑職に追いやられた――。

どうにかしてやり過ごせないだろうか。有馬とは親しい間柄でないとはいえ、簡単に裏切れるほどの恨みも不満もない。とにかく時間を稼ごう。

夜なのにカラスが鋭い声で啼《な》いた。

小原は少し間を置き、言った。

「いくら先輩でも、ただの口約束だけでは頷けません」

「自分の価値を吊り上げたいのかよ」

うまい生き方をする人間はそう考えるのか。ならば、そう思わせておこう。

「今夜の話は口外しませんので、検討する時間を下さい。人生を左右する選択なんです。何の迷いもなく身近な人間を裏切り、スパイになる人間の言葉を信じられますか」

先輩事務官の顔が少し引き攣った。

もう一度、公園のどこかでカラスが啼いた。人間たちの行動を嘲笑っているようにも聞こえた。

3

花織は午前七時前に出勤した。事務所にはすでに隆宏がいて、新聞を広げている。おはよう、と充血した目を向けてきた。昨晩のパーティーは九時過ぎに終わり、すぐに隆宏は久富と別会合に行った。長引いたのだろうか。

「徹夜でもした？　目が真っ赤だよ」

「それに近い状態かな」

「オヤジさんも？　パーティーでは、ちょっと疲れた様子だったけど」

「そうか？　二つ目の会合では、特に変わった様子はなかったよ」隆宏が新聞を人差し指で軽く弾いた。「もう朝刊読んだか」

「これから」

「各紙、総裁選の世論調査が載ってるぞ。獲得票予想はどれも首相が八割、オヤジは二割」

自席に座り、花織も東洋新聞を捲ってみる。

「でも、これって民自党員に聞いたんじゃないでしょ」

「影響はある。日本人は長いものに巻かれ、周囲に同調したがるからな。せめて党員は自分の頭で選んでほしい限りだよ。事実上、国のトップを選ぶんだ」

「そうだね。選ぶ方もプロ意識を持ってほしいね」

花織が顔を上げると、隆宏は目を細めていた。

「やっぱ、ここ数日で感じが変わったな」

「そう？　ねえ、例の頼んだ件はどうだった？」

隆宏がたちまち真顔になる。

「まさか、が現実になってた。葵ファインテックが工業団地近くの土地購入交渉を進めてる。かなり大規模な面積だ。八尋さん経由で調べてもらった」隆宏は鞄から紙を取り出した。「こいつが土地の登記簿」

「仕事が早い」

「葵の背後に浦辺、要するに馬場の影がちらつくからな」

花織は登記簿に目を落とす。元々は複数人が所有していた農地を、十年前に佐賀市に本拠地を置く宗教法人「神秘交霊会」という団体が買い上げていた。

「あの辺に宗教法人なんてあるんだね」

「現場は更地だった。草ぼうぼうのね。八尋さんの話だと、教団は施設建設の名目で購入したそうだ。当時は工業団地の入居企業が『いずれ工業団地がそこまで広がる』と強硬に反対したけど、行政も宗教には及び腰になるし、取引自体も合法だから何ともならなかったらしい。結局、施設は建設されてない」

「なんで？」

「わからん。宗教法人は昭和三十年代に設立され、五十年代には衰退。もう何十年も休眠状態。宗教的な活動は何もしてない」

「ペーパーカンパニーみたいだね」

「まさに。一応、佐賀市まで行ってきたんだ。本拠地は雑居ビルで、神秘交霊会の部屋はドアが錆びてて、電気メーターも回ってなかった。窓の汚れを見る限り、もう何年も使われた形跡はない。こっちも見てくれ」

隆宏がもう一枚、登記簿を出した。神秘交霊会の登記簿だ。

「おまけにこの団体は何度も所有者が変わってる」

「指導者が変わったってこと？　活動実績がないのに？」

「そうかもな。けど、もっと高い可能性がある。転売されてんだよ」

「誰が信じてもない宗教法人を欲しがるの？　企業買収とはワケが違うでしょ」

「甘い」隆宏はちっちと舌を鳴らし、指を顔の前で振る。「宗教法人にはうまみがある」

「あ……。税金か」

「そう。固定資産税と都市計画税は無税。お布施も無税。不動産売買なんかの物品売買も二十二パーセントしかかからない。一般企業なら三十パーセントかかるのにさ」

「宗教活動はしてないけど、経済活動はしてきたってわけ？」

「この通りだよ」隆宏はちょっとだけ両手を上げた。「そこはお手上げ。捜査機関じゃないから、銀行に取引記録を見せてもらう権限はない。ただ、今の所有者を見てくれ」

　隆宏の口ぶりは確信に満ちていた。花織は所有者欄に目を落とす。内村俊作《しゅんさく》。花織はまるで知らない名前だ。

「浦辺の秘書で、花織を舐《な》めてた内村って奴がいるだろ。その兄貴。かなりうさんくさいよな」

「うそっ」花織は思わず大きな声を発していた。「神秘交霊会は浦辺に献金してるの？」

　パチン、と隆宏が指を高く鳴らす。

「それを調べるために、こうして早出したんだ。事務所には、今まで公開されてきた分を全部印刷して保管してある。馬場と浦辺については、後援会の政治資金収支報告書も印刷してるし」

　政治資金収支報告書は過去三年分しか公開されていない。

「結果は？」

「なかった。神秘交霊会の欠片《かけら》もね」

「でもさ、いくら固定資産税が無税だからって、駅近の広い土地を所有してるだけだなんてありうるかな」

「そうなんだよ。ちなみに葵ファインテックは、神秘交霊会の土地に加えて、周辺の土地も狙ってる。買収を持ちかけられた企業には、うちの後援会幹部もいた。この前、八尋さんが切り崩しにあってるって言ってたけど、この件だったんだよ」

「オヤジさんは知ってるの？」

「いや、詳細は伝えてないそうだ」

「なんであの場で言わなかったんだろう」

「榊原さんの顔を立てたんだよ。あの場で八尋さんが口に出せば、榊原さんが地元をまとめきれてない印象を与えるだろ。オヤジもそれをわかってて、深く追及しなかったんだろう。八尋さんも取引額は知らない。口を割らないそうだ。企業同士の正当な取引なら、口を挟めないしな。八尋さんには、榊原さんから連絡があるまでは胸に止めておけって言われた。花織もそうしてくれ」

「了解。葵ファインテックはその土地に何を建設しようとしてるの」

「そこまでは誰も把握してなかった。市役所の人間も含めてね。八尋さんが榊原さんに探らせるそうだ。榊原さんの面目を潰さないよう、俺の名前を出さずに神秘交霊会のことも伝えるって」

花織の胸の奥では、嫌な感覚が強まっていた。葵ファインテックは部長の転職を機に、経産省に食い込もうとしている。葵ファインテックが支援する馬場派は、久富の地元に食い込もうとしている。この動きの呼応が意味するものは――。

「おう」久富が事務所にやってきた。・背後に山内もいる。久富が顎を振った。「隆宏、やるぞ」

返事も聞かず、久富は執務室へ足早に歩いていく。

「オヤジさんたちと何をやるの？」

「ニュース番組で総理と討論する準備。昨晩、急遽《きゅうきょ》決まったんだ。朝方まで対策を練ってさ。目が赤いのはそのせいだよ」

隆宏は慌ただしく資料をまとめ、執務室に消えた。花織は執務室の扉をぼんやりと眺める。ふっ、と胸裏に不安とも疑問ともつかない思いがよぎった。

総裁選の結果を問わず、いずれ久富は引退する。隆宏がともに歩むに足る人物かどうかを見極めないといけない。近すぎる存在だけに、目が曇らないようにしないと。

隆宏には政治を、社会を変えうる資質があるのか否か――。

仮に隆宏が力不足なら、わたしはどう政治と戦っていくべきだろう。別議員のもとへ？　はたまた自分で立つのか。

少し考えた程度では結論が出ない問いだ。花織は頭を振り、久しぶりに新聞を一面から読んでいく。

社会面の記事に、目を奪われた。


日本版「司法取引」（協議・合意制度）が初適用されたデタチキスタンのレアアース採掘工場建設を巡る現地政府高官への贈賄事件で、不正競争防止法違反（外国

公務員への贈賄）に問われた大手資源・エネルギー商社「五葉マテリアル」の元資源開発部鉱物資源調達課長の鬼塚信行被告（四三）への判決公判が今日十六日午後、東京地裁で開かれる。検察側は先月、鬼塚被告に罰金四百五十万円を求刑。

起訴状などによると、鬼塚被告は二〇一七年一月頃、工場建設を円滑に進めようと贈賄を画策し、同年八月、上司に承諾を得た上で現地政府高官に日本円で二千万円相当の賄賂を渡した疑い。贈賄資金はデタチキスタンの工事業者に架空発注して捻出し、同工事業者を介して現地公務員に渡していた。

東京地検特捜部と五葉マテリアルとの間では双方の合意事項を記載する「合意内容書面」が交わされ、同社が▽贈賄に関する資料など百点を超える証拠を提出する▽役員を含む関係者を検察側の要請通りに出頭させる▽取り調べでは真実を話す▽公判で必要な証言は、関係者に証言させる、といった内容が記されていた。

特捜部は六月七日、鬼塚被告のほか、同社の元資源開発部担当常務ら計三人を在宅起訴。法人としての同社は不起訴（起訴猶予）となった。三人とも罪を認めており、他の二人の判決公判は一週間後の予定。

鬼塚の公判が始まった事実すら知らなかった。鬼塚は公判で本心を語ったのだろうか。判決はどうなるのだろう。

ほどなくして他の秘書が出勤し、電話も鳴り始め、慌ただしい午前中が始まった。

花織の心はそわそわと落ち着かなくなっていた。わたしが考えても判決は何も変わらない。そう自分に言い聞かせても、頭の中で判決公判がちらつく。電話応対していても、スクラップを作っていても、来客対応していても。

「花織、ちょっと外出するぞ」

正午過ぎに父親に声をかけられた。大きくて頑丈そうな革製の鞄を手にしている。

「二時には戻ってこられる？」

二時十五分から事務所の執務室に新聞記者が来て、久富をインタビューする。花織はアテンド役だった。

「ああ、十分だ。入口に置いてる、銀色のスーツケースを持ってきてくれ」

議員会館を出ると、少し冷たくなってきた風も肌に心地良かった。父親は軽い足取りで、ずんずん歩いていく。

「結構重いね。大きさからして海外旅行用でしょ。中身は何？」

「不要な資料を大坪さんに詰めてもらった」

「どこに持って行くの？」

「繁和会事務所に。用件は来ればわかる」

少しだけ緊張が走った。スーツケースのホイール音が自分を追ってくる。

永田町中央ビルは、重厚なヴィンテージマンションのような趣があった。エントランスは広々としていて、カウンターにはホテルマンさながらの受付がいる。治山会館に似た雰囲気だ。派閥の事務所を構えるには、こういう厳《いか》めしさが大事なのかもしれない。

父親は受付に軽く会釈し、エレベーターホールへ進んでいく。

五階は短い内廊下と、奥にドアが一つだけだ。ドア脇のインターホンを押すと、カチと鍵が開く音がして、内側から開いた。

「お疲れ様です」落ち着いた物腰の中年男性だった。「こちらが娘さんですね」

「ああ。憶えておいてくれ」

よろしくお願いします、と花織はスタッフに頭を下げた。

「藤木さん、今日は資料を置きに来られたんですよね」

それだよ、と父親の視線が花織のスーツケースに向く。

受付から見て右手奥側に執務室と応接室があり、左手奥は資料室になっている。二人は派閥事務所スタッフへの挨拶もそこそこに、資料室に移動した。資料室の扉は金属製で、指紋認証システムで施錠されていた。

「ここの扉は、私とオヤジの指でしか開かない」

父親は起伏の乏しい口調で言った。ここまで管理されているところを見ると、あるものに想像が及ぶ。

「花織の指紋も近々登録しないとな」

やっぱり、ここにあるのは——。

中に入ると、背中で資料室の扉に鍵が勝手にかかった音がした。

資料室は本棚が二列向かい合わせに並び、その間が通路になっていた。本棚にはスクラップブックや政治関連の書籍、雑誌や業界誌紙の綴《と》じ込み、段ボール箱が詰まっていて、古い紙の甘いニオイが充満している。花織は父親とスーツケースから紙の束を取り出し、本棚の空きスペースに入れた。

「スーツケースを引きずらず、抱えて持ってきてくれ。いいと言うまで抱えてるんだ」

父親に命じられた通り、花織は軽くなったスーツケースを両手で抱え、いくつもの本棚の間を過ぎた。また金属製の扉があった。

部屋の中に部屋があり、また部屋……。

父親がポケットからキーケースを取り出し、その中の一つを鍵穴に差し込み、ドアを開ける。

しんと静かで薄暗い小部屋だ。窓はなく、四方がコンクリートに囲まれている。空気は何年も動いていないかのように重たい。

父親が小部屋に入っても、一歩を踏み出すのがためらわれた。壁際に主さながら鎮座しているのは――威圧感のある巨大な金庫。肉厚の絨毯に沈み込んでいる。

父親が壁のスイッチを入れ、部屋の明かりが点灯する。

「花織」

聞いたことがないほど、強い声だった。花織は慌てて踏み出す。父親がドアを慎重に閉じると、ここでも自然に鍵が締まった。

父親の視線を追い、花織も金庫をまじまじと眺めた。素っ気ない灰色で、高さは約二メートル、幅と奥行きも一メートルは軽くある。

父親は唇に人差し指を当て、口を開かないように示すと、鞄から小さな機器を取り出して、部屋の隅々に向けて掲げた。ジジ、ジジッと雑音が小部屋に落ちる。

「大丈夫だな。繁和会事務所は大抵午後の十一時には無人になる。保管するブツがブツだから、厳重に管理してるんだ。もう下ろしていいぞ」

花織はスーツケースを絨毯に下ろした。

「今のは何？」

「盗聴器や監視カメラが仕掛けられてないかを調べる機器だ。ここにはお父さんしか入れないとはいえ、万一もある」

「誰が仕掛けるの？」

「身内も信用できないのが政界さ。御子柴の例もある。スタッフがいつ繁和会を裏切ってもおかしくない」父親は深沈《しんちん》とした声で言った。「それにダイヤルロック式の古い金庫だから、ここに至るまでのセキュリティーをしっかりしないといけない」

「あの金庫、人も楽々隠れられそうだね」

「実際、かつては死体を隠したって噂もある。本当かどうかは知らん」

父親は肩をすくめて金庫に歩み寄ると、手招きしてきた。花織はスーツケースを引きずり、隣に並ぶ。父親がダイヤルロックのツマミに指を添えた。

「暗証番号は六九三五五九八四五、だ。左回しに六九三五、次に右回しに五九八四五」

「急に言われても憶えられない」

「ロック最高、五×九は四十五と憶えればいい。簡単な語呂合わせだろ」

確かに簡単に憶えられる。

「オヤジがロック好きでな。あの人はビートルズに目がないんだ」

「意外。音楽に興味なさそうなのに」

「学生時代は長髪で髭もはやして、バンドも組んでた。オヤジはボーカル」

「メンバーは大学の同級生？」

「いや。ベースはお父さん、リードギターは関根、サイドギターは山内、榊原さんがドラム」

驚きだった。誰も楽器を演奏する姿が想像できない。そんな深い縁もあったんだ。

父親は恥ずかしそうに微笑んだ。

「誰の人生にも青春ってのがあるんだよ」

「そういう縁で秘書になったの？」

父親の個人史なんて知る機会がない。にわかに興味が湧く。

「オヤジが言ったんだ。『カム・トゥギャザー』って。ビートルズの曲に引っかけてね」

「ふうん。長い付き合いだから、横柄な態度をとられても平気なのか」

「そうか、花織には威張って見えるのか。お父さんには違って見えるけどな」

あのどこが尊大でない、と言えるのだろう。

父親はツマミを回さないまま、手を離した。もう顔から表情は消えている。

「今日から花織も、この金庫の金を管理する一人だ。開けてみなさい」

花織の背筋が伸びた。ツマミに添える右手の指先が微かに震えている。息を止め、左手で右手の手首を握った。震えが止まり、ツマミをゆっくり回していく。ガチン、と低い音が小部屋を揺らした気がした。足元から響く音だった。

「ドアは観音扉式で外開きだ」

取っ手を両手でしっかり握り、体の方に引っ張った。かなり重たい。足を踏ん張り、体重をかけると扉が徐々に動き、ようやく引き開けられた。

花織はたじろぎかけた。札束が無造作に積んであり、高さは花織の身長くらいある。これほどの量を目にすると、もはやお金という気がしない。

「前に話した金さ」

二十億円もの裏金……。

「そのスーツケースには五億円分の札束が入る。一束で一千万円。詰め方を憶えるんだ」

父親はスーツケースを横倒しにして開くと、金庫から機械的に札束を掴み、底の方から並べていく。慣れた手つきだ。札束は使用済みの一万円札が太い輪ゴムでひとまとめにされていて、厚さは均一ではない。

父親は五分もたたずに詰め終えた。

「どうだ、憶えたか」

「一度やってみないと無理だよ」

そりゃそうだな、と父親はスーツケースをそそくさと閉じ、鍵もかけた。さらに自分が持ってきた大きい革製鞄にも札束を手早く詰めていく。

「合計でいくら持っていくの？」

「六億。ちょっと多めだな。使わなかった分は戻せばいい」

一瞬、花織は足がすくんだ。今からその六億円をどこかに運ぶ。五葉マテリアル時代には、それ以上の金額を扱っていた。けれど、あくまでもパソコン画面上の数字としての話で、現物を見る場面なんてなかった。鬼塚が扱った二千万の賄賂。あれは現物を渡したのだろう。データのやり取りでは、記録も残ってしまう。

「何食わぬ顔でスーツケースを引けばいい。中身は来た時と同じで、結局は紙なんだ」

「よく平気な顔をしてられるね」

「この仕事を始めて、人間なんていつも誇らしい振る舞いができるほど立派じゃない、と気づいたからだろうな」

花織は父親の内面深くに、生まれて初めて触れた気がした。もう少し掘り下げてみたい。

「だからネガや写真を使ってもいい、って理屈？」

「ちょっと違う。より多くの人が誇りを持って生きていけるよう、自分たちが汚れ役になってるって感覚かな。社会には政治家が必要だ。政治家には金が要る。金はオモテの金だけじゃ足りない。誰かが担わないといけない役目なんだ。手を染めなくて済むなら、それに越したことはないけどな」

「政治家や秘書はみんな、お父さんみたいな心積もりなのかな」

「まさか。俺たちだけだよ。三十年以上政治の世界に身を置いてきたが、拝金主義者ばかりさ。俺たちだけが理想に向かって、具体的な動きをしている。そう信じてる」

「理想の実現にはネガや写真に手を出すのも辞さない、大事の前の小事という考え方、確信犯なんだね」

「良し悪しで言えば悪いのは否定しない」

「ネガや写真に手を染めなくて済む社会を作ろう、とは思わないの」

「簡単に作れたら、とっくになってる。一番の近道はオヤジがのし上がることなんだ。オヤジには作りたい国の形がある」

「自分たちを正当化してない？」

花織は己の覚悟そのものに問いかけた気分だった。たとえ手が汚れようとも政治というバケモノと勝負できるようになる、と決意したのだから。

「それは花織自身で考えてくれ」と父親はぴしゃりと言った。

「オヤジさんの理想って？」

「秘書なんだ。自分で聞きなさい。そういう花織の理想は？　実現の道筋は見えてるのか」

わたしは――。個人が社会の犠牲にはならない世の中にしたい。そのためには……金庫番として久富に仕える以外の、具体案が思いつかない。思いつく日が訪れるのだろうか。今朝頭をよぎった事柄が再び脳裏に浮かぶ。久富引退後の、政治との闘い方。

隆宏の理想、その具体案は何なのだろう。

父親がわずかに視線を緩めた。

「今はお父さんたちを見ていればいい」

「今度の総裁選、派閥の金も使うんだね」

「こういう時のための金でもある。勝てば繁和会全体に恩恵があるんだ。オヤジ個人の金には極力手を出さない。勝利後も金は要るからな」

「オヤジさんの方針？」

「いや。金は金庫番が差配するんだ」

小部屋を出て、資料室を抜けた。受付に至ると、花織の耳元では脈動がかなり激しく波打っていた。父親とスタッフの会話の合間にも、自分の脈音が聞こえてくる。声を発すれば強張り、表情も引き攣ってしまいそうだ。花織は顔を隠すようにスタッフに黙礼した。スーツケースの柄を握る手の平には汗がじっとり滲んでくる。エレベーターで地下に下りた。永田町中央ビルの地下駐車場に、なぜか実家の車が止まっている。

「朝、用意しておいた」

ほっとして、花織は膝から崩れ落ちそうだった。スーツケースを引きずってタクシーや電車に乗ったり、歩いたりしなくて済む。

車はまず本駒込《ほんこまごめ》の久富の自宅に立ち寄った。父親が革製鞄を持ち、玄関に入っていったので、花織は車でスーツケースの番をした。誰かが横を通り過ぎるたび、ひやりとする。心臓に悪い。

戻ってきた父親の手に革製鞄はなかった。

次に到着したのは、花織の実家だった。

「これ、書斎に置いとくぞ」

はいはい、と母親はスーツケースに一瞥をくれただけで興味はなさそうだ。中に五億円が入っているのを知ったら、卒倒しかねない。

花織の足元に猫の豆蔵がやってきた。豆蔵はとことこと進むと、スーツケースに軽々と飛び乗り、丸まって座った。尻尾を左右に振り、目を細めて満足そうだ。

　母親は豆蔵をひと撫でして、訊いてきた。

「ひょっとして二人とも昼食を食べていく気？　何もないんだけど」

「どっかで適当に済ますよ」と父親が応じた。

　花織たちは家を出た。柔らかな秋めいた陽射しを受け、街路樹の葉がきらめいている。地下鉄南北《なんぼく》線の東大前駅への道すがら、周りに誰もいないタイミングで花織は囁きかけた。

「あのスーツケース、大丈夫？」

「いきなり国税の査察官がくればアウトだけど、大丈夫だ。しかもウチは五階建マンションの三階で角部屋でもない。泥棒がウチの部屋に侵入する恐れもまずない」

「今までもウチに大金を置いてた？」

「ああ」父親はあっさりと言った。「昼飯は何を食おうか」

　花織は思わず溜め息をついた。

　東大前駅のホームで、電光掲示板の時刻に目が留まった。午後一時前。

「ちょっと寄りたい場所があるから、一人でランチしてくれない？」

「構わんが、どこに行くんだ」

「東京地裁。会社で上司だった人の判決公判がある。傍聴できるならしたい」

「新聞社のインタビューまでには戻るんだぞ。アテンド役なんだ」

「わかってます」

花織は永田町で有楽町線《ゆうらくちょう》に乗り換え、桜田門《さくらだもん》でおりた。地上に出ると、警視庁だけでなく、赤レンガの法務省や東京地裁の無機質な高いビルも見える。

地裁に来るのは初めてだった。弁護士ら関係者用と一般用とで入口が分かれていて、手荷物検査と金属探知機のチェックを受けた。

裁判所には予想外に大勢が出入りし、一階エントランスは意外と騒がしい。普段着の高齢者や若者も大勢いる。傍聴人だけじゃないだろう。知らないだけで、法律に関わる羽目になる人も多いのだ。花織は初めて議員会館に入った時を思い出した。政治家を訪れる人たちも多様で、ひっきりなしにやってくる。

開廷予定が検索できるタブレットで、今日の予定を検索する。たちまち結果が表示された。七階の法廷で午後一時四十五分から二時までだった。二時までには戻らないと……ギリギリまで傍聴しよう。開廷まで少し時間がある。フロアガイドを眺めると、地下に食堂があった。

薄暗く、天井の低い廊下を進み、広い食堂に入った。利用者は疎《まば》らだ。無難にカレーを食べ終え、食堂の正面にあるコンビニでフリスクを買い、ガリガリと噛んだ。

エレベーターで七階に上がる。廊下は静まり返り、空気は重たい。急に異質な空間、自分とは無縁の場所に足を踏み入れたのだと認識させられる。壁の案内板で法廷を探し、向かった。コツコツ、と自分の足音だけが響き渡っている。

法廷の扉脇に開廷予定が貼られていた。そこに鬼塚の名前を見つけ、少し胸が痛んだ。

まだ法廷は開いておらず、やけに明るい一般待合室に移動した。中年の男性らすでに十人ほどがいて、何かメモを取ったり、本を読んだりしている。わかる範囲では五葉マテリアルの人間はいない。花織は木製の長椅子に浅く腰かけた。やがて一人、また一人と席を立ち、花織も続いた。

法廷には四列の椅子が並んでいた。五十人は傍聴できそうだ。報道用と印がされた椅子には記者がすでに座り、傍聴人もいる。検事と弁護士はもう入廷していた。右側の女性検事は風呂敷包みを机に置き、目を瞑《つむ》っている。左側に座る弁護士は三人。いずれもやり手といった面構えだ。

あっ。花織は息を呑んだ。左前方の傍聴席に、スーツ姿の鬼塚が粛然《しゅくぜん》と座っている。被告人は腰縄と手錠を付けられて入廷するとばかり思っていた。在宅起訴の場合は違うらしい。話しかけたい……。けれど開廷前だし、周りの目もある。花織は真ん中の列の一番後ろの席に静かに座った。

少しして三人の裁判官がきびきびと入廷し、鬼塚も滑らかに立ち上がった。法廷のスイングドアを抜け、柵の向こう側に行く。

一同が起立して裁判が始まった。

「被告人は前に立って下さい」

中央の裁判長が声をかけ、鬼塚は弁護士席前のベンチから裁判官席正面の被告人台前に立った。鬼塚の背中を花織はじっと見つめる。デタチキスタンの草原でも見ていた背中を。

すっ、と裁判長の呼吸音がマイクに流れた。

「主文、被告人に罰金三百五十万円の支払いを命じる。罰金を完納することの困難な時は、金五千円を一日に換算した期間、被告人を労役場に留置する」

花織は指が食い込むほど自分の太腿を握っていた。報道陣が一斉にペンを走らせ、裁判長が判決理由を淡々と述べていく。

「被告人は自身の業務が円滑に進むよう、自ら現地高官に賄賂を渡すことを画策した事実は自己中心的で、責任は重く……」

花織はわずかに身を乗り出した。違う——。

鬼塚は微動だにせず、裁判長を直視している。相手が持ちかけてきた経緯は情状《じょうじょう》酌量《しゃくりょう》の材料になるはずなのに、言ってないのだ。

これまでも折々に浮かび、もう関係ないと蓋をした疑問が、再び頭をもたげてくる。

どうしてデタチキスタン高官に賄賂を渡した件を、特捜部が知ったのか。

現地の政府高官がわざわざ伝えるわけがない。鬼塚はこうした賄賂は結構ある、と話していた。部長は特捜部がそれとなく持ち掛けてきた、と言った。嘘じゃないだろう。この件だけ、罪悪感を覚えた社の上層部が自首したとも思えない。はたまた鬼塚が賄賂を渡した直後、急に会社の方針が変わった？　だったら、公訴時効にかかっていない事案を全て明かしている。この件だけが取り調べられるのはおかしい。

花織は自分と鬼塚の間にある、木製の柵に視線を移した。否応なく彼我《ひが》の距離を感じる。賄賂の話はわたしも知っていた。鬼塚は前科者となり、わたしは傍聴人の側にいる。さっきまで裏金を扱っていたにもかかわらず。鬼塚が現地政府高官に渡した二千万円なんて比ではない、六億円という大金を――。

裁判長が判決理由を告げ終え、閉廷した。三人の裁判官と報道陣が法廷を出ていき、検事は風呂敷包みをそそくさと片付け、鬼塚は弁護団に歩み寄っていく。

花織は傍聴席に座ったままでいた。腕時計を見ると、一時五十五分。もう出ないと、取材のアテンドに間に合わない。

ふと鬼塚が振り返ってきた。目が合い、軽く頷きかけられる。

「課長、もう行かないといけなくて」

鬼塚は無言のまま、また頷きかけてきた。花織は頭を下げ、法廷を後にした。

東京地裁を出ると、駆けだした。なかば信号無視して大通りを渡り、外務省と総務省の間の道に飛び込む。坂道になっていて息がすぐに上がった。あちこちに立っている警察官が不審そうな目を向けてくる。

国会議事堂脇の道に入ると、色づいた公孫樹《いちょう》並木が続いていた。足元に落ちた銀杏の実を避ける余裕はない。

花織は銀杏の実や公孫樹の落ち葉を踏み、全力で走った。

4

無事に新聞社のインタビューアテンドを終え、花織が自席に戻ると、事務所のドアが控えめにノックされた。大坪が対応に出て、先ほどの方ですね、と五十代前半くらいの男女に声をかけ、応接室に案内していく。花織はこの一ヵ月で色々な来訪者を目にしたが、まとう雰囲気が今までの人たちと違い、どこか沈んでいた。

応接室から戻った大坪が、声をかけてきた。

「花織ちゃんも同席してほしい、ってセンセイが」

「あ、はい。どなたなんですか？」

「飛び込みの方。法務関係の陳情みたい。先方の一人は女性でしょ。だから、彼女が気詰まりしないで話せるよう、聞き手にも女性が必要だとセンセイは思ったんじゃないかな」

総裁選で忙しい最中、久富は時間を割いたのか。先方にはよほどの事情がありそうだ。花織はさっと立ち上がった。

応接室に入ると、隆宏も久富の隣に座っていた。ここに、と隆宏が隣のスペースを示し、花織も腰を下ろした。

正面の男女は顔色が優れなかった。男性の方がおずおずと口を開く。

「総裁選でお忙しいのに、お時間を割いていただき恐れ入ります」

「お気になさらずに」久富が穏やかに声をかける。「どうぞお話し下さい」

男性が一度唇を噛み締め、再び口を開いた。

「八年前、私たちの一人娘がストーカーに殺されました」

男性は切々と語った。事件一週間前、娘から男の付きまといを相談され、二人で警察署に行ったものの、『実害がない』と動いてくれなかったという。典型的なストーカー事件の構図だった。

「娘を思うたび、人間はこんなにも簡単に泣けるのかと思うほど、涙が溢れ出る毎日でした」

花織は胸がきつく締めつけられた。今までも新聞やテレビでこうした遺族の声を目や耳にしてきたが、当事者を前にすると、発せられる言葉がより心に突き刺さってくる。

男性がズボンのポケットからハンカチを取り出し、目の縁をそっと押さえる。

「失礼しました。何より耐えられなかったのは、そんな男と付き合った方が悪い、という声です。娘の何が悪いのですか？　何をしたというんです？」

声のトーンが上がった男性は深く息を吸い、一旦間を置いた。昂《たか》ぶりかけた感情を鎮めようとしたのだろう。

「私は事件の一年後から、警視庁や法務省など関係各所に再発防止を求めてきました。娘のように理不尽な批判を受ける被害者が出ないよう、警察が迅速に動ける仕組み作りを求める運動が、せめてもの供養だと思ってるんです。しかし、仕組みは変わらず、ストーカー殺人も忘れた頃に発生します。そして被害者も悪いという声は必ず出ます。私はこういう世の中が悲しい。犠牲になった娘に申し訳なく、胸が張り裂けそうになるんです」

いきすぎた自己責任論だ。わたしはデタチキスタンでの鬼塚の犠牲があるから、心に迫ってくるのか。いや。花織は背筋にさむけが走った。本当は誰にとっても他人事ではない。以前、街ですれ違った男が殺人犯だった時がある。もしも『一人殺すのも二人殺すのも一緒』と犯人が自暴自棄になっていれば、わたしも殺されたかもしれない。そして、その場にいた運の悪さを自己責任に落とし込まれたのだろう。

久富が厳粛な面持ちで頷きかけた。

「お二人の気持ち、察するに余りあります。なぜ私の事務所に？」

「実は、久富先生の方に回った方がいい、と法務省の方にこっそり耳打ちされて。法務大臣に訴えても無駄ですよ、と」

久富は法務大臣経験もあり、司法関係者には顔が利く。その法務省職員は久富を買っているのだろう。

遺族の二人は、その後も切々とこれまでの活動や娘への思いを語った。

二人を送り出すと、隆宏が袖口で瞼《まぶた》を拭った。

「バカ野郎」久富が叱り飛ばす。「俺たちが今すべきなのは、涙を流すことじゃねえ」

花織は顎を引き、正面の白い壁を見据えた。被害者の女性は殺されてもなお、いきすぎた自己責任論やそれに煽られた空気――社会の犠牲者となっている。こんな社会を変えたい。

今のわたしにできるのは、金庫番として久富を支えることだけだ。


まずいな、と父親が眉をひそめた。花織は父親や大坪らと議員会館事務所のテレビで、NHKの午後九時のニュースを観ていた。総裁選の日程が決定していないうちから、久富と倉橋総理が出演して、討論している。元々総理の出演予定があり、急遽久富にも話がきた。それで今朝から、久富は隆宏と山内と綿密に対策を練っていたのだ。隆宏と山内もNHKに行っている。

「何がまずいの?」

花織が尋ねると、父親は難しそうに腕を組んだ。

「オヤジの発言」

テレビ画面では、総理が滑舌《かつぜつ》の悪さを庇《かば》うように身振り手振りを交えて、語っている。

――確かに久富先生のご指摘通り、超富裕層と一般の人々との格差は開き続けています。しかし、超富裕層の富が下方に滴り落ちるんです。学者もそう言ってるじゃないですか。

――総理、何年同じ主張をされるんです？　私は聞き飽きました。今のところ、そんな傾向はありません。もう看過できませんよ。

――もうすぐなんです。物価上昇によるデフレ脱却も間もなくです。『日本ワンダフル計画』に手が届きかけてるんです。

この『日本ワンダフル計画』は総理が使い続けるフレーズだ。曰《いわ》く『かつてのように経済も暮らしも外交も、すべてにおいて〝ワンダフル〟と驚かれる日本にする。外国が羨む国を取り戻す』。日本の行く末、その基準を外国の評価に置いた点、さらにはネーミングセンスのなさに当初は有権者も嘲笑した。けれどテレビや新聞、インターネットでフレーズが繰り返し露出していくにつれ、拒否反応もいつしか消えた。政府に批判的な政治評論家や学者ですら当たり前のように使い、花織自身、耳にしても違和感はない。

――総理はポテトチップスやチョコレート菓子を食されたご経験はありますか。

――もちろん。大好きですよ。

――では、お気づきですよね。だいぶ前から量が減ってます。メーカーは「核家族化が進んだ現代に合わせ、量を調整した」と説明します。しかし表向きの理由でしょう。原材料費が高騰《こうとう》してるんです。本当はとっくに物価上昇はなされた。それをメーカー側は自主努力ともっともらしい理由で、消費者に値段として転嫁しないだけです。日本は永田町周辺だけではない。総理は人を見ないで、数字ばかりを追っているから現実がまるで見えず、まだ物価上昇を成そうとしている。あなたには一般の人々の暮らしがまったくわかってない。

ポリポの量が減ったと嘆く隆宏が、この指摘を準備したのだろう。一般的な国民も実感しやすい切り口だ。花織は少し頬が緩んだ。

——久富先生、日本ワンダフル計画の実現は目前に迫っているんです。

総理がしどろもどろにお得意のワンフレーズにしがみつく。

「オヤジさんの発言の何が悪いの？　討論で圧倒してるのに」

「いや、負けてる」父親は渋い顔だ。「良かれ悪しかれ、結局、あとに残るのは印象的なワンフレーズだけだ。まともに政治家の議論を聞く有権者は少ない。そんな暇もない。仮に放送を見てたとしても、次々に他の情報が入ってきて、憶えてられないよ。民自党員だって同じだ。オヤジがいくら首相の、政府の政策が誤っていると正論を吐いても、日本ワンダフル計画に反対する悪玉って印象だけが残る。正しい意見より、善悪二元論の方が受け入れられやすいんだ」

——総理、本気で富裕層の富がいずれ滴り落ちるとお考えですか。

——もちろんです。日本ワンダフル計画において景気回復の鍵であり、我々の考えには学者もお墨つきを与えてるんです。

——異なる意見の学者もいます。総理がおっしゃる、学者は大金持ちなんですか？消費は中間層が支えているのはご存じの通りです。平均年収の一万倍稼ぐ超富裕層でも、平均年収者の一万倍もの食事をしたり、スーツを買ったり、家を買ったりはしません。中間層に手厚く、現実社会に即した政策を進めるべきです。普通の暮らしを分厚くしていけば、社会は安定するんですよ。さもないと取り返しがつかなくなる。

——ですから、学者がお墨付きを与えているんです。

——あくまで学者の言い分は丸呑みしてるんですね。

——日本ワンダフル計画の実現は目の前に迫ってるんです。

——問題は経済だけじゃない。犯罪被害者に対しても自己責任論が出る社会の、どこがワンダフルなんですか。

——それは個人の資質の問題です。日本ワンダフル計画とは関係ありません。

討論は外交、憲法改正へと進み、総理は空とぼけた顔で日本ワンダフル計画というフレーズを連呼した。

＊

失礼します、と小原は高品検事室のドアを開けた。だからさあ、と賑やかな高品の声が響き渡り、小原は急いで後ろ手でドアを閉めた。

「問題は誰と恋すればいいのかってこと。わたしだって久々に胸ときめく恋がしたいわけよ」

高品は言い放つと、髪を左耳にかけた。

「和歌様、不肖臼井が厳選メンバーによる合コンを開きますよ。そちらも選りすぐりの精鋭でお願いします」

応じているのは、中澤検事の立会事務官の臼井だ。中澤の姿はない。

「そんな時間がいつあんのよ。特捜部には働き方改革なんて無縁なのにさ」

そりゃそうだ、と臼井が自分の額をぴしゃりと叩く。高品の立会事務官の吉見は、二人の傍らでおとなしく見守っている。

「あ、小原さん。今のは有馬さんには内緒で」高品が唇に人差し指をあてた。「勤務中に恋話《こいばな》なんて何事だ、って怒られちゃいそうだから」

言外の意味も窺えるものの、別に何も言わなくていい。

「小原選手は有馬検事のお使い？」と臼井が尋ねてくる。

「ええ、検事は自室でNHKをご覧に」

高品検事室のテレビでも、総理が日本ワンダフル計画について中身のない説明をしている。こちらを、と吉見が書類を差し出してきた。久富や秘書に関してまとめた書類だ。馬場絡みの捜査にあたり、高品は様々な議員の情報を手元に置いている。久富の資料を借りるよう、小原は指示されていた。

「有馬さんの線で久富の名前が出たとか？」と高品が問うてきた。

「どうでしょう」

「あ、立場上言えないっか」

特捜部の同じ捜査チーム同士といえども、立会事務官は捜査情報を口にしない。言葉を濁したと思われたのだろう。小原は違う意味で言ったのだが。

久富の名前を持ち出したのは有馬だ。総裁選が終わるまで綿密に分析し、一段落ついたら、最初から久富という「標的ありき」の捜査を始める腹に違いない。かつてこうやって特捜部が信頼を失ったというのに。

特捜部は二〇一〇年、民自党政権を倒して与党となった自由共和党党首の政治資金を巡り、収支報告書に七千万円の記載ミスがあった、と公設秘書を逮捕、起訴した。だが、秘書が取り調べに持ち込んだ録音機によって、供述と調書の中身が異なるなど失態が明らかになり、結局、不起訴になっている。建設会社からの賄賂だと目された渦中の七千万円の実態を解明できないままの幕引きで、特捜部は「最強の捜査機関」

の看板にミソをつけた。最初から標的ありきの国策捜査だったのではないのか、と疑惑の目を向けられたのだ。

もしや……あの捜査も、赤レンガ派が馬場に恩を売る目的で行ったのでは――。特捜部が逮捕した途端、自由共和党の支持率は急落した。不起訴となって以降も、数字は低いままだった。当時の担当検事は元々赤レンガ派で、その後処罰されるどころか、法務省に戻って出世ルートを着実に歩んでいる。推測通りなら、有馬が今回、標的ありきの捜査で二〇一〇年の二の舞となっても構わない、と考えていても不思議ではない。成功すれば、馬場に歯向かった者がどんな末路を辿るのか、見せしめにもできる。

しかし、昨晩伸びてきた触手は何なのか。赤レンガ派は、彼らに与する有馬の言動をなぜ注視しているんだ？

高品が執務机にちょこんと腰かけた。

「さっきわたしも目を通したんだけど、新しく入った久富の秘書、五葉マテリアル出身なんだよね。タイムリーで驚いちゃった。ほら、例の司法取引の判決、今日出たじゃん」

「無難な船出ってとこでしたね」と臼井がとぼけ顔で簡潔に論じる。

「だね。ねえ、小原さん。あれ、有馬さんが手がけたんでしょ」

そういえば有馬は以前、司法改革の実務で忙しかったうんぬんとだけ言い、司法取引に関わったことは高品にも話していない。

「ええ、まあ」

「この絡みもあって特捜部に呼び戻されたんだろうね」高品が高々と足を組む。「五葉マテリアルの子と同じ苗字の秘書も久富陣営にいるし、親子かな。しかしもったいないね。あんな大企業辞めて政界に来るなんてさ。わざわざ権力闘争に身を投じる気がしれない」

あなたの目前にいる男も、権力闘争に巻き込まれてますよ――。

小原は喉まで言葉が出かけ、資料に目を落として押しとどめた。昨晩から赤レンガ派のアプローチをどうかわすか考え続けているが、何も思いつかない。せめて彼らの狙いがわかれば、回避策のヒントになるかもしれないものの、手がかりすらない。

小原は有馬検事室に戻り、資料を渡した。有馬が早速目を通し始めていく。

有馬の立会事務官になったがため、くだらない権力闘争の余波を受けた。そう思うと有馬を恨みたくもなるが、小原にはできない。人事を決めたのは別人だ。

「ああ、やっぱりだ」と有馬が顔を上げる。「五葉マテリアルの鬼塚を調べた時、在宅起訴した常務以外に関わった人間がいないか尋ねたのを憶えてます？　あの時、鬼塚の表情にはわずかですけど動揺が走りました」

即座に有馬は言い足していた。

――ああ、上じゃなきゃいいですよ。組織的犯罪の首謀者、上位者の罪を問うのが本制度の目的なので。

　鬼塚は明らかにほっとした表情になっていた。

「ええ、憶えてます」

「御子柴の事案で関根さんを調べた後、病院で久富議員の秘書に会いましたよね。あの女性、見覚えがあったんですよ。やっぱり五葉マテリアルの元社員です。会社が提出した資料に顔写真がありました。この藤木花織はデタチキスタンの賄賂に関係があるかもしれない。なんせ鬼塚と現地に頻繁に赴いたのは、彼女ですからね。久富を揺さぶる際、この線から崩せそうです」

　検察が司法取引したのは会社側で、鬼塚ではない。あの質問と補足発言の意図がわからなかったが、有馬はいずれ何かに使える可能性を考慮していたのか。特捜部は政治家や大企業にまつわる事件を扱い、些細な事柄がどこで何に繋がるか見当もつかない。抜け目ない。

「でも、彼女は日本刀だもんな。うまくいくかどうか。彼女の線を使わない方がいいかなあ」

　有馬は楽しそうに言い、再び資料を読み込みはじめた。

　午後十一時過ぎ、今夜も小原はひと気のない日比谷公園を歩いていた。ベンチにはいつもの二匹の猫ではなく、二人の影がある。引き返そうとした矢先、小原に気づいた先輩事務官が先に立ち上がり、隣の男も続いた。先輩事務官が手を上げてきたので、小原は目礼を返すしかなかった。

先輩事務官が隣の男に軽く手をかざし、公判部の検事だと紹介してきた。よろしく、と公判部の検事は素っ気なかった。上質なコートをまとい、胸を張っている。髪はきっちりと真ん中で分けられ、縁なし眼鏡の奥にある吊り上がった目は、暗い園内でも冷ややかだとわかる。

先輩事務官が一歩下がり、公判部の検事が気怠《けだる》そうに口を開いた。

「昨晩、納得できなかったそうだな」

小原は身を硬くした。喉の奥から言葉を押し出す。

「先輩の発言だけでは頷けない――と申し上げただけです」

「君の一生を保証する」

「検事が、ですか？」

「まさか」

「では、赤レンガ派が？」

公判部の検事は口を閉じると、ゆっくりと頷いた。

「君は言われた通りにやればいい。私の顔を見た以上、君はもう後戻りできないんだ」

小原が黙っていると、先輩事務官がしたり顔で歩み寄ってきて、親しげに肩を組まれた。耳元で囁かれる。

「どうせ巻き込まれるんなら、勝ち馬につけよ」

――絶対に関わらない方がいいですよ。

小原が仕えた頃とはまるで別人の、ボロボロだった検事の姿が脳裏をよぎる。もうだめだ。アプローチから逃れる方法を思いつかないし、ここで検事に、しかも赤レンガ派に抗える力も自分にはない。突っぱねれば、人事に手を回されてしまう。窓際業務を、これもまた人生だと受け入れられるほど自分は枯れていない。現場、それも大きな案件に携われる場にいたい。刑事部で仕えた検事の意志も継ぎたいのだ。一振りの鍬、一本の杭として。

所詮、個人は組織に対抗できない。誰しも、心ならずもの道を歩くしかない時があるのではないだろうか。自分の場合、それがスパイになること、権力を私物化する赤レンガ派に加担することだった――。

小原は公判部の検事に視線を戻した。

「誰に伝えればいいんですか」

「彼に」と公判部の検事は顎をしゃくり、先輩事務官を示す。「携帯やメールは使うな」

小原は辺りの闇が濃くなった気がした。

*

「年甲斐もなく昂ぶっちまうな。こいつがないと眠れねえ」

久富は本駒込の自宅リビングでウイスキーを生《き》であおった。午前零時過ぎ、花織と父親は議員会館からやってきていた。久富は手酌で二杯目をなみなみとグラスに注ぐ。

「オヤジ、あまり飲み過ぎない方がいい」

「硬いこと言うな、こんな時くらい。花織ちゃん、どうだ、俺はいい男に映ってたか？」久富が二杯目も一気に飲み干す。「んで、ネガは無事に運び終えたんだな」

その報告のための来訪だった。ええ、と父親が穏やかに応えると、二人とも飲めよ、と久富はテーブルセットに上下逆さまに置かれたロックグラスを二つ手にとり、ウイスキーロックを二杯、慣れた手つきで作った。

「ほらよ」久富は得意気だ。「あとは総裁選で勝つだけだな」

「なぜあのような討論を？」と父親が静かに尋ねた。

「なぜって、真っ正直な意見を言うのが俺の本分じゃねえか。今までだって党の方針や戦略におもねらないで、己が考える政策や正論を選挙でぶってきた。俺を支援してくれんのは、そこを気に入ってくれた有権者たちだ。総裁選だからって本分を曲げんのは、長年の政治活動を自分で否定するも同然だろうがよ」

「しかし、印象に残るのは総理の方でしょう。なぜキャッチフレーズを作らなかったんです」

「隆宏に任せたんだ。ガタガタ言うな」

久富は憮然と三杯目のウイスキーをあおった。あの、と花織は険悪になりかけた二人の間に割って入る。

「どうして党の戦略に合わない政策を、選挙で訴えるんですか」

「俺くらいになれば、公認を取り消されない。仮に取り消されたとしても、当選できる知名度と実績がある。だから現実に追従せず、政治の理想を追い求められる」

「理想を実現する手段として、民自党総裁の椅子を望むんですね」

「ああ。理想を実現したけりゃ、上に立たないとな」

「じゃあ、こちらもワンフレーズを作るべきでは？　相手はあんな不格好な文言なんです。こっちがキャッチーなフレーズを掲げれば、一気に流れを持ってこられます」

「そいつは料簡違いだ。民自党総裁選ってのは、国の大将を決める選挙なんだよ。こざかしい真似や駆け引きなんかせず、腹からぶつかるべきだ。もちろん現実には国内外のあらゆる場面で寝業《ねわざ》、手練手管《てれんてくだ》が要る。抜け目なさ、要領の良さ、機転がきくか、あざとさ、したたかさ、あらゆるものが総理に必要とされる。でも、一番不可欠な要素は中心にある気持ちの強さだ。それを見せないでどうする」

挑戦的な姿勢の裏には、しっかりした計算があるのか。けれど、政治家としてはロマンチックすぎる性質《たち》かもしれない。

「偉くなって何をしたいんですか。オヤジさんの理想って何なんでしょう」

「そりゃ、日本をいい国にして、ゆくゆくは世界中を幸せに満ちた場所にするんだよ。言葉にすると壮大過ぎて、かえって陳腐でバカバカしく聞こえちまうかもな。一歩一歩近づくしかねえ。俺の代で実現できなきゃ、次の世代が引き継いでくれればいい」

久富は本気で思っている。そうじゃないと、いくらわたしに対してとはいえ、ここまでストレートに言わないはずだ。久富の理想が実現した社会なら、同時にわたしの理想も叶っているだろう。もっとも、久富が一代で達成できるほど簡単でないのは明らかだ。わたしには理想を具現化できる案がないし、思いつくかどうかもわからない。久富の意志を継ぐ後継者を支えることが、理想を実現する近道なのかもしれない。後継者の一番手は——。

「隆宏に地盤を継ぐんですね」

「実行できんなら、誰だっていいよ」

久富は放り投げるように言った。

翌日、遊佐幹事長が総裁選の日程を十月三十一日告示、十一月十三日投開票と公表した。

5

告示日まで、朝五時に家を出て、深夜三時過ぎに帰宅する慌ただしい日々が続いた。後援者らへの手紙執筆やパーティーの案内状送付、電話も来訪者もひっきりなしだった。花織は新聞社のインタビューや、インターネット放送の生番組にもついていった。日々、メールで送られてくる馬場派からと思《おぼ》しき怪文書にも目を通した。気づけば、体重が三キロ落ちていた。

告示日からは一転、父親と二十四時間態勢でパレスホテルの選対事務所にこもることになった。宿泊も父親と同部屋だ。父親のスーツケースにはひとまず一億円を入れてきて、置いてある。花織はホテルの厨房からおにぎりを運んだり、深夜は事務所の片隅でせっせと握ったりもした。

「こうしておにぎりを慌ただしく食う選挙ってのは、生きてる、闘ってるって感じがするなあ。二十年近く、誰かの応援演説ばっかりだったからよ」

塩むすびをむんずと摑んだ久富が豪快に笑った。

告示日の深夜、ドアが控えめにノックされ、覗き穴を確かめると隆宏がいた。

部屋に招き入れるなり、全身に緊張が走った。隆宏の用件は一つしかない。

「お茶でも飲む？　お父さんはお風呂だし」

「いや、早く寝たいんだ」

「だよね」

声が喉に絡みついてくる。花織はクローゼットをゆっくりと開けた。折り畳んだ洋服の間にあらかじめ用意していた、新聞紙で包んだ札束を摑む。ずしりと手に重たい。

「これ」

札束を持つ花織の手は震えた。止めようと思っても、震えは止まらない。奥歯を嚙み締めた。関根や鬼塚、ストーカー被害者の遺族の顔を次々に思い浮かべても、震えは収まらない。心の奥底では、まだ「汚れ」を嫌っているのだろうか。世界の裏も表も真正面から捉える覚悟がないのだろうか。裏金を持ち出しても、使わなければ元に戻せる。それなりの処分の仕方もある。最後の一線——そう無意識に感じているのだろうか。自分の手を汚してでも、社会が個人に犠牲を強いる仕組みを変えると決意したはずなのに——。

ガッ、と花織は手首を力強く摑まれた。まだ手は震えている。隆宏の手のぬくもりがじんわりと肌に染みてきて、静かな息遣いまで聞こえた。

「花織、その恐怖ごと、俺が受け取った」

ぴたりと花織の腕の震えが止まった。そうか。わたしは一人じゃない。

「せめて有意義に使って」

「どんと任せろ」

二人で微笑みあった。

花織がパレスホテルに詰める間、隆宏は久富と演説や討論会のために、全国各地を飛び回った。議員会館事務所は大坪が守っている。

隆宏は東京にいる時は毎晩、花織と父親の部屋にやってきた。

「これ、明日の分」

花織は新聞紙に包んだ札束を渡した。告示日の夜以降、もう手は震えなくなっていた。サンキュー、と隆宏も気軽に受け取っていく。こんなものは進むべき道の障害物にはならない――。そう花織と自分に言い聞かせているように。久富と隆宏が地方に行く際は少し多めに渡した。派閥所属の議員や秘書も同行するからだ。彼らの食費、宿泊費などだけでなく、地元市議や県議に渡す軍資金や、派閥全体の秘書への臨時の餅代にもなる。

選挙事務所の空気は常に熱気を帯びていた。「選挙は祭り」という言葉もあるけど、渦中にいると本当にそんな心境になる。様々な人間が分単位で入れ代わり立ち代わりやってきた。繁和会の議員と秘書、別派閥の議員、都議会議員、区議、市議、民自党員、後援会関係者、報道陣。

浦辺事務所の内村までやってきた。他の秘書は全員ちょうど別の仕事にかかりきりで、花織が応対した。内村とはそういう縁があるのかもしれない。

「陣中見舞いに参りました。同じ佐賀県選出議員として、久富先生には奮闘して頂きたい」

内村は澄まし顔で、菓子折りを差し出してきた。言葉通りには受け取れなかった。浦辺は閣僚で馬場派。当然総理支持の立場にいる。馬場に様子を探るよう命じられたに違いない。

投開票まで一週間となった日、各紙が世論調査結果を掲載した。またしても、首相が圧倒的に有利だという数字が出た。

「巻き返すぞッ」

久富が吠え、オオッと事務所内に鬨《とき》の声があがり、花織も腹から声を張っていた。

「いい雰囲気だ。閑散とした選挙事務所ほどみじめなもんはない」

父親が頬を緩めた。金庫番の道に入る前の三十二年間より、この一ヵ月弱の方が父親と話す時間は多いな、と思った。

その夜、父親を選対事務所に残して、花織だけが宿泊部屋に戻った。ほどなく、母親が真っ赤なスーツケースを引いてやってきた。

「はいはい、ご苦労さん」母親のテンションも高い。「洗濯物の回収と着替えだよ。あの青いスーツケースに二人分の洗濯物が入ってんの？」

「そう。昨日、全体重をかけて押し込んだ」

自宅を出る際に銀色スーツケースから移し替えた一億円は、すでに消えている。

「関根のおじさんの容態はどう？」

「まだ意識は戻ってない」

自分から振った話題なのに、心が沈んでいく。

「長い間働きっぱなしで疲れてたから、これ幸いとのんびり寝てんのよ」

わたしの心を少しでも解《ほぐ》そうと、母親は冗談を言ってくれたのか。花織は小さく頷き返して、母親が持ってきたスーツケースを開けた。ちょうど寝巻に着替えたかったのだ。ごそごそと手を突っ込み、自分の分を取り出そうとすると、息を呑んだ。

父親の見慣れたトレーナーがやけに固い。手に取るとずしりと重く、トレーナーだけの重量ではない。ひょっとして——。

「ああ、それね。お母さんは『おくるみ』って呼んでる」

トレーナーを解《ほど》くと、札束が包まれていた。束は二つ、二千万円だ。赤ちゃん用品の名前が持つ可愛らしさの欠片もない。

「お母さん、知ってたんだ……」

「そりゃそうでしょ。家に何億円もあるんだよ？　用心しないといけないもん」

父親と裏金の流れを記した書類を見た際、わたしはお母さんが知っているかを尋ねた。父親は『書類のことは話してない』と言った。裏金を扱っているとは知らない、と理解していたけど、書類を持ってきたことを話していない、という意味だったのか。

「残りのお金は大丈夫？」

「ウチには、お金が大好きな警備員がいるでしょ。白黒のふわふわの」

「あっ、豆蔵」

そういえば、五億円が入ったスーツケースを実家に持っていった時、豆蔵がやってきた。

「豆蔵が本気で爪で引っ掻いたり、噛んだりしたら結構な迫力だと思うよ。豆蔵はウチに来た頃から、お金が好きだったもん。ほら、右手を挙げてる猫は金運を招くっていうでしょ。豆蔵もよく右手で顔を拭いてるし」

豆蔵は来るべくして、藤木家にやってきたのかもしれない。母親も豆蔵も含め、藤木家は全員が金庫番なのだ。わたしはその新入り。

「お父さんは大金を扱った最初の頃、どんな様子だった？」

尋ねても、父親は多くを語ってくれない。

「そうね、ちょっとおどおどしてたかな。でも、すぐに腹を括ってた。『隆さんが覚悟を決めて事に当たる以上、俺も負けてられない、一緒に進むんだ』ってさ」

昔は久富を『隆さん』と呼んでいたのか。花織は、また父親の新たな一面に触れた思いだった。

「わたしまで秘書になって、大金を扱う姿を見るのはどんな気分？」

「どんな種類のお金を扱うんであれ、二人とも心までは汚れない、そう確信してる」

胸の奥がじんわりと温かくなった。

「よく平気な顔でいられたね」

花織が物心ついた頃から、母親はよく荷物を持って選対事務所に父親を訪ねていた。あれは、こうして父親が扱う裏金を運んでいたのだ。

「まあね。小さい頃は花織にも苦労をかけちゃったよねえ」

わたしが苦労？　どういう意味？　口に出しかけた時、花織は意味を察した。

「わたしがいじめられても外に遊びに行かせたのは、家におくるみとか帳簿が置いてあったからなんだね」

「大正解。子どもが近づくべきものじゃないでしょ。花織がいじめられたのはこたえたけど」

「それでも意志は曲げなかったんだ」

「いつか自分で克服するって信頼してたもん。隆宏ちゃんも助けてくれるはずって」

「だからって、よく最後まで見守れたね」

「母は強いのよ」

にんまりと母親は笑い、両手を腰に当てて胸を張った。母親のたくましさを見て、花織は実感した。

世の中はマルかバツか、白か黒かで単純に二分されない。わたしたちはクイズの世界に住んでいるわけではないし、白と黒の間には灰色が、他にも赤、青、緑、黄、紫、玉虫色など様々な色合いがある。マルとバツ以外の道も探り、より多くの色を取り込める落としどころを見つけ、国民を導くことこそ政治の本分じゃないのか。たとえ社会が単純化に突き進もうとも、まどろっこしくて面倒な作業だろうと、他者と折り合いをつけて国の行く末を決めていくプロ――。

わたしはそこに関わっていきたい。


翌日、選対事務所に思いがけない人物がやってきた。海老名保奈美だ。面識のある花織が選対事務所の応接用テーブルセットで対応した。

「お忙しいのにすみません。無所属の私が出入りする場所ではないと認識してるんですが、どうしても総裁選の雰囲気を体験したくて」

「どうぞお気兼ねなく。ゆくゆくご経験されるかもしれませんもんね」

花織が何ともなしに応じると、保奈美の顔が引き締まった。

「ええ。私は本気で日本初の女性首相を狙ってます」

冗談の気配はなかった。

「では、いずれ民自党に？」

「わかりません。自分で政党を立ち上げるかも。その時は藤木さんもお誘いしますよ」

花織は何も言わず、柔らかな笑みだけで応じた。適当にはあしらえない。海老名の行く末が、今後の道筋を開く一手になるかもしれない。

海老名がぐるりと事務所を見回す。

「活気がありますね。以前もお話しした通り、私は久富先生に勝って頂きたい。このままでは民主主義が死んでしまいます」

「どういう意味でしょう」

「馬場先生の選挙手法もその一つです」海老名の眉間にしわが寄る。「藤木さんにも怪文書が毎日届きませんか」

久富は交通事故を揉み消した、久富は傷害罪の過去がある、久富はトップレスバーに連日通いつめている、久富の息子は裏口入学した、久富の新人女性秘書には美人局《つつもたせ》の過去――。怪文書はほぼ毎日届き、よくここまでガセネタを思いつくものだ、と感心させられる。

「ええ。けど怪文書なんて、手垢のついた手法でしょう」

「おっしゃる通り、怪文書なんて旧体質の方法だとそっぽを向かれかねない。だから、馬場先生はアメリカの大統領選を研究したんだと思います。あっちでは、どんな政策を訴えるかではなく、人のもろさをいかに利用するかが選挙戦略の主眼になってるんです」

「それは日本でも同じ構図ですよね」

父親も言っていた。二十年くらい前からそういう傾向がある、と。

「レベルがまったく違います。アメリカではビッグデータや色んな個人情報をかき集め、一人あたり五百項目程度のデータを分析して個人個人にあったSNS広告を作り、投票を左右する――という方向に動いてます。有権者の感情を支配するんです。広告は嘘でもいい。否定的な情報も繰り返し見ていくうちに、信じ出すという研究結果はよく知られてます。有権者に気づかれないまま、送り手に都合のいい色に染めてしまうんです」

久富の選対事務所には、こうして馬場の選挙手法を分析した人物はいない……。

「例えば、共和党の選挙対策チームは、熱狂的な民主党支持者のSNSに民主党候補のネガティブ情報をあることないこと送り続けた。すると、民主党の熱狂的支持者は次第に歪んだ情報も信じ、選挙活動を辞めたんです。大きな問題は、一つの議論が消えた現実です。議論は民主主義の根幹なのに、駆逐されようとしているんです。ただでさえ政治議論を嫌う日本でこの手法が蔓延《まんえん》すれば、目も当てられない状況になります」

「その戦略への対抗策はあるんですか」

「残念ながら今は……」海老名が力なく首を振る。「せめて同じ戦略をとるくらいしか」

多様な意見を闘わせて一つの結論を導き出す――日本でも何度かはあっただろう、そんな理想的な民主主義はもうすぐ地球から消える？　誰も導き出せていない対抗策を捻り出すのか、相手同様にデータを利用したネガティブ戦略で優勢な位置を築くべきなのか。

「遅かれ早かれ、日本はネットでの投票も解禁するでしょう」海老名が真剣な面持ちで続ける。「馬場先生の周辺は将来を見越して、アメリカで繰り広げられた作戦を実行できる体制を整えた可能性があります。今回の総裁選も予行練習を兼ねてるのかも。自分たちが勝利するために民主主義を壊すなんて本末転倒ですし、酷すぎます」

十分にありうる。小選挙区制導入の時も、二〇〇〇年代初頭に民自党が大勝した選挙でも、馬場は時代の空気をうまく作り出し、利用している。これが馬場の権力の摑み方なのだ。

海老名が上体をやや乗り出した。

「もうご存じでしょうけど、馬場先生は民自党議員に睨みもきかせてるそうです。久富先生に投票すれば次の選挙は公認しないと告げたり、総理が再任すれば誰某《だれそれ》先生も大臣が見えますな、と仄めかしてみたり」

久富事務所の全員が把握していることだった。陣中見舞いにきた民自党議員がそんなニュアンスの話を久富に振り、久富が勝った場合の見返りを探り出そうとしてくる。

「あと、あくまで噂ですけど、お金も配ってるとか。人事だけでなく、お金で票を買う。馬場先生はそういう前時代の政治手法も使うんです」

海老名は補欠選挙をクリーンに闘い、突破したに違いない。久富陣営の内実を知れば、非難するはずだ。ある程度手を汚さないと、馬場に立ち向かうことすら覚束《おぼつか》ない——そんな現実があるのを認識しているとしても。

けれど、クリーンと一口に言っても度合いがある。白と黒の間に、様々な色合いがあるのと同じだ。今回の総裁選も含め、政治の裏も表も真正面から見つめるうち、わたし自身、どの色合いまでなら許容できるのかを導き出せるだろう。母が裏金を家で保管するのを認めているように。

まずは総裁選後、わたしは一体何を思うのか。

五百人が入る民自党本部九階の大ホールは、真夏さながら人いきれで蒸していた。話し声が重なって騒々しい。この場で、日本を率いる人物がまもなく決まる。

久富が総裁選に立候補してから、あっという間の一ヵ月だった。花織は隆宏と一番後ろの壁際に立っていた。花織の心身からは祭りの昂揚感が消え、冷たい緊張感だけがある。隣の隆宏は充血した眼を見開き、きっと正面を睨んでいる。

大ホールには衆参両院の民自党議員が集まり、臙脂色のクッションと背もたれの劇場用椅子に座っていた。中央部に総理、その二列後ろに久富がおり、テレビカメラや記者、カメラマンが壇上近くに陣取っている。

腕時計を見た。あと五分で投開票の結果が発表される。

「いよいよだね」

「ああ。やるだけやった」

隆宏は硬い口調だった。

花織は議員席に目を向けた。背後からでも久富が腕を組んでいるのがわかる。先ほどから総理に挨拶する国会議員は多いが、久富のもとを訪れる者は少ない。右手の最後尾には、馬場の姿も見える。顔立ちは端正で、若い頃は二枚目だったに違いない。小柄で細身だけれど、じっと前を見据える姿には周囲を圧倒する雰囲気があった。事実、〝最後の首領〟が発する気配に恐れをなしたのか、誰も馬場に歩み寄らない。

気を張った時間がしばらく過ぎ、正面の壇上に総裁選選対委員長が厳めしい面つきであがった。一気に大ホールが静まり、しわぶきひとつ聞こえなくなる。

では、と選対委員長の神妙な声が発せられた。

「第四十三回民自党総裁選、開票結果を発表します」

ホールの空気が壇上の一点に圧縮されていく。会場の誰もが固唾を飲み、完全に周囲の音が消えた。

「国会議員票、久富隆一君、七十五票。倉橋潤三郎君、三百五票」

おお、と会場にどよめきが起こり、総理を中心に拍手が湧き上がる。

花織は膝から崩れ落ちそうになった。もしかすると、という淡い期待はあった。討論では久富が圧勝していた。

「地方党員票、久富隆一君、百五十二票。倉橋潤三郎君、二百二十八票。よって総裁選は、倉橋君の三選に決まりました」

総理がすっくと立ち上がり、軽く周囲に頷きかけた。スポットライトが当たる。総理は形式的な笑みを浮かべ、後方に座る久富には一瞥もくれず、壇上へ悠々と歩いていく。総理の背中を会場の盛大な拍手が後押しした。隆宏も久富も手が動いてない。花織も動かせない。

完敗だ――。


「敗北はひとえに私の不徳のいたすところです。全力で戦ってくれた皆さんには、お詫びするしかございません」

敗戦報告会の冒頭、久富は深々と頭を下げた。その後、パレスホテルの選対事務所はものの十分も経たずに閑散とした。報道陣は早々に引き上げ、選対事務局長を務めた繁和会の幹部議員すら、そそくさと姿を消した。総理陣営に挨拶に向かったのだろう。

ホテルに残るのは久富事務所の人間だけで、ホテルの従業員が食器やビール瓶を片付けたり運び入れたりする甲高い音だけが、がらんとした大部屋に響いている。誰も口を開かず、時折思い出したようにビールやワインを力なく口にした。エアコンも昨日までと同じ温度設定なのに、足元から寒々とした冷気がからみついてくる。久富事務所の人間は誰しも一気に十歳近く老け込んだ観すらあった。頬が削げ、顔に翳がさし、目が落ち窪んでいる。

観音開きのドアが開いた。

「なんだよ、お通夜《つや》の方がまだ活気あんじゃねえのか」

胴間声の主は幹事長の遊佐だった。右手には一升瓶を抱えている。大股で歩いてくると、遊佐は手近な椅子を久富の前に置き、どっかりと座った。

「隆一、お前さんの子分連中はどうした？」

「ご機嫌取りだ。御子柴を頼ってんだろう」

「まあ、政治家は灯りに群がる虫みたいなもんだ。強者の周りには人が集まる」

遊佐は一升瓶の蓋を慣れた手つきで開け、テーブルに伏せてあったガラスコップ二つに日本酒をたっぷり注いだ。

「正明はあっちに行かなくていいのかよ」

「向こうへの顔見世《かおみせ》はとっくに済ませてる」

「だとしても、こっちにのこのこ顔を出したらヤバいんじゃねえのか」

「バカ言ってんじゃねえよ」遊佐はにっと笑った。「同期を慰労《いろう》して何が悪い。だいたい俺は幹事長だ。民自党のまとめ役だぜ？　常に中立でいないとな」

遊佐がグラスを軽く掲げた。

「とりあえず、お疲れさん。ま、ぐっと飲んでくれ」

「ああ、ほんと疲れた。負けると余計に疲れるんだな。負けた経験がないからこたえる」久富もグラスを胸の辺りに掲げ、口をつけた。にわかに口元が綻ぶ。「お、こいつはいけるな」

「そりゃそうだ。お前の勝利用に仕入れておいた酒だ。俺の地元・山形の逸品さ」

「期待にこたえられず、悪かったな」

「予想通りではあった」

「言ってくれるじゃねえか」と久富が一気に飲み干す。

「飲めよ」遊佐が二杯目を注ぐ。「地方票を四割取ったんだ。善戦だよ。けど、お前だって馬鹿じゃない。この世界で何十年も生きてきた。敗戦は立候補前に予想できたはずだ」

「しきりに正明は止めたもんな」

「ああ。やっと聞ける。こん次はお前が総理になる芽だってあったのに、どうして今回出た？　あと三年、いや二年待ってれば、総理の座が転がり込んだかもしれないんだぞ。余計な金と労力を使うだけじゃねえか」

記者団に見せた演技ではなく、腹蔵なく話しているように花織は感じた。

「待ちきれなくてよ」

「解せねえな。政治には流れってもんがある。流れを読めない久富隆一じゃねえ。よしんばお前さんが読み違えても、山内や藤木がいる。連中だってわからないはずがねえ。普通は軌道修正する。なあ」

遊佐が山内や父親に目配せした。二人は押し黙り、静々と酒を口に運ぶだけだ。花織には二人の顔つきが少し翳って見えた。

「幹事長サマが何言ってんだよ。政治には流れなんてねえよ。流れがあんのは政局だけだ」

「まぜっかえすな。俺はその政局の話をしてんだよ」

遊佐が酒を飲み干し、手酌で二杯目を荒っぽく注いだ。久富も二杯目をあおり、コップを遊佐の方に突き出す。

「今やらないといけないと思った以上でも、以下でもねえさ」

だからよお、と遊佐が大声を上げる。このまま堂々巡りが始まりそうだ。

花織、と隆宏に小声で呼ばれた。

「疲れてるのに悪いが、今晩、本駒込のウチに来てくれ」

「いいけど、どうしたの？」

「くればわかる」

隆宏は、それ以上口を開かなかった。

午前零時、久富事務所と遊佐だけの敗北報告会は終了した。

報告会終了の二時間後、本駒込の久富邸のリビングの空気は張りつめていた。黒革張りのソファーセットで、久富と隆宏が相対している。二人の傍らには花織と父親がいた。父親も隆宏に声をかけられたのだ。

「話ってのは何だ」

顔に疲労が滲む久富が口火を切った。隆宏は真正面から久富を見据えている。

「オヤジ、引き際だ。次の衆院選、佐賀一区の地盤を禅譲《ぜんじょう》してくれ」

花織は瞬きを止めた。

「バカ野郎」久富は歯牙《しが》にもかけない。「負けっぱなしでいられるか。捲土重来《けんどちょうらい》だ」

お願いします、と隆宏が二人の間にあるガラステーブルに両手を突き、頭を下げる。

花織は隣の父親と顔を見合わせた。父親も目を丸くして驚いている。隆宏はわたしたちに、後継指名の見届け人になってほしかったのだ。山内や榊原がいないのは、秘書の中でも金庫番が政治家の足腰――土台だからだろう。

花織は隆宏に視線を戻した。隆宏はすでに一度久富に議員への意志を伝え、弾き返されているのに勝算はあるのだろうか。総裁選に敗北し、派閥もガタガタになった状況でも、久富の性格ならできる仕事を果たしていこうとする。ストーカー殺人の被害者遺族のように、久富を頼る人のためにも。

「オヤジが総理になる芽は、もうない。今回、馬場に引導を渡されたんだ」隆宏は頭を下げたまま決然と言った。「だったら早めに後進に道を譲るべきだ」

「まだ早い」

「地位や立場にしがみつくなよ。らしくない」

なおも隆宏は頭を下げたまま言う。

「しがみつこうだなんて、これっぽっちも思っちゃいねえ」

「じゃあ、引いてくれ」

「ふざけんな。お前に何ができんだよ」

久富はにべもなく撥ねつける。

隆宏が両手をついた状態で、顔だけを上げた。

「議員になって初めて取り組めることがある」

「今回の総裁選で繁和会はバラバラになった。まずは派閥を立て直さないといかん。何の実績もないお前には無理だ」

「誰だって実績はゼロから作っていくもんだ」

一緒だ。わたしが八尋に向けた台詞と。

「百歩譲ってその意見には同意しよう。けどな、俺が馬場に勝てないと言うが、お前も同じだ。このままじゃ、次の選挙で党の公認は取れない。馬場は甘くねえよ。実力者を刺客候補に送り込んでくるはずだ。知名度も実績もないお前には太刀打ちできん。こんな先読みすらできない男に譲れるかッ」

久富がガラステーブルに拳を落とした。拳は硬く握られ、頬が紅潮している。花織は真っ黒くて高い壁を見ている心地だった。隆宏はがむしゃらに黒壁に突っ込み、案の定弾き返されている。

　隆宏が勢い込んで首を突き出す。

「今回俺と仕事してどうだった？　実力不足か？　なら、なぜ俺の意見を通した？　山内さんがキャッチフレーズを作って押すべきと主張したのに、俺は猛烈に反対した。オヤジは俺に乗った。俺の原稿に不備はあったのかよ」

「不備どうこうじゃねえ。今までの俺を貫いただけだ。俺はいつも正面から攻めて結果を出してきた。政治信条を貫徹したんだよ」

　久富は言下にきっぱりといった。

　二人はじっと睨み合っている。花織と父親は息を殺していた。十一月も中旬だというのに、秋の虫の澄んだ鳴き声がかすかに外から聞こえた。

　久富が拳を引き、体勢を元に戻す。

「てめえごときに任せられるか。馬場のジジイが推し進める新自由主義が続けば、日本は頭だけがデカくなって、図体はスカスカの国になっちまう。富と力が〝上〟に集まる仕組みは、とっくに行き詰まってんのに、ジジイに改める気はねえ。それどころか超管理社会を実現させ、体制を強化しようとしてんだ。現状に対抗して、是正できんのは筋金入りの自由主義者の俺しかいねえ」

　自由主義的な考え方だと、ある程度の国家介入で物事を進めていくことになり、確実に馬場主導の政治とは方向性が違ってくる。

そりゃあ、と隆宏が息荒く応じる。

「多様性を認める意見にも、新自由主義が壁にぶち当たってる意見にも賛同する。肉食の大型生物だけが生き残る生態系ピラミッドなんてないからな。けど、新自由主義にもいい点はある。全否定はできない」

てめえ、と久富が殺気をはらんだ声を発した。

「馬場のジジイの肩を持つのか？」

「そんなこと言ってねえよ」隆宏が唾を飛ばす。「新自由主義だの自由主義だの、政治が学問用語になってどうすんだって話だ。血が通わなくなっちまうだろうが。政治なんて小難しいもんじゃねえッ。政治なんて人間の話、政治家が何をしたか何をするかに過ぎねえッ」

「主義でも何でもねえ青臭い書生論で、馬場に勝てるかよ。寝言でほざいてろ」

「はなから主義なんて俺にはねえよ。あるのは政治への思いだけだ」

隆宏は嚙みつくような語勢だった。やはり親子。口ぶりはそっくりだ。花織は隣を盗み見る。わたしたち親子も似ているのだろうか。

久富が心持ち目を細めて、厳めしく言い返す。

「まだ俺が議員でいることに意味があんだよ。青二才は引っ込んでな」

第四章

1

身体を投げ出すようにして、花織は椅子に腰かけた。議員会館事務所の自席は、二週間前のままとっちらかっている。昨日終わった総裁選。その支援を求める宛名のないレターセットやメール原稿、予定を書いたポストイット。まだ片づける気にはなれない。

昨晩は久富邸から父親と実家に戻り、泊まった。疲れているのに午前四時過ぎに目が覚めてしまい、早めに出勤した。もちろん一番乗りだ。まだ五時半。警備員も驚いていた。日中は観光バスやら陳情の人たちでごったがえす周辺も、この時間は静かで、空気もきれいだ。

目の辺りが異様に熱くて重たい。神経が昂ぶり、まるで眠れなかったのかもしれない。

今回の総裁選ではっきりわかった。議論や主張といった、正攻法で崩せるほど馬場体制は甘くない。正論を凌駕《りようが》する戦略や寝業を馬場は駆使してくる。裏金を資金に回さなかったら、もっとこっぴどくやられただろう。政治は現状、馬場を中心に回っている。馬場が政治——バケモノの化身といってもいい。どんな手段を使えば倒せるのか。

花織は出勤途中に買った、コーヒー缶のプルタブを開ける。いつの間にかもうホットの季節だ。手の平に缶の温もりがじんわりと染み、体が冷えていたのに気づかされる。

目を瞑ると、瞼の裏に昨晩の隆宏が浮かぶ。隆宏がいずれ久富の跡を継ぐにしても、一緒に政治というバケモノに立ち向かっていけるのだろうか。今後、わたし自身が政治家として立つ道も考慮すべきかもしれない。

いや、難しい。久富が認めてくれても、後援会トップの八尋が支援してくれない。「小娘」と何度も言われているではないか。その影響力を考えれば、他の後援会も八尋に同調するだろう。それに、たとえ議員になれて反馬場を唱えたところで、わたしには久富以上の求心力はない。

では、反馬場の他議員、例えば海老名のもとに行くのはどうか。

彼女が白と黒の間のやり方を認めるとは思えない。第一、海老名に久富以上の実力はなく、他の議員も推して知るべしだ。

やはり久富の後継者を支えるのが現実的だけれど……。

——俺にとっちゃ、プロポーズより重要さ。

隆宏は言った。花織にとっても生涯の伴侶《はんりょ》を選ぶより大切な判断になる。隆宏と組んでも、馬場に勝つ姿をイメージできない。久富ですら、まったく歯が立たなかったのだ。

久富は諦めた様子も、隆宏に禅譲する素振りもなかった。でも、七十に手が届く久富が政界にいられる期間は、長く見積もってもあと十年。総裁選敗北で影響力も弱まり、これから馬場派の力を削いでいくのは至難の業だ。いくら勝利する光景を想像できなくても、今のうち隆宏に代替わりしておくべき？　二十年以内に馬場は死ぬ。その頃には隆宏も実績を積み、ある程度の地位にいる。そこで逆転を狙う？

だめだ。馬場なら、死後も後釜が権力を握る盤石の体制を整える。いわゆる盗聴法やテロ準備対策法など、国民を監視するような法もその現れだろう。政治家も監視できる。放っておくと、どんな世の中になるのか。間違いないのは、馬場が関根のような犠牲を顧みない点だ。

缶コーヒーを一口飲むと、胃の底がほのかに温まっていった。花織は思考を巡らせ続ける。何か手を打たないと。楔《くさび》を打ち込む時期が遅れれば遅れるほど、馬場体制は強化されていく。

いきなり事務所のドアが開き、花織はドキッとした。

「早いな」

隆宏だった。コンビニのビニール袋を手にぶら下げている。ネクタイをきっちり結び、スーツには皺一本ないけど、目は充血し、昨晩の余韻を明らかにひきずっている。

「まったく眠れなくてさ」

「俺も」隆宏はビニール袋を机に投げ置き、花織の隣の椅子を引くと無造作に座った。「なんせ完敗だからな。馬場に一太刀も浴びせられなかった。完敗したのは民自党員、ひいては国民もか。政治は民度の鏡だろ？　結局、一人一人が何を求めるのかが問われる。馬場の傀儡《かいらい》政権に異を唱えられなかったんだ」

「馬場――総理ラインの方針を、党員も議員も支持した結果でしょ」

「だから完敗なんだよ。緊急時に国民の自由や権利を停止できる法案通過を狙う政権だぞ？　自然災害がこんだけ立て続けにあったら、国民を一定地域から簡単に退去させられる根拠がほしい気持ちはわかる。でも、なんでお得意の自己責任論を出して、危険な場所に留まろうとする人を切り捨てない？　別の思惑を勘繰っちまう。俺の勘繰りは的外れで、戦前戦中のような独裁体制を目指してるんじゃないかもしれない。『そうなったら責任をとる』って総理も半笑いで答弁してるしな。でも、いざとなった時にはもう遅い。法律なんて運用者の思惑次第でどうとでもなるんだ」

特捜部の有馬も悪法も法と言っていた。

――日本人は法律に疎い。当然、疎い日本人には政治家も含まれている。法律がもたらす余波を認識できないんです。

花織は強い恐怖を覚えた。民自党員も議員も、馬場――総理ラインの方針を支持したんじゃなく、ただ意見を持っていなかったか、真意を見抜けなかっただけ。

「無力だね、わたしたち。馬場に手も足も出ない」

「だな。久富隆一の看板がなけりゃ、喧嘩も売れない存在なんだから」

「どうやったら馬場に勝てるのかな」

「わかんねえ。そもそも、まだオヤジにも勝てない俺に聞くかね」

花織は目の辺りに力が入った。思わず隆宏の右腕を掴み、こちらに引っ張っていた。

「何なの、今の言い方。わたしたちはちっぽけな存在だけど、そこで止まってていいの？　政治について本気で考えてる？　真剣にオヤジさんの後継者になろうって考えてる？」

隆宏が眉を寄せた。

「もちろんだ」

「だったら」花織は息を深く吸った。「なんで事前に何の相談もないの。わたしに秘書になってほしいんじゃないの」

「花織に相談しても、何も変わらなかったよ」

「やってみないとわからないでしょ。昨晩の隆宏は余りにも無策だった。勢いで突っ込んでるだけだった。もっといい迫り方を思いつけたかもしれない」

花織は突っかかるような物言いになっていた。

隆宏が心持ち首を振る。

「花織には無理だ」

「なんで」

「まだ政治の素人だからだよ。人生でどれくらいの時間、政治と真剣に向き合ってきた？　相談できるかよ」

花織は言葉に窮した。政治について深く考えだして、まだ一ヵ月程度。頼りにならないのは当然か。無力。あらためてその言葉が胸を抉《えぐ》ってくる。隆宏の右腕をそっと離した。

「なら、そんな素人にどうして秘書になってほしいの。わたしがいる意味ってなに。隆宏にとって、秘書の存在って何なの」

今度は隆宏が言葉を詰まらせている。数秒後、肩が小さくすぼめられた。

「単にやりやすさを求めただけかもしれない。甘えと言われれば、否定できない。俺は本当の意味で、花織を信用してなかったんだ」

都合がいい間柄というわけか。腹が立つというより、花織は頭の芯が白々と冷えていくのを感じた。わたしも、久富や隆宏を都合よく利用しようとしているのだから。

「で――」

隆宏が何か言いかけた時、ゆっくりとドアが開いた。

「驚いたあ」大坪が目を広げている。「二人とも早いね」

おはようございます、と隆宏が言う。

「大坪さんこそ。やっぱり眠れなかったんですか」

「それもあるけど、今日は後処理が山盛りでしょ。準備をしないと。お礼電話のリストとか、お礼状の文案作成とか」

大坪が足早に自席に向かうと、隆宏が頬を指で軽く掻いた。

「俺もプロになりきれてないな。大坪さんの発想がなかった」

「わたしも」

政治というバケモノは、二人の素人が立ち向かえる相手ではない。殊にプロの中でも、ドンとして君臨する馬場になんて。そうか。政治についての思索をもっと重ね、秘書――金庫番として様々な経験を積んでいたとしても、今回、総裁選や久富への禅譲要求で望み通りの結果は出なかったに違いない。キャリアの長さや深さで勝負しても、馬場や久富には到底かなわないのだから。

ねえ、少し手伝ってくれないかな。大坪の呼びかけに、花織と隆宏は同時に腰を上げた。


スタッフが全員出勤しても、事務所の活気は消えていた。大坪や花織たちが手分けしてお礼の電話を入れる声がするだけで、来客も着電もなかった。総裁選で久富が勝っていれば、今頃は組閣、臨時国会での所信表明演説原稿の作成などで大わらわだったはずなのに。

「花織ちゃん、ちょっと付き合え」

返事も聞かず、久富が手ぶらで事務所を足早に出ていく。隆宏と目が合った。首を傾げている。総裁選敗北の翌日、久富が外出する理由に、隆宏も想像が及ばないらしい。ストーカー殺人の被害者遺族に関してとも思えない。そうなら隆宏か花織に、訪問先へのアポ取りや書類作成を指示したはずだ。花織は慌てて鞄を肩に引っかけ、後を追った。

国会議事堂脇の、なだらかな坂を下っていく。久富は肩をそびやかせ、胸を張っていた。いつも通りの歩き方は、敗北のショックを微塵も感じさせない。

「あの、どちらに？」

「御子柴の野郎、電話にも出やしねえ。らちが明かねえから省に直接出向く」

「アポは？」

「そんなもん要らねえよ。オレは久富だぜ」

「わたしを連れていくなら、インジウム関連で急用があるんですね」

「察しがいいな」

久富が目玉だけで周囲を見渡した。所々に立つ若い警察官以外、ひと気はない。

「御子柴の野郎、一年はもつと言ったよな？　ありゃ真っ赤な嘘だ。実際は三ヵ月もつかどうかなんだ。今のうちに方策を打たないと手遅れになっちまう」

「どこでそんな情報を？」

「エネ庁ルート」

法務省にだけでなく、久富を慕う官僚は他にもいるのか。

経済産業省の受付は顔パスだった。大臣室前の受付で、職員に慇懃に言われた。

「大臣は会議中でございます。あと一時間はかかるかと」

待たせてもらう、と久富は受付脇のソファーセットにどっかり腰を下ろし、花織も隣に座った。職員は居心地悪そうにしている。無言のまま三十分が過ぎ、職員の内線電話が鳴った。職員が小声で「久富先生がお越しです」と伝えた。受話器を置いても、久富に声をかけてこない。御子柴は何も指示しなかったのだろう。

一時間後、ようやく御子柴が大臣室前に姿をみせ、久富がすかさず声をかけた。

「ちょっと時間をくれ」

「できかねますね。仕事が山積みなんですよ」

御子柴はこちらに一瞥をくれただけで、歩みを止めない。鼻先であしらわれたも同然の久富は勢いよく立ち上がり、御子柴の背中に強い調子の声をぶつける。

「インジウム、どうする気だ」

「先生には関係ない」

御子柴は背を向けたまま足を止めない。

「俺に嘘を言ったな。保有量の現状だ」

重厚な大臣室のドア前で御子柴が立ち止まり、さっと振り返ってきた。

「私は経産大臣で、先生はただの議員。すべてを話すわけないでしょう」

「てめえッ。俺が信じられないっていうのか」

御子柴は動じた気配もなく、仏頂面だった。

「政府に反旗を翻したのは先生の方でしょう。今後、私は私の道を歩みます」

「馬場に取り込まれやがって。繁和会の籍はどうすんだよ」

「さて」

御子柴はくるりとこちらに背を向け、悠然とドアを開けて姿を消した。大臣室の扉がバタンと閉じられる。

久富の全身から湯気が立ち昇るようで、花織にはかける言葉がなかった。敗者には冷ややかな永田町の現実。言い方は不適切だけど、悪事に手を染めて負けるのは割に合わない。勝負に挑むなら、勝たねばならない世界なのだ。

久富は相変わらず尊大な歩き方で経産省を出ると、押し殺した低い声を発した。

「非常時にこっちの足元を見てる場合かよ。国難なんだ」

「インジウムの件、何か腹案はあるんですか」

「ない。何とかしねえとな。経済に大打撃だ」

インジウムの不足。ちょっと考えるだけでもぞっとする。液晶・フラットパネル事業、薄膜太陽電池、半導体……。影響が広がる裾野分野は広い。

同時に、花織は久富の凄みも感じていた。総裁選敗北後、すぐにこうして御子柴のもとに出向ける姿勢に。屈辱的な対応を受けるのは予想できただろうに、個人的感情を脇に置き、長期的視野で国難を救おうというプロ意識に徹せられるのだ。久富を慕う官僚がいるのも納得できる。翻ってわたしは、隆宏は何をしているのか。

「難しい問題ほど、立ち向かうと燃えてくるよな。我ながら損な性格だよ。楽して生きる方法だってあるのに。性分だから仕方ねえか。どうせなら、いかすしかねえ。性格、能力、経験を」

いかす……。花織はハッとした。わたしはまだ政治の素人。いずれプロになっても、馬場や久富の経験値には勝てない。わたしにしかできない何か、わたしのいかし方、わたしの強みを見出して勝負する以外ない——。一体、それは何だろう。

「俺の手腕で解決できれば」久富は口元を計算高く緩めた。「俺の名前は再び浮上する。またとないチャンスだ」

そうかもしれない。花織はしばらく無言のまま、思考を巡らせた。

中国の産出量がほぼすべてというインジウム。国政だけでなく、世界各国との折衝も政治家の重要な職務だ。海外にはタフでしたたかな指導者がずらりと並んでいる。隆宏は彼らと勝負できるのだろうか。どんな人物なら可能なのか。

議事堂脇の道に至ったところで、花織は訊いた。

「隆宏には国会議員の資質がないとお考えなんですか。どんな人間が相応しいとお考えで？」

今後の歩み方を決めるためにも、久富の見解を知りたかった。

「花織ちゃんよ」久富は立ち止まらず、静かに言う。「今日までの人生で、家族、親戚、昔の恋人、友人、仕事仲間、先輩後輩、恩人、色んな人たちと関わってきたよな」

「はい。もちろん」

「人間ってのは、そういった人たちの人生が幸せであってほしいと願うもんだろ」

「元カレは別に」

「おっと、男と女の違いだな。まあ、いいや、話を戻そう。政治家はよ、『幸せになってほしい人リスト』が国民全体なんだ。有権者の一人一人——街や電車ですれ違う、名前も知らない人たちに、選挙や給料で世話になってんだからな。彼らにも花織ちゃんと同じように『幸せになってほしい人リスト』がある。言い換えれば、人間は必ず誰かの『幸せになってほしい人リスト』に名前が入ってる。俺たちはそれを叶えるのが仕事なんだ。新しい仕組みづくり、経済、外交、防災、社会保障、環境問題——政治家の仕事は山ほどあるけど、根本はそこさ」

緩やかな風が坂下から吹き上げてきて、公孫樹の葉がさらさらと揺れている。

「何がきっかけで、そういう心境に至ったんですか」

「あれは、東京博多間の新幹線が通った年の暮れだ。爺さんが亡くなってさ。俺は大学進学で上京してそのまま都内の菓子メーカーで働いてたから、久々に鳥留に帰省したんだ。直通の新幹線に初めて乗ってね。葬式では親戚と会い、爺さんの思い出話をしたり、馬鹿話をしたり、酒を飲んだりして、親類のぬくもりを久しぶりに感じた」

久富が懐かしそうに目を細めて続ける。

「帰りも博多から新幹線に乗った。暇だったんで、乗客をぼんやり眺めた。小倉《こくら》では一張羅《いっちょうら》の会社員が、岡山《おかやま》では子供連れの若夫婦が、新大阪では老人や学生が大勢乗ってきた。その時、しみじみ思ったんだ。この人たちにも俺と同じように思い入れのある故郷があって、良くしてくれる親戚がいる。何か特別な用事があって帰省したのかもなあ、って。じわっと心が温かくなってさ。行きの新幹線じゃ、そんなこと感じなかったのによ」

バタバタと羽音をたて、公孫樹の根本にいた数羽の鳩が飛び立っていく。

「あの時、俺は政治家を目指そうと決めたんだ。自分にとってはありふれた一日でも、誰かにとっては特別な一日なんだ。誕生日だったり、プロポーズしたり、子どもが生まれたり、身内の命日だったり、家の上棟式だったり、会社の内定をもらえたり。そんな一日一日を誰もが憂いなく迎え、過ごせる仕組みを作る人間が要る、そういう人間になりたいって気づいてな。ある意味じゃ、俺が政治家になったのは爺さんのおかげかな」

久富の顔に、秋の柔らかな陽射しがあたっている。

「政治家は自分一人で表に立つ。でも、無数の人生を背負って立ってんだよ。だから正面から切りつけられても、背中から刺される真似だけはしちゃいけねえ。この点を忘れちまった議員が多いのは情けねえ限りさ。俺はまだ成し遂げてねえ。少なくとも、道筋をつけるまでは引退できねえ」

　無数の人生を背負う……。

「道筋をつけた後は隆宏に？」

　久富がやおら立ち止まり、黄色く色づいた公孫樹並木を見上げる。

「前にも話した通りだ。日本をいい国にして、ゆくゆくは世界中を幸せに満ちた場所にできるんなら、誰だっていい」

　再び歩き出した久富の肩のそびやかし方は、どこか控えめに見えた。

　久富の壮大な理想を、隆宏は引き継げるのだろうか。わたしの理想を託せるのだろうか。そもそも隆宏の理想とは何だろう。


　この日の夕方、花織は父親と派閥事務所に出向いた。総裁選で使わなかった三億円を戻すだけではなく、資料庫の扉を一人でも開けられるよう指紋も登録した。

「昨晩の隆宏、お父さんはどう思った？」

「まさしく親譲りの気性だな。オヤジの後を継ぐのは、隆宏しかいないよ」

「無策のまま突っ込んで、あっさり弾き返されてたのに？」

「そこがいいんだよ」父親は穏やかな声音だった。「無謀だろうと何かにぶつかっていけない人間は、その何かを突き破れもしない」

「ぶつかっても、突き破れるとは限らないでしょ」

「そりゃそうだ。『やればできる』なんて言葉はまやかしで、『やらないと始まらない』っていうのが本当だと思う。あとは、本人が自分をどれだけ鍛えられるか、運に恵まれるか、手伝いを得られるか、周りがお膳立てを整えられるか——だ」

花織は背後の強大な金庫がじっと自分を見つめているように感じた。

「お父さんには、オヤジさんみたいな理想はある？」

「いや。オヤジの理想を聞くまで、考えたことすらなかった。あの時、つくづく人間には向き不向き、持ち場、持ち味があるんだと思ったよ。お父さんにはあんな壮大な理想を思いつく頭も、真顔で語る勇気もない」

「お父さんは金庫番に向いていた。でも、そう思った出来事は教えてくれないんだよね」

「ああ。問われるがまま話す金庫番なんて、ブレーキの壊れた車みたいなものだろ」

父親は無機質な天井を仰ぎ、花織に視線を戻した。

「うまい料理が口に入るまでには、誰かが土を耕して作物を育て、誰かが朝も夜もなく家畜を飼育し、誰かが荒ぶる海で漁をして、誰かが肉をさばき、誰かが火を操らないといけない。その誰かは泥だらけになり、糞尿を踏み、雨風や潮を浴び、手に血がつき、汗を流す。他人から見れば汚れだろうが、お父さんは汚いとは思わない。泥や血が、お父さんの場合はネガや写真だった。『誰か』と同じように、お父さんだって命がけで働いてきた。これを正当化と呼ぶのなら、お父さんも即座にそう認められる社会がきてほしい」

汚れでも、汚くない。正当化だと認められる社会。わたしは総裁選を経て、より深く理解できるようになっている。

「長年金庫番として、どんなに全身が泥まみれになっても、顔だけは真っ直ぐ上げてきた。そうやって世界を見てきたんだ」

父親は誇らしげだった。花織は父親の顔を眩しく感じた。

午後八時を回るとスタッフは続々帰宅した。みんな疲労がまだ抜けていないのだ。いつの間にか事務所には花織と隆宏だけになっていた。わたしの強み、いかし方。見出したとして、久富引退後は誰のために使うのがベストなのか。父親は評価していたものの、隆宏でいいのだろうか。至らなさを素直に認められるのは美点だけど、理想を託せるかどうかとは別問題だ。

ねえ。なあ。

二人は顔を見合わせ、同時に声を発していた。

「なんだ？」と今度は隆宏が先に言った。

「隆宏こそ」

「朝、言いかけたままだったことがあってな」

大坪が来た時だ。隆宏は『で――』と言葉を止めていた。

体ごとこちらを向いた隆宏が、静かに顎を引いた。

「俺は花織を本当の意味で信頼してなかった。でも、今は違う。ますます花織に秘書になってほしいと思ってる。ああやって遠慮なく指摘してくれる人間が近くにいてくれないとな。俺たちの間柄は、俺たちにしかない強みだよ。いかし方なんだ。俺たちならもっと色々できるはずだ」

いかし方。隆宏は、久富と同じ発想をしている。

花織は真っ直ぐ相手の目を見つめた。

「政治家になって、どんな社会を作りたいの？」

「誰も、その人が置かれた境遇では泣かされない社会」

隆宏はきっぱりと、力強く言い切った。

花織は目を見開いた。幼い頃、わたしはよく泣いた。助けてくれたのは、いつも隆宏だった。わたしの理想と重なる、いや、言い換えただけだ。個人が社会の犠牲にはならない世の中にしたい――。

隆宏が真顔で語り出す。

「実現への第一歩が、総裁選でオヤジが勝つことだと思ってた。俺は政治家の基本は政策だと信じてる。だからワンフレーズや情報戦略で有権者の感情に訴える戦略に正面から挑んだんだ。ここで叩かないと馬場はこの先、アメリカみたいに有権者一人一人を狙う選挙戦略に舵を切っちまうと考えてさ。返り討ちにあったけど」

久富陣営で隆宏はただ一人、馬場の見据える先――海老名が民主主義の崩壊と言った未来を案じていたのか。

隆宏がおもむろに手の平を見つめ、拳を握ったり開いたりした。右手の、ちょうど拳を握った時に出っ張る部分は新しい瘡蓋《かさぶた》だらけだ。花織は今朝、一緒に大坪の手伝いをした時に気づいていたけど、尋ねるタイミングがなかった。

「右手、どうしたの。喧嘩でもした？」

「昨晩花織たちが帰ってから、庭の大きな石を力任せに殴っちまってさ。日本ワンダフル計画なんてふざけたキャッチフレーズを連呼する奴に負けて、情けなくて」

「どうして真正面からぶつかったの。寝業を使ってでも、勝たないと意味ないでしょ。負けて悔しがるくらいなら、最初から勝てばいい」

「正面から突撃するのがオヤジの政治姿勢だし、俺もそうありたい。寝業やワンフレーズ勝負だと馬場に一日の長がある。久富隆一という政治家が勝つには、正面突破しかなかったんだよ」

「そうか。それで昨晩も真正面から突っ込んだのね」

「ああ。政治家・久富隆一を動かすには、あれが一番だと判断して。花織には無策に見えただろうが、俺なりに計算はしてたんだ」

「ここで諦めるわけ」

「まさか」

「オヤジさんの跡を継いだとして、どうやって理想を実現していくの」

尋ねてみて、花織は血流が速くなるのを感じた。かつてわたしを守ってくれた拳が、血まみれになった。あの拳はいずれ馬場を倒して、新しい社会を切り開けるのだろうか。

「臨機応変に進むしかないさ。いつだって時々の問題が生じるんだから、綿密な計画を立ててもその通りにいかないし、柔軟性も失う。大きな目標に軸足を置き続けるんだよ」

隆宏の目が輝きを増し、語調が熱を帯びていく。

「新自由主義、保守主義、リベラル。そういった主義に立場を置くから、その枠内でしか物事を考えられなくなる。ここが馬場やオヤジを含めた、今の政治家の限界だ。枠内で検討するだけで楽してんだよ。大切なものが楽して手に入るはずがない」

隆宏は胸の前で瘡蓋だらけの右拳を握り、力強く構えた。

「これは最近の日本人にも言えるんだ。最たる例が、失敗や失言への一斉砲火さ。悪いもんは悪いけど、袋叩きに参加してる連中の行為はなんだ？　お仕着せの正義に寄り掛かってるだけだろ。そもそも正義ってなんだ？　袋叩きにしていいほど絶対的なのか？　無批判に受け入れてる連中が多すぎないか？　既存の正義という枠でしか物事を捉えてないんじゃないか？」

かつてのわたしなら反発したかもしれない。今は違う。世界には白と黒だけじゃなく、様々な色があると実感している。

隆宏はひと呼吸置き、拳を下ろすと、言葉を継いだ。

「人間なんて完璧じゃないんだ。そんな人間が形作る正義、制度、主義、法律――そういった諸々も完璧なはずがない。物事は完全無欠な状態で生まれない。楽して手に入れようなんて虫が良すぎる。失敗したり、寄り道したり、手を汚したり、脱落したり、這《は》い蹲《つくば》ったり、泥水を飲んだりした色んな経験で様々な感情を抱き、這いあがった人間が社会を切り開いていくのには必要なんだ。そんな人物の方が様々な問題にも柔軟に対応できるはずだ」

隆宏は朗々と語り続ける。

「俺は大きな目標に軸足を置く。そうすりゃ色んな主義のいいとこ取りができる。小難しい理屈を駆使する学者やマスコミ、訳知り顔の連中は『節操がない』と反論してくるだろうが、クソくらえだ。一つの価値観に拘泥してるだけだ。誰も彼も一直線に生きられる世界じゃない。誰もが何かに翻弄される時代なんだ。みんなが大嵐を乗り切るには、誰かが先陣を切って進まないといけない。一度折れても別の方向を見つけて進める、そんな人間が要る。俺はそれができる可能性を持ってる。利用できるもんは全部利用する、なりふり構わず生き抜く」

隆宏の言葉には血、汗、涙、心が宿っている、と花織は感じた。なにより、隆宏が『泣いている人を助けたい』という強い思いを昔から抱く事実を、わたしは誰より知っている。

他ならぬわたしが助けられてきた——。

幼い頃だけじゃない。わたしが何か深い事情を抱えて転職したと勘づきながら、探ってこない配慮。わたしの業務がパンクしそうになるのを見越し、政治活動報告書の再封入作業も手伝ってくれた気遣い。裏金を扱う時には、震えた手を握ってもくれた。

隆宏はストーカー殺人の被害者遺族にも、心から共感していた。絶対に彼らの力になる。泣いている人のために全力を尽くすはずだ。自分の強み、いかし方も考えている。

人間にはそれぞれ持ち味がある——。父親が言った通りだ。同じような理想があっても、わたしには実現に向けた深い考え方——土台を隆宏のように思いつけない。

隆宏は長い間を置き、ハアッと息を吐いた。

「国会議員になるからには総理大臣を目指す。総理大臣になるからには日本はもちろん、世界も良くしたい。今もどこかで誰かが自分の境遇で泣いてんだ。その改善に一生を捧げる価値はある」

「やっぱり血は争えないね。オヤジさんの壮大さと瓜二つ」

それ褒め言葉かよ、と隆宏は小さく笑った。

久富は、政治家は無数の人生を背負うと言った。隆宏は無数の人生に寄り添っていこうという姿勢だ。この違いがストーカー殺人の被害者遺族との会談後、反応の差になったのだろう。どちらも有権者の側にいることは変わらない。

花織は体の奥底から熱塊が突き上げてくるのを感じた。大丈夫。隆宏には賭けるだけの見どころがある。政治家、久富隆宏。わたしが最初の支持者だ。

父親の姿が脳裏に浮かんだ。花織の心は定まっていた。

わたしが隆宏の金庫番となり、足腰となる。全身を泥まみれにするのは、わたしの仕事だ。隆宏が目指す日本を、世界を見てみたい。隆宏が理想の実現に踏み出すには――。


まずは久富に取って代わらないといけない。


花織は九時に事務所を出た。一階エントランスで、背後から海老名に声をかけられた。別のエレベーターに乗っていたのだろう。海老名が小走りで近寄ってくる。

「総裁選、お疲れ様でした。それだけ言いたくて」

「ご期待に応えられませんで」

海老名がゆるゆると首を振る。

「スピーチや討論は久富先生の圧勝でした。落胆してる暇はありません。これからも諦めず、正攻法で馬場派と闘い続けていきましょう。勝つしかありません」

「そうやって政治の信頼やまともな選挙を取り戻す、と？」

「ええ」海老名は真っ直ぐな瞳だった。「正攻法で進める政治家以外、社会を良くできません」

馬場相手に甘いんじゃないですか。まずは何が何でも勝たないと。理想だけではいつまでも負け続け、馬場の支配体制も社会も変わりません――。

花織は口からこぼれ出そうになった。海老名とは見ている景色が違うのだ。どちらが正しいのか、という問題じゃない。正論を正論のまま唱えるのも、誰かがしないといけない。優先順位をどこに置くかの問題だ。

花織は笑みを返した。

「お互い頑張りましょう」

先に隆宏があなたの理想も叶えますよ。花織は胸中でそう付け加えた。

池袋の自宅マンションに戻ると、郵便受けには分譲マンションやエステのチラシ、アパレルショップのダイレクトメールなどが大量に届いていた。玄関に入り、捨てるものと読むべき郵便物とに素早く仕分けていく。

手が止まった。鬼塚からの封書だ。花織はバッグを足元に置き、その場で封を開ける。

◇

　先日は判決公判をわざわざ傍聴してくれて、ありがとう。話せなかったのは残念ですが、忙しそうで何よりです。私は判決や会社の処置に納得しています。今後は粛々と新たな人生を送る所存です。また資源・エネルギー業界に戻りたいと考えています。

　ところで、セルゲイとナターシャから、私の私用アドレスに苦情メールがほぼ毎日届いています（私の苦境などお構いなしにね）。藤木にメールをしても返事がない、という苦情です。そういうわけで私も手紙をしたためました。新しい環境に慣れるのは大変で、毎日があっという間に過ぎていくかと思いますが、気に留めておいて下さい。一応、私のメールアドレスと新しい携帯電話番号を記しておきます（私の前にセルゲイかナターシャに連絡を！）。

　それでは。

◇

　鬼塚はセルゲイとナターシャには私用アドレスを教えていたのか。五葉マテリアルのチームメンバーには伝えていなかったのに……。

花織はすぐさま部屋のパソコンを立ち上げた。五葉マテリアル退職後は現実から遠ざかりたくて、久富の秘書になってからは慌ただしい日常に追われ、一度もメールチェックしていなかった。確かにセルゲイとナターシャからのメールが交互に毎日届いていた。最初は日常的な出来事を書いているだけなのに、昨日のメールでは何かあったのかと心配されている。

花織は二人への返信メールを作成していく。無事生きていること、政治家の秘書になったこと、新しい生活にまだ慣れないこと、懸案が次々に持ち上がること、ウカクリウム事業の進捗状況を知りたいこと。

あ……。花織はいきなり両頬をぴしゃりと叩かれた思いだった。

セルゲイとナターシャ。わたしの強み、わたしにできること——。

*

「首相の完勝でしたね」

「ちょっと見方が正直すぎますね。首相なんてただの操り人形で、誰がなっても一緒です。実態は、振付師である馬場の完勝でしょう」

さらりと言い、有馬はすっかり冷めきった湯呑を口に運んだ。

有馬検事室に二人でいた。新内閣で法務大臣が留任するのか否かという雑談の流れで、小原が何気なく昨日の総裁選について感想を述べると、有馬が即答したのだ。

赤レンガ派に取り込まれて以来、こうした些細な会話も先輩事務官に伝えている。定期報告は火曜と金曜に、イレギュラーに伝えるべき事柄があれば都度連絡する取り決めだ。まだ緊急報告の機会はない。小原は今まで通りの態度で有馬と接している。エスの任務を続けても、自分は心身を蝕まれそうにない。エスに向いた体質なのか。最初は鏡に向かってそう自嘲したが、もう考えないようにしている。あとは閑職に飛ばされないよう、やり遂げるだけだ。一つ気になるのは、この一ヵ月、先輩に報告する日以外も日比谷公園で一匹も動物を見かけないことだ。

「あのジイさんは怪物ですよ」有馬が感心した面持ちで続ける。「二十数年間、政治に無関心な大衆の弱点を利用して、自分の好きな方向に社会を動かし続けてる。無関心になるよう仕向けてもいるんでしょう。我々も見習うべき点が多い」

日本版「司法取引」を骨抜き運用していく件だ。

「小原さんはこの世界に入って何年でしたっけ」

「十五年です」

「私も二十年近くになります。肌感覚として、司法も権力寄りになったと思いませんか？　検察も裁判所も権力の一部とはいえ、独立した存在でないといけないのに」

「確かに政治家の摘発は減ってますね」

「というより、人事を睨んだ行動ですよ」

かなり踏み込んだ発言だ。内閣人事局の設置以来、法務省でも従来にはなかった人事が行われるケースは少なくない。

「忖度が顕著なのは裁判所です。勝率九十九・九パーセントの我々が言うのもなんですけど、彼らはどう控えめに見ても、権力側を信用する傾向がある」

「民事訴訟や行政訴訟で、大企業や国が勝つケースがさらに増えた印象はありますね」

「これも馬場の影響ですよ。裁判官ですら体制側に引き寄せられている」

小原は息を呑んだ。馬場の耳に届けば厄介だ。赤レンガ派はこういう意見が、有馬から外部に漏れるのを恐れているのか？　有馬を監視する意図は、今もまるでわからない。

「最近の自己責任論もそうでしょう。我々の分野だと、『被告人や容疑者の人権を守ってどうするんだ。そもそも連中は犯罪者。速やかに処罰されるのが当然だ』みたいな意見がありますよね」

「ええ」

「言い換えると、相手が悪人なら権力は、『自発的に死ね』『自由を放棄しろ』と強いることが可能か――という問題です。自己責任論では『そんなの当然』という帰結に行き着く。政府、馬場にとっては完全な管理社会の実現に向け、動きやすい環境が着々と整ってるんです。こうやって強力な監視体制に慣れさせていけば、非常時に国民の自由を停止できる法案だって何の議論もなく国会を通過するでしょう」

「完全な管理社会を実現したとして、馬場はどんな日本を目指してるんでしょう」

「見当もつきません。なにしろ日本ワンダフル計画ですから。ただ、社会は混乱していくでしょうね。管理社会実現への生餌《いきえ》は、見せかけの好景気です。誰も実感が伴わなくても、数字は主張の根拠になります。たとえ現実をこねくりまわして導き出した数字でもね。生餌が食いちぎられて断末魔の叫びをあげようが、飲み込まれようが、目的の釣果《ちょうか》を獲た釣り人は気にしません」

小原は首筋がうすら寒くなった。ここでも権力の私物化だ。馬場は政界だけでなく、社会まで支配しようというのか。自己責任論はその道具であるのに、得意気に語る連中も多い現実――。

「怖いですね」

小原は呟きを漏らしていた。

「さすがだなあ」

何だ？　小原は戸惑い、会話の接《つ》ぎ穂《ほ》を見出せなかった。有馬が頷きかけてくる。

「人間は見たくないものには蓋をして、信じたいように信じる性質がある。大抵の人は得体の知れない怖さから闇雲に逃げようとする。そうやって束の間の安心を得るんです。でも、小原さんは怖いものを怖いと言える」

　何も特別な感覚ではない。刑事部で仕えた検事をはじめ、数々の事務官たちも「意思」を持った力に押し潰された姿を知っているのだ。矛先が社会全体に向けば、夥《おびただ》しい数の犠牲者が出るのも予想できる。恐怖を感じない方がどうかしている。

　早く誰か何とかしないと、取り返しがつかなくなるぞ。……誰か？

　本来なら司法、検察が一つの対抗軸になるべきではないのか。

「司法は、検察は、権力に追従したままでいいのでしょうか」

「一人一人が考えるしかありません。小原さんもご自身の頭を悩ませないと」

　小原には、赤レンガ派に頭を預けた自分への皮肉に聞こえた。

　くそ。小原は心中で吐き捨てていた。ふがいない自分と検察に向けて。

2

「突然の訪問、申し訳ございません。貴重な時間を頂き、恐れ入ります」

「なんしに来よったと」

　八尋は、訝しそうに目を狭めた。

　花織は鳥留市のヤヒロ本社、会長専用の応接室にいた。今朝、事務所には体調不良と申し出ている。ゆっくり休めよ。総裁選で働きづめだったこともあり、許可はあっさりとおりた。単身、羽田から福岡空港に飛び、電車を乗り継いで鳥留駅に出て、タクシーでヤヒロ本社近くまでやってきた。アポはなかったが、受付で久富事務所の者と告げると、三十分後、八尋本人に会えた。総裁選から二日。久富が勝っていれば、後援会トップに協力を仰ぐ場面もあったはずだ。八尋もそれを見越し、予定を入れていない――と踏んでいた。

立派な応接室には、高級そうな黒革張りのソファー、上質な黒檀のテーブル、品のいい棚などが設《しつら》えられ、八尋の背後にある大きな窓からは、低い山並みと広い空が望める。風が強い。ヤヒロの門扉を潜るまで正面から吹きつけてきた木枯らしの音が、花織の耳にもまだ残っている。

「榊原はどげんした？」

「知らせていません。今日お話ししたい案件は、極秘に進めたいので」

「隆一は知っとっと？」

「いいえ。わたし個人の考えで動いております。初めてお話しするのが八尋さんです」

「おいがおらんかったら、どげんする気やった」

「ひたすら待ち続けます」

「で、なんね」

八尋はまるで気のない口ぶりだ。

いざ勝負――。花織は座り心地のいいソファーから立ち上がると、そっと床に正座し、八尋を見上げた。両手を丁重に床につき、深々と頭を下げる。

「お願いがあります。葵ファインテックが購入に動いている、工業団地近くの土地所有者について調べたいんです。ご協力いただけないでしょうか」

返事はない。花織は頭を下げたまま続ける。

「所有者は、神秘交霊会です」

「隆宏が調べとったやつじゃなかか」

「もっと掘り下げたいんです」花織は顔を上げ、まっすぐ八尋を見据えた。「神秘交霊会、葵ファインテック……どちらにも馬場の影がちらついています。退けようにも、まずは相手の実態や思惑を知らないと始まりません。ですが、東京には榊原さんからの連絡もない」

「地元のこつは榊原に任せとけばよか」

「待ってるだけでは何も始まりません。わたしはこの手で久富家の地盤を必ず守ってみせます」

しばらく視線をぶつけあった。八尋が凝視してくる。吸い込まれてしまいそうな目つきだ。これが世界的な企業を率いる者が持つ奥行きか。花織はまじろぎもせず、一瞬も目を逸らさなかった。

「なかなかいい根性しとっと」

「わたしは負けたくないんです」

わたしと隆宏の理想を目指す戦いに、政治——馬場というバケモノとの戦いに。いくら八尋が財界の大物でも、気後れしてはいられない。向かい風だって、進む方向や体勢で追い風にできる。

「なんを調べたかと？」

「神秘交霊会の銀行取引記録を見たいんです。設立年を考慮すると、地元銀行を使っているはず。八尋さんなら、当の地銀と交渉できるのではないかと」

「堅か銀行員に情報漏洩《ろうえい》させる？」八尋が重々しく腕を組んだ。「難しか」

「八尋さんには可能です。神秘交霊会の所有地を工場建設のために買いたい。ついては相手が宗教団体なのでどんな素性か調べたい――という名目を告げて下さい」

「おいに何の見返りがあっとね」

「わたしは大きなビジネスを提案できます。国難を救い、久富の名を上げ、地元経済が潤うきっかけにもなるビジネスです。八尋さんは是が非でも乗り出すべきです。このままでは馬場に繋がる企業が鳥留にきます。指をくわえて見てるんですか」

窓の外を悠々と雲が流れていた。小鳥が数羽、木枯らしに乗って気持ちよさそうに飛んでいく。

「一緒に来んね」八尋がゆったりと立ち上がった。「榊原は総裁選関係、今は後始末でここまで手が回っとらん。ちょうどよか」

「そいじゃ、あとはこちらのもんから」

八尋にちらりと目配せされた。

花織は事業関係者という立場で、佐賀第一銀行に来た。専属の運転手がハンドルを操る社用車で、佐賀市までは四十分ほどかかった。道中、八尋はむっつりと黙り込み、花織は質問を頭で練ることにひたすら専念した。

八尋の名は効果絶大だった。本店に着くと、名乗る前に行員が近づいてきて、十階建てビル最上階の応接室に案内された。御大《おんたい》直々の来店にどの顔も困惑していた。まず八尋が応対役の副頭取と与信担当部長に用件を告げると、二人は顔を見合わせ、席を外した。二人は戻ってくると、「顧客情報なので資料はお渡しできませんが、この場限りのご質問なら、神秘交霊会の財務状況をお答えします」と言った。

花織は正面の部長に向き直る。紺色スーツに縁なし眼鏡で、髪もきっちり七三分けにしている。

「では、早速お尋ねします。神秘交霊会のメインバンクと預貯金額は？」

「メインバンクは弊社で、預貯金額は約三億円です」

宗教的な活動をしていない宗教法人にしては多すぎる。

「すべて信者のお布施でしょうか」

「それはなんとも。ただ、個人や様々な企業から、百万円単位での入金がございます」

「いずれも地元ですか」

「ええと」部長が資料に目を落とす。「主には。この辺では見覚えのない企業もありますね」

「というと、佐賀県内ではない？」

「おそらくは。正確なところは不明ですが」

「調べていただけないでしょうか」

入金記録を分析すれば可能なはず。部長は副頭取の横顔を窺った。判断を仰ぐ顔つきだ。花織は相手を睨むように、眦《まなじり》に力を入れた。

「調べてくれんね」

八尋の声音は穏やかながらも、揺るぎなかった。

承知しました、と副頭取が即座に応じて、部長がそそくさと立ち上がった。部屋の隅にある内線電話で、相手に指示している。花織は目だけで会釈した。八尋は素知らぬ顔で正面に視線を据えている。

部長がいそいそと席に戻ってきた。神秘交霊会の口座には佐賀、福岡、長崎など九州一円のみならず、関西や関東、東北の企業や個人からの入金や振り込みがあったという。

「その百万円単位の入金以外、神秘交霊会がどこかの企業と何らかの取引をされた形跡はありますか。一千万、一億円単位の入金など」

ございます、と部長は慇懃に言い、続けた名前は一部上場企業や葵財閥系の名だたる会社だった。花織はメモにとっていく。

「取引案件はわかりますか」

「数字上の記録でございますので、そこまでは」

「額は？　土地取引の実績がありそうですか」

「額としては該当しますが、土地取引かどうかは何とも」

「他行に探りを入れてもらえませんか」

副頭取と部長は同時に目を広げた。

「それは……ちょっと」

「一人や二人、九州内なら知り合いもおっとやろ」

またしても八尋の援護射撃だった。副頭取は苦虫を嚙み潰したような顔つきで、部長に調べるよう指示した。

数分後、席に戻った部長がメモを読み上げていく。神秘交霊会は九州内にとどまらず、関西、関東、東北など全国各地で土地取引をしていた。また、土地取引した府県の企業や個人が、百万円単位でお布施と思しき額を同会に納めてもいる。

花織は瞬きを止め、手元のメモを見つめる。

「先月末から今日までの入出金状況は？　他の月と比べて多いですか少ないですか」

部長が指に唾をつけ、資料を数枚捲る。

「十月十日以降、多くなってますね」

ドクン、と花織の心臓が大きく一つ跳ねた。

十月十日。久富が総裁選出馬表明をした日。

花織はピンときた。神秘交霊会は事実上、浦辺の……いや、馬場派の裏政治資金管理団体かもしれない。なにしろ取引範囲が全国なのだ。宗教法人の土地取引は通常と比べて割安になる。企業は減税分のいくらかをお布施として納め、神秘交霊会はそれを馬場派の資金に流しているのでは？　都市銀行がマネーロンダリングに利用されるケースも報じられている。出金した現金を渡せば記録にも残らない。

「記録を拝見できませんか」

「よかろうもん」八尋が顎を振る。「毒を食らわば皿まで。何も奪って逃げるんじゃなかか」

部長がすかさず副頭取の顔色をまた窺う。副頭取が目顔で促し、資料が花織の前に恭しく差し出された。

先月までの出入金は毎月いわゆる五十日《ごとおび》に集中し、数も十件あるかないか。それに比べ、十月十日を境に取引数が一日平均二十件近くに膨れ上がっている。

花織の目がふと留まった。

久富の総裁選出馬表明前日にも出金がある。五百万円が「有限会社佐賀総合通商」という企業に振り込まれていた。佐賀総合通商はこの後、頻繁に神秘交霊会の取引先として登場している。

「佐賀総合通商というのは、どんな会社なんでしょうか」

銀行の副頭取と部長が首を傾げ、八尋も考え込んだ。

「聞いたことなか。ちょっと調べてくれんね」

また部長が席を外し、残された三人は沈黙の時を過ごした。その間、花織は取引記録の精読に励んだ。部長が小走りで応接室に戻ってくる。

「佐賀総合通商は実体のないペーパーカンパニーです」

「そうご判断されたわけは？」

「胸に留め置くだけにして頂けますか」

「なんね今さら」八尋がのんびり湯呑に手を伸ばす。「心配せんでよか」

「失礼しました。では」部長が仕切り直す。「登記には鉄鋼、不動産、木材、サービス業などと記されてますが、実質的には何もしてないのと同義です。取引記録も妙でした。入金とほぼ同時に出金されています。神秘交霊会が振り込んだ金も、右から左に流れていて」

「神秘交霊会から佐賀総合通商を経由した五百万円は、どこに流れたんです？」

「個人口座で、大村康子《おおむらやすこ》という人です」

頭の奥がチクンとした。秘書になって以降、どこかで聞いたか見たような……。頭の隅に引っかかりを覚えつつ、花織はいくつか別の質問を重ねたが、他に実りはなかった。

銀行を出ると、まず花織は八尋に頭を下げた。

「後押しして頂き、ありがとうございました」

「太かビジネスのためたい」八尋は目元を緩めた。「隆一に総裁選出馬の電話ばもらい、榊原と東京に行った時くらいワクワクしとっと」

「赤坂の料亭でオヤジさんと語り合う前に、出馬の意思をご存じだったんですね」

「ああ。榊原とすぐ体制ば考え始めた」

街中だというのに、上空ではトンビが円を描いている。

「佐賀総合通商についてはこっちで調べた方がよかね」

「お願いできるなら。結果はわたしだけに教えて下さい」

久富の総裁選出馬の情報がどこから漏れたのか、まだわからない。

「あともう一つだけ。大きなビジネスを提案するにあたり、条件を申し上げます」

なんね、と八尋が苦笑を浮かべた。

「雇って頂きたい人がいます。その人なら完璧にこなせますので」

佐賀から東京に戻ると、花織は御成門にある大学病院に向かった。エントランスを足早に過ぎ、個室病棟の一室の扉を開けると、関根の枕元には関根夫人、花織の両親、久富と隆宏が立っていた。花織は隆宏と母親の間に体を突っ込み、関根を見下ろす。

「おじさんっ」

「ア……オ…………イイァン」

関根の口はうまく動いていない。唇の縁が引き攣り、左頰が硬直している。

「左半身に麻痺が残ってるの」関根夫人が泣き笑いの表情を浮かべた。「意識が戻っただけマシね。覚悟してたから」

花織ちゃん、と先ほど関根は言ってくれたんだ。

「おじさん」花織はつとめて明るく振る舞った。「これからリハビリだね。タフな世界で何十年も生きてきたんだから、絶対大丈夫ですよ」

関根の顔が半分だけ笑った。花織ちゃん、と久富がぶっきらぼうに言う。

「体の調子はどうだ？」

「おかげさまで、だいぶ戻りました」

「そうかい。そいつはよかった。関やんもじきによくなるよ」

「お金かかるねえ。さっさと回復すりゃいいのに」関根夫人が冗談めかす。「御子柴さんのところ、クビになっちゃったし」

「え？」花織は思わず大声を発していた。「なんで、いつですか」

「さっき、意識が戻ったことと後遺症のことを伝えたの。そしたら、『心苦しい限りですが、働けない秘書を雇っておくわけにはいきません』だって。厄介払いだよ」

関根夫人は諦め口調だった。秘書は議員に解雇を告げられればそれまでだ。

久富が関根夫人の肩に手をそっと添える。

「心配すんな。繁和会が雇う。派閥ってのはこういう時のためでもある。政策を共有する者同士のセーフティーネットの役割がな」

「……イゥ……イァン……ウアアイ」

「おっ」久富が珍しく声を弾ませた。「関やんに、隆ちゃんなんて呼ばれるのは久しぶりだなあ。学生時代に戻ったみたいだ。なあ、藤木」

ええ、と父親も顔を綻ばせている。バンドを組んでいた頃の呼び名だろう。二人とも関根を元気づけようと、意図的に楽しかった時分を思い出させているのだ。

「イアラ……オオアズ……ウイアエンエイア」

「力、及ばず、すみません？　御子柴のことか？　仕方ねえよ。あいつとの関係は所詮そこまでだったのさ」

久富は達観していた。

「繁和会を脱会し、新たなグループを結成いたします」

御子柴が神妙な顔つきで記者団に語る姿を、花織たちは事務所のテレビで見ていた。

こうして午後七時のニュースで報じられる三十分前、病院を出たばかりの久富一行はこの事実を知った。久富の携帯電話に、経産省の役人がその場から知らせてくれたのだ。繁和会から八人の議員が抜け、御子柴が立ち上げたグループに合流するという。予想できた動きだな。急報を耳にした久富は、落ち着いた素振りで言った。久富一行は急ぎ、議員会館に戻っていた。

一報がニュースで流れると、案の定、事務所にコメントを求める電話が殺到した。久富は花織と隆宏を連れ、議員会館に近いホテルに行き、そこで取材陣に応じた。御子柴から何の相談もなかった、と久富は淡々と応じていく。

「ご自身の進退に影響は？」

「議員として任期をきちんとまっとうします」

「総裁選敗北により、求心力が低下したとお考えですか」

「多様な意見が生まれる事態を歓迎します。新しいグループが大勢《たいせい》に呑み込まれないのを願うばかりです」

精一杯のあてこすりにも聞こえた。花織は別の頭で、御子柴の動きから導き出せる結論を反芻していく。

馬場側に久富の総裁選出馬意向をリークしたのは、御子柴でも、繁和会を割って出たその一派でもない。あらかじめ通じていては、馬場に売る恩が減る。いざ総裁選となり、頃合いをみて自分たちを高く売りつける方が得。御子柴ならそう判断する。このタイミングで派閥を離脱する動き方を見ても、御子柴は機を見るに敏なのだから。

じゃあ、誰が久富を裏切ったのか。

久富事務所の人間しかいない。

記者が引き上げて、花織たちは事務所に戻った。すぐに久富は山内と隆宏を連れ、残った派閥議員と善後策を話し合う緊急会合に出かけた。花織は議員会館事務所の電話番をした。

午後十時を過ぎると大坪も帰宅し、父親と二人だけになった。

「分裂した御子柴派にも、繁和会のお金から少し譲渡しないといけないの？」

「いや。けど、勝手に持っていかれかねない。そういう用心もあって、派閥の長の金庫番が繁和会の金も管理してるんだ」父親の目が狭まった。「ところで花織、何を企んでる？」

「なんのこと」

「お母さんが関根の一件で電話した時、花織の背後で空港のアナウンスが聞こえたそうだ。顔色もいい」

「空港のアナウンス？　テレビでしょ。電話もらったのは、ちょうどぼぉっと眺めてた時だったもん。顔色がいいのは休んだからだよ」

父親はまじまじと花織の顔を見ていた。

「どうかした？　わたしの顔に何かついてるの」

「いや、あの時もこんな顔だったんだろうな、と考えてたな」

「あの時ってどの時」

「幼稚園児の花織が懐中電灯片手に、隆宏と二人で近所の寺に肝試しにいった時」

「そんなことあったっけ」

「お父さんは仕事でいなかったけど、母さんが言ってた。子どもだけじゃ危ないと止めても、『隆ちゃんがいるから大丈夫』と聞かなかったらしい。花織は落ち着いた様子ながらも、何がこの先待ってるのか、っていう緊張感とワクワク感が顔に滲み出てたそうだ。ちょうど今の花織みたいだったんだろうと思ってさ」

花織は胸の内が温かくなった。わたし本人ですら憶えてない出来事を、お父さんは——。

「その翌日、オヤジと『花織と隆宏はたくましい』って話をして笑ったんだ」

それから二時間、二人で鳴らない電話の番をして過ごした。

「ねえ、若い者に任せてそろそろ引き上げたら？」

午前零時過ぎに父親が帰宅すると、花織は行動を開始した。事務所の鍵を閉め、部屋の奥の棚から埃をかぶった段ボール箱を取り出し、政治資金収支報告書を机上に積み上げた。

隣に今日佐賀県でとったメモを置き、じっくりと吟味していく。熊本と熊本、福岡と福岡、長崎と長崎……。

今晩は他にもやるべき作業がある。秘書になって以来目を通してきた大量の書類に、もう一度当たらないと。

浦辺の筆頭秘書、内村の兄が所有する神秘交霊会―佐賀総合通商というラインから五百万円を受け取ったという大村康子が、誰なのか突き止めるために。

＊

「久富を狙え」

「標的ありきの捜査はまずいでしょう。東京も大阪もそれで足を踏み外したんですよ」

有馬はそらとぼけた物言いだった。小原はなかば呆れた。有馬だって久富を狙うよう、鎌形に提案している。

次席の今林が柔らかに首を振る。もう深夜なのに、顔に疲れた様子はない。

「標的ありきじゃない。とあるルートで、上層部にタレコミがあったんだ。久富はかなり怪しい金を保持してるんじゃないか、と」

「その上層部は役所の方ですね」

今林は何も言わない。雄弁な沈黙だった。二人の生々しいやり取りに、小原は息を凝らす。検察権力が、まさに「意図」を持って動き出そうとしているのだ。

数分前、次席検事室に有馬が呼ばれ、同行を求められた。小原の同行に今林は怪訝そうに眉を寄せ、有馬の一言に納得していた。

――いざ私が動く際は、小原さんも一緒なので。

今林の反応は演技だったのだろう。赤レンガ派が自分を取り込んだ件を、知らないはずがない。

「鎌形部長はこの件をご存じで？」

「いや、もう帰宅していた。電話するほど緊急性もない。先に君には伝えておこうと思ってね。さっき私に下りてきた案件なんだ」

法務省上層部へのタレコミ……。情報源は民自党中枢部か。御子柴が馬場派に鞍替えするにあたっての手土産という線が濃い。陰で蠢く連中の高笑いが聞こえるようだった。

「なぜ私が担当するんですか」

有馬の疑問はもっともだろう。タレコミ案件は本来、特殊・直告班マターだ。小原も首を傾げざるをえない。しかも赤レンガ派は有馬を監視している。信用していないんじゃないのか？

「知っての通り、彼らは手がふさがっている。となると、これだけの案件だ。鎌形君も君に担当させるだろう。私も君が担当するよう指示する。久富を立件できれば、君の実績にもますます箔がつく。一人の検事として燃えるだろ？」

「次席の実績にも箔がつきますね」

有馬は屈託なく言い、今林が目元を緩めた。

「否定はせんよ」

「総裁選で痛手を負った久富をここぞとばかりに叩く——という算段で、そのとあるルートは情報提供してきたんでしょうか。あるいは、うちの上層部が馬場に取り入ろうと持ち掛けた話とか」

「随分と辛辣《しんらつ》だな」

今林は声色こそ柔和だが、目には剣呑な光を宿している。有馬は悪戯《いたずら》をとがめられた子どもさながら後頭部に右手をあて、ぼりぼりと搔いた。

「失礼しました」

「君を主任に据えたチームを組まないとな。中澤君はどうだ」

「彼は、馬場の案件で中核を担っているんじゃ？」

「進展がない案件に、いつまでも優秀な人材をかかずらわせておくわけにはいかない」

馬場の捜査班から人員を減らしていき、なし崩し的に捜査を潰す計算か。

「つまり、この案件には久富に至れる確実な端緒があるんですね」

「内通者がいる」

ほう、と有馬の目つきが一瞬だけ尖った。小原は胸の奥に刃を向けられた気がした。

「となると」もう有馬はいつもの柔和な目つきに戻っている。「取り急ぎ、内通者と会わないといけませんね。名前と連絡先は？」

小原は慌ててメモ帳とペンを構え直した。

「まだ明かせない」今林は取りつく島もなかった。「ただし、明々後日の日曜に帝国ホテルで会う段取りはついている」


終電の時間はとっくに過ぎていたが、小原は日比谷公園に入った。ベンチには誰もいない。先輩事務官に定期報告するのは明日だ。猫の姿もない。

静かに腰を下ろすと、十一月の夜気でベンチは冷え切っていた。しかし、小原は寒さを感じなかった。体の芯が熱いのだ。

私物化された権力によって、久富という大物議員ですら押し潰されようとしている。組織の一員として、自分は潰す側に回る。やりたくない、と拒絶したところで弾き飛ばされるだけだ。その方がマシか？　検察の片隅で生きていくのも一つの人生。しかし鍬の一振り、一本の杭として広く司法で社会貢献するには、大きな事案に携われる場にいるべきなのだ。

くそ。小原は昨晩とは違い、声に出していた。

くそ。小原はもう一度言い、正面のツツジの植栽を睨みつけた。

志半ばで去った検事の意志を継ぐため、派閥抗争に巻き込まれないよう注意を払ってきた。そんな自分がもっと大きな力に呑み込まれている。

ザマがない。暴走する権力。これまでに誰かが止めてくれていたら――。そんな誰かはいないとわかっていても、思わずにいられない。

過去に誰も止めようと考えなかったのだろうか。抗わなかったのだろうか。……押し潰されたのだろう。久富すらも呑み込もうとする力に、対抗できるわけがない。自分だって赤レンガ派に潰された人たちを見ても、何もしてこなかったではないか。

そうか。これまで赤レンガ派を注視してきたが、実際は目を背けてきたも同然なのだ。自分の身を避けるだけで、彼らの暴走を制御する方法を一瞬たりとも考えなかったのだから。

だが、一介の事務官に何ができたというのか。

視界の隅で影が動いた。突然、膝の上に一匹の猫が飛び乗ってきていた。一ヵ月ほど姿を見なかった、いつもの猫だ。

「お前、どこに行ってたんだ？」

我知らず呟きが漏れた直後、柔らかな感触やぬくもりで、小原は心の強張りが解れていく感じがした。自分にとって日比谷公園の動物たちは、日常からの逃げ場なのだと痛感する。

月並みな思い、平凡な感懐、取るに足らない見解。そう嗤《わら》いたければ、嗤ってくれていい。自分には必要な存在だ。平均的な人間なら共感してくれるだろう。毎日身も心もすり減らし、嘆き、苦しみ、腹を立て、そして救い――逃げ場を求める心境を。

暴力に耐えかねて夫を殺した妻、刑事裁判になった過労死、いじめを苦に自殺した子どもたち……。検察事務官として、一市民として社会の歪みを目の当たりにしてきた。逃げ場が消えれば、こうした事件はさらに増えていくはずだ。人によって逃げ場は異なる。小説や映画、宗教やイデオロギー、友人や恋人。自分はこの動物たちだった。

そんな実直に生きる一般人を呑み込もうとする、「意思」を持った権力――。

小原は動きを止めた。猫が心配そうに見上げてきたのだ。小原に何か伝えたい言葉があるかのような仕草だった。

3

「お手紙、どうもありがとうございました」

午後一時半。花織は四人掛けのテーブル席で、薄いセーターにチノパンという恰好の鬼塚といた。今朝、鬼塚の携帯電話に連絡を入れた。よかったら、ランチでもいかがですか――と。

この神保町《じんぼうちょう》の居酒屋には会社員時代、頻繁に訪れた。ランチ営業では会社員やOLでほぼ満席になる。背の高い木製座席や暖簾《のれん》で仕切られ、他の客の目や声をさほど意識しないで済むのも人気の要因だろう。最後に店を訪れたのは数ヵ月前なのに、もう十数年来ていなかった気がする。わたしは、そう感じるだけの経験をすでにしたのかもしれない。

「手紙にも書いたが、忙しそうで何よりだ。俺と飯食ってる時間なんてあるのか」

「時間は捻り出すものですよ」

「言うじゃないか」鬼塚が目を細める。「どんな仕事に就いたんだ？」

「久富隆一衆院議員の秘書です」

「藤木が政治家の秘書？　どちらかといえば、自分が先頭に立つタイプだと思ってた」

「そうなんですか？　殊勝な性格とは言いませんけど、別に我《が》は強くないですよ」

「我が強いのとは違うかな。表に出ない強さなんだ。藤木は自分の背骨をしっかり持ってる。だから、しなやかに暴風雨を受け流して、進みたい方向に歩んでいけるって感じだよ」

「自分では自身を評価できないので、何とも言えませんね」

「今の一言が出る時点で、藤木に背骨がある証拠さ」

どうぞ、と馴染みの店員が料理を運んできた。花織は海鮮丼、鬼塚はアジフライ定食だ。両方とも店の名物になる。花織は小皿の醤油にわさびを溶かし、それをマグロ、小鰭《こはだ》、海老、イカなどの魚介類に丁寧にかけていく。

「裁判も終わり、課長は何をされてるんです？」

らと振る。

「もう課長じゃないんだ。その呼び名はよしてくれよ」と鬼塚が顔の前で手をひらひらと振る。

「今さら鬼塚さんって呼ぶのも微妙なんで。鬼塚と課長がセットになってるっていうか」

「待て待て、課長ってのは俺専用の役職じゃないぞ。全国津々浦々に課長は存在する。俺が部長になっても、鬼塚課長って呼ぶつもりだったのか」

「あ、そうですね。でも、しばらくは課長で通します」

「まあ、今日のところはいいか」鬼塚はこだわらずに言った。「さっきの質問だけど、俺は最近じっくり本を読んで、英気を養ってる。まだ金銭的には余裕があるから」

「依願退職だから退職金も出たんですよね」

「ああ。少し……というか結構多めに貰った。弁護士費用って意味もあったんだろう。こんな裏事情、週刊誌なんかに嗅ぎつけられたら面倒だよな」

「いわば謝罪と口封じ料ですもんね」

「俺は会社の理屈に納得してる。一部が潰れるだけで、デタチキスタン事業をつつがなく継続できるんだ。あとはチームに託せばいい」

「大変みたいですよ。部長が葵ファインテックにヘッドハントされて」

「部長が？」鬼塚はしばし絶句し、得心がいったように何度か頷いた。「あの人は社内闘争に巻き込まれてたんだ。蹴落とされて、外に出る道を選んだんだな」

「ウチの会社にもそんなのがあったんですね」

「どんな組織だって一枚岩じゃない。以前、五葉グループ全体でフラットパネル事業に取り組んだ時があった。藤木が入社するだいぶ前だな。部長は当時のプロジェクトメンバーでな。旧社長派と当時は専務だった現社長派の派閥争いに、否応なく巻き込まれたんだ。部長は旧社長派に組み込まれてな。争いは今も尾を引いてる。これがなければ、部長も今頃は五葉マテリアルで専務の椅子にいただろう」

「そのプロジェクトはどうなったんですか」

「内部分裂してうまくいくはずがない。他社に後れを取った挙げ句、資材調達で大損害を被りかけた。輸出国の実力者と親交が深い有力政治家に働きかけ、何とか被害を最小限に食い止めるのが精一杯だったそうだ」

「有力政治家って誰です？」

鬼塚がちょっと首を傾げた。

「誰だったかな、今の藤木の立場なら気になるよな。久富隆一じゃなかったのは確かだ。でも、民自党の誰かだよ。プロジェクトの中心だった五葉電機は、その政治家に助けられて以降、毎年民自党への献金を欠かさないって耳にした憶えがある。ひも付き献金かもな」

きっとそうだ。

「ひょっとしてお手紙にあった、わたしが退社して安心した面もあるっていう記述は、社内闘争にかかわらなくて済むって意味ですか」

「ああ。あんなもんは不毛さ」

鬼塚がアジフライを口に運ぶ手を止めた。

「藤木、変わったな」

「……そうですね」

「俺が知ってる藤木は、物事の暗部を認めようとしなかった。今回のデタチキスタンでの一件だって、納得した様子を一度たりとも見せなかった」

「課長の手紙にも影響されてますよ」

「いや、俺は単に送っただけだよ。手紙を読むのも、どう感じるのかも、どう行動するのかも、全ては藤木自身によるんだからさ」

花織は体の奥底から言葉が湧いてきた。

「今も課長が責任を背負ったことは納得してません。けど、これが世の中の仕組みだと身に染みました。わたしが申し上げた点を課長はとっくに認識していた。だから、会社に反感を持たなかった点も理解できました。ただし、このままでいいとは思いません」

「技術がいくら進もうと、世の中の仕組みは簡単に変わらないぞ」

「変えられるようになるため、利用できるものは利用しようと考えてるんです」

わたしは変わった。変わるしかないのだ。早くプロになるためにも、強みをいかすためにも。

時には迷い、時には後退し、時にはぬかるみにはまり、時には行き止まりにぶつかるのも承知している。どんなに汚れても顔を上げ、膝をつかず、プロの金庫番として隆宏に伴走していくのだ。二人の強みをいかし、わたしたちの理想を目指して進んでいく。

今のわたしにできることは——。

「ますます強くなった感じだよ。末恐ろしいな」

「褒め言葉ですよね」

「そのつもりだ」鬼塚がアジフライにかじりつき、咀嚼する。「セルゲイとナターシャにはちゃんと連絡したか」

「ええ。色々とメールでやり取りしています。実を言うと今朝も」

へえ、と鬼塚が白飯をかきこみ、花織はマグロを頰張った。

「セルゲイとナターシャには課長の私用アドレスを伝えてたんですね」

「個人的にセルゲイから依頼された件があってさ」鬼塚が悪戯っぽく微笑む。「ナターシャが好きな日本のアニメのグッズについて。公判で忙しかったんで、まだ送れてないけど」

そういうことか。先祖にまつわる草原に案内してくれた時、セルゲイとナターシャは恋人同士のような雰囲気を醸し出していた。

「おっと、二人を問い詰めるなよ。セルゲイ曰く、しかるべきタイミングで藤木に伝えて驚かせる気らしいから。俺に聞いたことは内緒だぞ」

花織は苦笑し、話を戻した。

「お手紙にはまた資源・エネルギーの仕事を、ってありましたよね。目途《めど》はついてるんですか」

鬼塚が箸を止めた。

「いい機会だ、はっきり言おう。業界への復帰は難しいと思ってる。各社、俺が事件の首謀者で心底悪い人間だなんて思っちゃいない。どの会社でも起こりうる出来事だしな。俺の経歴や人脈を咽喉から手が出るほど欲しい会社もあるだろう。でも、世の中は潔癖さを求めてる。罰金刑だって前科。前科者を同じ業界の企業は雇えない」

清廉潔白を追い求めるがため、一度失敗した人間が二度と浮き上がれない現実……。かたや賄賂を知っていた部長はライバル企業にヘッドハントされたというのに。

「じゃあ、どうされるんです？」

「アイ・ハブ・ノーアイデア」

鬼塚が陽気におどけた。花織は箸を静かに置く。

「インジウム輸入量削減の状況、ご存じですよね」

「ああ、報道で見る程度は。無策の政府が情けないよ。日本の産業は大打撃を食う。半導体は産業の米なんだ。その米を作る水田に水を張れなくなる」

「実は解決案を見出したんです。今日の午前中、久富議員にも説明しました」

「そうか。久富は経産族だったな」

「ええ。そのバックボーンをうまく利用しようかと」

「部外者が言うのも差し出がましいが、手を打てるなら早い方がいいぞ。手遅れになる」

鬼塚の語調は熱っぽく、資源・エネルギー分野への愛着をひしひしと感じる。花織は中腰になり、テーブルに身を乗り出した。

「手伝って頂けませんか」

鬼塚の眼力が強まり、ふっと弱まった。

「さっきも言った通りだ。手伝いたくても、俺を雇う資源・エネルギー関連の企業はない」

「話はつけてます」花織は粛然と告げる。「新しい鉱物資源商社をヤヒロが鳥留市に設立します。インジウム部門の責任者になって下さい」

「ちょっと待て。タイヤメーカーのヤヒロ？　世界的大手の？」

「はい。会長には直談判して承諾を得てます」

「どうやって……」

「利用できるものは利用する、そう決めたとお伝えした通りです」

一瞬の間があった。店内に流れるＢＧＭがやけに大きく聞こえる。

「なるほど、ヤヒロは久富議員に縁があるんだな。やれやれ、俺も藤木の駒の一つってわけか。資源・エネルギーに今も関心があるかどうか確かめたんだな？」

「端的に言ってしまえば」

「やっぱ末恐ろしいよ」鬼塚が肩をすくめる。「だけどな、ヤヒロが新会社を設立したところで、インジウム不足の難局はどうにもならん。中国は日本への輸出量を減らす方針なんだから」

花織は薄く首を振り、鬼塚を凝視し直した。

「第三国を経由して輸入すればいいんです」

「第三国ってのはどこだ」

鬼塚が声を潜めた。なかば返答を予想しているようだ。花織は緩やかに頷きかける。

「デタチキスタン。課長の出番ですよ。セルゲイとナターシャを通し、ウカクリウムのために作った現地の会社に、中国からインジウムを購入して日本に輸出する流れを承知してもらいました。決裁が下りた連絡を今朝もらったんです」

「お前、最近まで二人と連絡をとってなかったんだろ？　電光石火だな」

「動く時は一気にいかないと。どこから話が漏れるかわかりませんので」

「まあな」鬼塚が思案顔で顎をさする。「確かにスキームとしては可能だが、中国が強硬に異を唱えてくるぞ。そうなれば結局は元の木阿弥《もくあみ》だ」

「大丈夫です。根拠は二つあります。まずデタチキスタンの背後にはロシアがいます。中国もデタチキスタンには強く言えません。次に、中国がこの手法に本気で正面から異を唱えるはずないんです。中国だってラオスやカンボジアといった第三国を通じて和牛を輸入しています。ある程度の目こぼしをする国家なんです」

日本でBSEが発生して以来、中国は日本産牛肉の輸入を全面禁止している。しかし、闇市場では平然と売買され、政府高官も黙認している。中国当局が『あれは民間が勝手にやっている』と嘯くなら、インジウムでも同じ台詞を返せばいい。

「デタチキスタンルートだけじゃ、日本のインジウム使用量は賄えんぞ」

「承知してます。前例を作ってしまうのが大事なんです。前例さえあれば、日本の官僚は第二、第三のルートを必死になって開拓します」

「前例主義を逆手にとるんだな」

「奇手というほどじゃありません。この程度の解決案を官僚が思いついてなかったら、日本はもう終わりですよ」

「思いついても実行できないんだったら、どっちみち終わってんだよ」

鬼塚はやるせなさそうだった。はたと花織は気づいた。

「さすがですね。課長こそ私を試した。私が提案した時点で中国が茶々を入れてこない点を見抜き、わたしがどう考えているかを尋ねた。どっちみち終わっている、という言及が証拠です。日本の官僚がこれくらい立案できないわけがない。しかし、中国が横やりを入れてきた時に責任を問われるのに怖気《おじけ》づいて実行できない――とも瞬時に悟った」

「参ったね」鬼塚がにやりと笑う。「ご明察だよ」

ありがとうございました。従業員の声が店に響いた。

花織は小さく首を振る。

「もっといい方法があるとしても、わたしは思いつきません。もうタイムリミットです。誰もが手をこまねいてる以上、やるしかない。でも、政治家秘書の立場上、わたしは直接タッチできません。そこで勝手ながら、お膳立てだけは調えました」

「俺は一度死んだ身だ。どうなってもいい。けど久富議員にとってもヤヒロにとっても、中国の出方次第では貧乏くじを引く羽目になりかねんぞ」

「覚悟の上です。久富もヤヒロも産業の破綻を黙って見過ごすような、小さな器じゃありません」

「ヤヒロの会長は、本当に新会社に前科者を迎え入れてもいいと言ってんのか」

「ええ。人間にはやり直しのチャンスが必要だと仰ってました。デタチキスタンでの事件は、どう考えても課長に責任を負わせるのは酷だとも」

八尋はさすがの慧眼だった。五葉マテリアルと検察が描いた筋書きの裏を見通していた。

「インジウム部門の責任者と言ったな？　俺はインジウムを扱った経験はないぞ」

「でも、他のレアメタル、レアアースは取り扱ってるじゃないですか。ヤヒロにはそもそもレアメタル取引の経験者なんていません」

なるほどな、と鬼塚は即座に得心していた。レアメタル系の取引には独特の文化、形態がある。たった一人の政府高官や企業主が世界の数割近くの当該レアメタル取引を牛耳っている例も多い。物質によっては、彼らが決める相場次第といった感もある。どう交渉し、相手の腹や相場を探るかにはレアメタル系の取引経験が不可欠だ。インジウムの場合、中国が国レベルで取り扱っているものの、現場レベルの交渉には豊富な知識や経験が要る。

「インジウム事業が軌道に乗れば、別の資源部門担当に異動予定です。ちなみに役職は課長で」

「くそ」鬼塚が声を出して笑った。「また一杯食わされた。その思惑もあって、俺を課長と呼んできたんだろ」

「はい。ゆくゆくは部長や常務と呼ばせていただきますよ」

花織が議員会館に戻ると、エレベーター前で浦辺事務所の内村と鉢合わせした。他にも別議員の秘書たちや陳情の人たちが列をなしている。

「これはこれは」内村が勝ち誇った笑みを口元に浮かべた。「お疲れでしょう。どうぞごゆっくりお休みください。久富事務所なら、もう大した仕事もないでしょうしね。我々は朝からてんやわんやですよ。伝書鳩になって息つく暇もない」

大臣ポストの調整だろう。久富には無縁だ。気持ちはとっくに切り替えている。わたしは、わたしにやれる仕事をするだけだ。

花織は事務的に微笑み、黙礼を返した。

＊

「どうも引っかかるな」有馬が椅子の背にもたれかかる。「ですよねえ、小原さん」

ええまあ、と小原は曖昧に返事をするにとどめた。昨晩、今林が内通者の名前も連絡先も明かさなかった対応についてだ。

小原は想像を巡らす。高級ホテルを顔合わせの場に指定する以上、久富周辺の人間なのは間違いない。赤レンガ派は有馬を信用しきっていないので、何者かを伝えないのだろう。

有馬の口元がにやりと緩む。

「探りを入れましょう。小原さんもご一緒に」

ひと気のない廊下を進んでいく。誰にあたるというのか。小原は有馬の背中を追った。

有馬が立ち止まったのは、特捜部長室前だった。連絡を入れてないのに、有馬は重厚な扉をためらいもなくノックする。一拍の間があり、どうぞ、と素っ気ない声が返ってきた。

有馬は鎌形の前に颯爽と立ち、小原は壁際に控えた。

「突然の訪問にもかかわらず時間を頂き、恐れ入ります」

「構わん、用件は？」

「久富の件はご承知ですよね」

「午前中、次席に聞いた。君も以前、提案してきたよな。担当になれて良かったな」

今林からは『君が久富を扱うよう、鎌形君には話をつけた』と連絡を受けた。『チーム編成は任せる』とも。チーム編成は、内通者の証言がどの程度かによって変わる。箸にも棒にもかからないようなら、動員数はごく少数でいい。微に入り細を穿《うが》つ内容なら一気に勝負をかけるべく、大勢でぶつかれる調整が必要だ。

「一応申し上げると、次席と相談してたんじゃないですよ」

「どっちだっていい」

「久富側に内通者がいる件もご存じですか」

「らしいな。だからこそ次席も乗り気なんだろう。君としても、関根は全然なんだろ？」

馬場に至る捜査で御子柴を洗おうと関根に当たった矢先、倒れてしまった。入院先から意識回復の一報があり、午前中に有馬と赴いた。とても聴取できる状態ではなかった。「意思」を持って動いた権力の恐ろしさを、まざまざと見せられた思いだった。個人なんてたやすく押し潰されてしまう現実を。

「関根氏にぶつかるのは当面無理ですね」

「なら、君は久富に専念すればいい。担当副部長もそう指示したはずだ」

有馬が所属する経済班はここ数ヵ月、大きな事件の立件に動いている。どんな事案かは窺い知れないが、班員のほぼ全員がその案件にかかり切りだ。さらに財政班も手一杯で、特殊・直告班も馬場絡みで忙しい。現在、自由に動ける特捜検事は有馬だけと言ってもいい。

「部長は内通者の正体をご存じですか」

「知らん」

「会う時まで名を明かさないなんて妙ですよね」

「次席ともなれば、議員関連の知り合いもいる。彼らの立場を最大限配慮したんだろう」

鎌形が次席という言葉の背後に、赤レンガ派という意味を含めたのは明白だ。鎌形は赤レンガ派による権力の私物化を、一体どう考えているのか。封じるべく、何か動いているのだろうか。馬場の捜査は牽制球？　だとしても、自分が赤レンガ派の手先という状況から脱出できる助けにはならない。それに、日本版「司法取引」という武器を与えられた現場派は、赤レンガ派に取り込まれたも同然じゃないのか。

どうすれば権力の暴走を止められるんだ？　小原は軽く拳を握った。またしてもこんな大それたことを考えている。腹の底から怖さを実感しているのに……。

有馬が顎をさする。

「どうも秘密主義が気に食わないんですよね」

「気を揉んでも仕方ない。どうせ会う段階で判明するんだろ。気に食わなくても、仕事ならやるしかない。内容次第で年内の立件もありうるぞ」

「さすが特捜部長。達観してらっしゃる」

「ただの性分だ」

「私はあえて達観と言わせてもらいます。達観の先に何があるんです？」

「未来」鎌形は無愛想に続ける。「真っ暗なのか、微かな光だけがあるのか、はたまた光に満ち溢れているのか。誰にもわからん」

「願わくば、光に満ち溢れているといいですね」

「そんな世界、目が痛くてかなわないだけだ。俺はほどほどでいい」

「食えない人だなあ」

「食えないのは君だろ」

「部長の言葉をお借りすれば、これが私の性分なんで」

「君は君の役割をまっとうして、望むものを手に入れたらいい」

小原は自分にも言われた気がした。自分の望みは——今後も一振りの鍬、一本の杭でいること。

検事室に戻ると、有馬が何ともなしに声をかけてきた。

「私たちは、『久富潰し』という政界の権力闘争を垣間見てますね」

「もし検事自身が権力闘争の渦中に入ったら、どうされます」

単純に知りたかった。自分は簡単に取り込まれ、かつて刑事部で仕えた検事をはじめ、潰された者だって多い。有馬は己を取り巻く状況をどう捉えているのか。

「じたばたしても仕方ないでしょうね。誰にでも起こりうる事態ですし。どんな業界、組織にも権力闘争はあります。くだらないと蔑んでも、遠ざかろうとしても、頭を悩ませても何の解決にもなりません。電球の交換、電話代の支払い、通勤通学の時間。そういった人生の面倒事の一つだと割り切って受け入れるか。あるいは」有馬は柔和な面つきで、あっさりと言う。「自分の立ち位置で勝ち抜かないと」

「並の人間には勝てませんよ」

「そりゃ、たった一人で大勝負に勝つのは難しいでしょう」

有馬は飄々《ひょうひょう》と言う。

そう。個人がシステムに勝てるわけがない。一振りの鍬も一本の杭も本質は同じだ。続きがあってこそ、それは初めて生きるのだ。一人では……。

小原は息を呑んだ。

「じゃあまた来週」

先輩事務官はそう言い残し、新橋《しんばし》方面に歩いて行った。小原は視線を正面の植栽に据えた。緑色の目がいくつか光っている。日比谷公園の植栽に隠れる猫たちだ。

水曜から今夜までの有馬の動向を、小原は簡潔に告げた。鎌形とのやり取りも、明日の聴取の打ち合わせをしたとだけ伝えた。面倒だったからではない。

やはり自分のツラの皮は相当厚いらしい。

小原は夜空に向かって手を突き上げ、大きくのびをした。一ヵ月間の胸のつかえが消えていった。

4

「さて、インジウムの話、説明してもらうか、花織ちゃん」

久富がウイスキーグラスをガラストップのテーブルに丁寧に置いた。三日前、隆宏の禅譲提案に怒り、拳を落としたテーブルに。二人は久富邸のソファーセットにいた。時刻は午前零時過ぎ。久富は今夜もいくつか会合をこなし、報告がこの時間となった。

詳細は話を詰めてから説明する、まずは動きたい――と花織は今朝久富に告げ、昼間自由に動く承諾を得た。そうやって鬼塚と会った。総裁選敗北以来、議員会館事務所への電話も訪問者も格段に減り、花織一人が抜けた程度で業務に差しさわりはない。

花織はつい先ほどまで議員会館の事務所にいた。秘書になってから目を通した、あらゆる書類に当たり尽くすために。段ボール箱をひっくり返しての作業は、なかなかはかどらなかった。どの書類にもかなりの個人名があり、いつ大村康子に出くわすのかは神のみぞ知る、といったところだろう。

花織はまず第三国を通じてインジウムを輸入する手段を簡潔に論じ、鳥留市に赴いて八尋に協力を仰いだ点、鬼塚に担当してもらう点を述べた。

久富が仰々しく腕を組む。

「ひとつ合点がいかないのは、どうして皆に黙って八尋に会いにいったのかだ」

「馬場に総裁選立候補の決意が漏れた件を思い出して下さい。馬場側への内通者が久富陣営にいます。計画案が漏れれば、御子柴大臣が先に動き出すかもしれません」

「やっぱり解せねえな。官僚も企業も中国の横やりが入った際の責任問題を恐れ、二の足を踏んでんだろ。漏れても構わないいじゃねえか」

「誰も実行しないので官僚も企業も踏み出さないだけ――という見方もできます。日本は横並び主義です。誰かが動き出せば一斉に動きかねない。全てを隠密裏に運び、久富隆一の手柄にしないと。このスキームを実現すれば、必ず久富隆一の名声は回復します」

「だろうな」

久富は鷹揚に言った。

つきましては、と花織は間合いを詰める。

「実行にあたり、条件があります」

「言ってくれ」

「インジウムの輸入がきっちり軌道に乗った場合、隆宏に議員の座を禅譲して下さい」

花織は努めてさらりと言った。

久富が目を剝く。これまで花織には見せなかった、威圧的な殺気を放っている。

「いくら花織ちゃんでも、そいつは呑めんな」

「だったらこの案を流すまでです」

「お膳立ては調ってんだ。花織ちゃんがいなくても事は動く。俺は花織ちゃんを用済みにできる」

「さて、どうでしょうか。デタチキスタンでインジウムの購入、輸出に動いてくれるのは、わたしの友人です。彼らはわたしが五葉マテリアルを辞めた経緯や境遇を哀れに思い、友情で動いています。なのに『また上役に裏切られた、事業を止めて』と伝えたらどうなるでしょう」

「やめろ。日本の産業が傾く」

すかさず久富が声を張り上げた。花織はひるまず、胸を張る。

「わたしの意志が通らないのなら、日本がどうなろうと知ったことではありません」

「それでもてめえは天下国家を論じる、政治家の秘書かッ」

久富がガラストップのテーブルに拳を叩きつけた。拳の勢いは隆宏に向けた時よりも激しかった。

「はい。ここでオヤジさんに負ける程度では、わたしもたかが知れてると思いますが」

「小娘の分際で、俺を小物扱いする気かッ」

久富のこめかみには血管が浮き上がり、眼球は充血している。

「馬場以外に大物がいるんですか」花織は冷ややかに突き放す。「オヤジさんがそうだというんなら、今回の大敗は何だったんでしょう」

「てめえ……」久富が語気荒く言い足す。「だからこそ、隆宏にはまだ早え《はえ》」

「遅いくらいですよ。善は急げと言いますし、田中角栄は三十九歳で大臣になってます」

「時代が違うッ」

「時代なんていつも違います」

「激動の時代は青二才で乗り切れねえッ」

「わたしが隆宏を支えてみせます」花織は言下に応じた。「確かにまだわたしは半人前です。しかし経験を積み、いずれプロになる。しかも今のプロには負けない強み、わたしにしかできないことがあります。今回のインジウムの解決方法もその一つです」

「隆宏はそれほどの器だと？　隆宏の強みってのはなんだ？」

「やさしさです。甘っちょろい同情、安っぽい哀れみ、ありきたりないたわり、薄っぺらな善意、とってつけたようなヒューマニズムなんかではありません。現実に根差した、骨のあるやさしさです。本当のやさしさです」

そんな本物のやさしさを持つ政治家が、日本に、世界にいるだろうか。少なくとも、花織は一人しか知らない。目の前の久富隆一だ。他ならぬ久富なら、花織の言う「やさしさ」の意味を理解する。今の社会に求められていることも。

花織は間をとるために息継ぎし、揺るぎない口調で続ける。

「インジウム不足の解決に道筋をつければ、オヤジさんの名声は上がる。そんなオヤジさんが禅譲すれば、隆宏にゆくゆく総理の芽が出てきます。もうオヤジさんは総裁にはなれない。しかしオヤジさんの進退によって、『日本の危機を救ったのに、総裁選では負け、総理になれなかった悲劇の政治家・久富隆一の息子』という同情が隆宏に寄せられます。日本は判官びいきの国なんです」

「馬場はそんな甘かねえよ」

「でしょうね。けれどいくら怪物だろうと、あと二十年もすれば死んでます。だったらスタートを早いうちに切っておく方がいい」

久富が鼻から荒い息を吐く。

「机上の空論だな。先を見過ぎだ。まず目先の事情も考えろ。隆宏は馬場に勝てん。誰かが佐賀一区を奪いにくる。一度奪ったら馬場はたちまち地盤を固め、手も足も出せなくなる」

「手は打ちます。馬場側には指一本佐賀一区に触れさせせません」

「口では何とでも言える。どんな手を打つ気だよ」

「言えません。今、オヤジさんはわたしの敵なので」

花織は毅然と返した。久富が血走った目を見開いたまま、口をきつく結ぶ。

久富は真正面からぶつかるのを好む。だったら、ここは真正面から押し通すべきだ。隆宏は失敗したけど、わたしは違う。こだわりは時に弱みになる。そこを徹底的に突く――。

「オヤジさんにとっても悪い話じゃないんです。むしろご希望通りだと言える。オヤジさんは以前、日本をいい国にして、世界中を幸せな場所にしたいと言った。自分にできなければ次の世代が引き継げばいい、実行できるなら誰でもいいとも言った。そして国民全体が幸せになってほしい、道筋がつくまでは引退できない――とも。わたしがそのレールを敷いたんです。あれは方便ですか。久富隆一はそんな小さい男なんですか」

「てめえに、隆宏ごときにできんのかよ」

「やってみせます。オヤジさんと隆宏は、やっぱり親子ですよね。表現は違っても、目指す場所は一緒なんです。わたしたちには、オヤジさんより人生の持ち時間があります。わたしたちはオヤジさんの理想を引き継げる。これからはわたしたちの時代です」

「いくら理想があろうと、実現させられる主義が隆宏にはねえ。てめえも前に聞いたろ？　そんな奴に実現できっかよッ」

花織はくっと顎を持ち上げた。

「まったくの見当違いです。隆宏には主義があります。何でも呑み込み、嚙み砕き、利用してやろうという柔軟性、懐の深さ、貪欲さ、タフさ、したたかさがあります。名づけるなら、自覚的無主義です。隆宏は新たな時代を切り開く、適任者なんです」

硬く険しい視線をぶつけあった。ボールはもう投げた。あとは久富の判断次第だ。花織はまじろぎもせず、じっと待ち続ける。

応接間に森閑とした空気が満ちていく。

ふっ、と久富の視線が緩んだ。

「やっぱり花織ちゃんにも九州の熱い血が流れてんだな。隆宏よりも政治家に向いてるぜ。小さい頃、どっかのレストランでオレンジジュースを従業員に買いに行かせた時には、他人に気を配れる人間だってわかったしよ。あの時、俺に『ずるい』って言ったろ」

「そうでした？」

「ああ。あの時、俺は悟った。この子は俺の心中を見抜いたってな」

「見抜いた……どういう意味ですか」

「俺は花織ちゃんの性根を試したんだよ。性根ってのは、大人になっても小さい頃とさほど変わらない。俺の思惑を見通された、と感じた」

「ずるいと言ったのなら、ただ気に食わなかっただけでしょう」

「だとしても、俺にそう思わせる何かを持ってる。どうだ、花織ちゃんが政治家にならないか」

「先ほど申し上げた通り、わたしは隆宏をサポートすると決めたんです」

「そんな考え、破棄すりゃいい」

「簡単に考えをぐらつかせる人間に後を託せますか」

花織は即座に逆《さか》ねじを食わせ、畳みかけた。

「それに、わたしは金庫番がしたいんです」

「なんでだ」

「父に憧れてるからです」

花織はてらいもなく言い切れた。金庫番としてどんなに泥まみれになっても、顔だけは真っ直ぐ上げてきた、と言った父親。父と娘として言葉を交わした時間は少ない。父親も多くを語ろうとはしない。それでも、あの顔を見ただけで十分だ。

「わたしは父の跡を、金庫番という持ち場を継ぎたいんです」

そして、理想を実現する——。

久富の目は大きく見開かれていた。おもむろにその頬が緩んでいく。

「藤木が聞いたら喜ぶな。父親冥利に尽きる言葉だ」

「あの、内緒にして頂けますか」

「もちろんだ。野暮な真似はしねえよ。いつか花織ちゃん自身が言ってやりな」

「はい」

父親はどんな顔をするだろう。まるで想像もつかない。

久富が肩を上下させる。

「惜しいな。俺が考える政治家の合格ラインを、軽々と超えてんのに」

久富は、わたしを後継者に考えていたのかもしれない。幹事長事務所への同行も、インジウムを巡る御子柴との談判も、金庫番に据えたのもその含みからだったのではないのか。どれも秘書になったばかりの人間が垣間見られる世界じゃない。

「わたしは政治家としては不合格でしょう。理想があっても、それを実現させる原理を思いつけないんです」

「潔いな。ますます惜しい」

バシンッと久富は右膝を強く叩いた。

「くそっ。この期《ご》に及んで四の五の言ったら、男が廃《すた》る。花織ちゃんの希望通り、インジウムの事案が軌道に乗ったらおとなしく隆宏に譲ろう。隆宏は隆宏で見どころはある」

久富はわたしに対するのと同様、隆宏の性質も見極めていたのか。そうか。

「最初から隆宏も後継者に考えてたんですね。だから、総裁選の討論原稿を隆宏に任せた」

「いずれ二人で佐賀県を牛耳らせる気だったが、日本を牛耳れるんならそっちの方がいい。二人なら間違った方向にはいかねえだろう」

久富も相当なタマだ。今後の馬場派に対抗するべく、まずは地元佐賀県できちんと足元を固める未来図も描いていたのだ。隆宏もわたしも運がいい。そんな政治家の跡を継げ、新たな一歩を進める——。

花織は粛然と居住まいを正して、頭を丁寧に下げた。

「長い間、お疲れ様でした」

「まだなんも終わってねえよ。インジウムの計画、うまくいかなかったら俺は居座るぞ」

久富の声には腰があった。本気なのだ。望むところだ。身内すら説き伏せられない者に、国民が協力してくれるはずがない。

「承知しました」

ふう、と久富が息を吐いて天井を仰ぎ、視線を花織に戻した。

「隆宏が次の衆院選で当選しても、総裁になるのは二十年後か三十年後だな。晴れの日を俺は見らんねえ。報告がてら、仏壇にオレンジジュースを供えてくれ」

「その日が来た時は喜んで」

「花織ちゃんは怖い女だ。隆宏はとんでもない幼馴染を持った」久富は嬉しそうだった。「藤木家は腹が据わってる。金庫番にした俺の目に狂いはなかった」

「父を金庫番にしたのも、それが理由ですか」

「ああ。秘書は時に議員の頭脳に、目や耳に、手にもなる。けど、足腰になれる奴はそうそういない。山内にも榊原にも、関やんにも無理だ。俺は運が良かった。藤木がいたんだからな。一緒に泥にまみれてくれると確信できたんだ」

「確信できた理由があったんですね」

父親に訊いても教えてくれなかった。

「あれはさ――」久富が懐かしそうに目を細める。「俺が高校の時だった。筑後川《ちくごがわ》の河川敷で『金くれよ』って隣町の高校生に囲まれたんだ。相手は二十人以上で、木刀を手にした奴もいた。かたやこっちは四人で素手、おまけに一人は中学生の藤木だ。二人が言われるがまま金を出して、逃がされた。けど、俺は断り、藤木も拒絶した。

結局、俺たちはボコボコにされて、金も奪われた。連中が去った後、藤木に金を払わなかったワケを尋ねたんだ。払えば、解放される姿を見てんだからな」

　父親は何て言ったんだろう。

「藤木は傷だらけの顔で笑いかけてきた。『隆さんを一人にできんけん』って。俺は思わず泣きそうになったよ。藤木は体の線は細いけど、肝は誰よりも太いのさ」

　久富がにやりと口元を緩める。

「後日談もある。俺たちは河川敷での連中に、やり返すことにした。俺は殴れりゃ良かったんだが、藤木に止められた。もっといい案があると言ってな。まず連中一人一人の素性を突き止め、その家についても調べた。高校の友人やら、当時は町に必ずいた事情通の爺さんに尋ねてね。三日もかからなかったな」

「それで、どうされたんです？」

「まず、元軍人の息子の家に行った。相手は驚いてた。そりゃ、こっちは頭や腕、足を包帯でぐるぐる巻きにしてたからな。事情を説明した後、藤木が元軍人に言ったんだ。『こんな卑怯《ひきょう》な真似ばする人間が生きる日本を、酷い戦争で死んだ人たちはどう思うでしょうか』って。元軍人は泣いた。あんなに泣いた大人を見たことなかった。で、治療費を貰った。その後、元軍人は俺たちに同行してくれた。結果、奪われた以上の金を手にした。藤木の読み通りに事が運んだんだ。ちなみに金は全額寄付した」

　父親にそんな過去があったなんて……。

「花織ちゃんには、そんな藤木の血が流れてんだ。花織ちゃんも、やられっぱなしは癪《しゃく》に障る性質だろ？」

「はい」

よし、と久富が緩やかに頷きかけてくる。

「馬場にやり返すのは、二人に任せる。しっかりやれ。俺も勝てなかった、怪物だ」

「わたしと隆宏もいずれ怪物になる――そういう腹積もりで臨みます」

「期待してるぜ。花織ちゃんは理想がないって言うが、かえってプラスかもな。どでかい理想を探し当てる見込みだってあんだから」

久富が豪快にウイスキーを飲み干し、グラスをそっと置く。

「けど、見つかった時こそ気をつけろ。信念や理想なんてのは簡単に経験や生活、環境、境遇に覆される。何かを成そうと思っても、並大抵の心じゃ太刀打ちできない」

「肝に銘じておきます」

「殊勝だな」

「謙虚な人柄なんです」花織は微笑みかける。「禅譲の約束、一筆頂いてもいいですか」

「おい、どこが謙虚だよ。勘弁してくれ」

どうしようか。花織は一瞬逡巡した。久富が態度を翻しても、わたしがインジウムのカードを握っている現実は変わりない。ここは武士の情けをかけよう。

ったく、と久富がわざとらしく舌打ちする。

「俺が人生をかけた決断をしたってのに、世界は何も変わんねえ。嫌になってくるぜ」

「あの、実はもう一つお願いがあるんです」

「謙虚の意味、知ってるか？　まあ、正当な押しの強さは必要だけどな」

第五章

1

「何があっても、ここのうどんは最高だなあ」

久富がうどんを豪快にすすり、つゆまで飲み干した。鳥留駅ホームのうどん店では、軒先の暖簾が風になびいている。暦の上ではもう冬だ。風には柔らかな陽射しのぬくもりとともに、冷たさもあった。

先生、と女将がにこやかに声をかけてきた。

「またこんね」

「おう。そのうちな」

総裁選後初の土曜、久富のお国入りに花織は同行した。久富は昨晩のやり取りをおくびにも出さない。他には父親、隆宏、山内がいる。東京からここまでの道中、五人は必要最低限の会話しか交わさなかった。

鳥留駅近くの地元事務所には、八尋をはじめとする後援会幹部が続々と顔を見せた。その数は総裁選出馬を報告した際と変わらない。いや、むしろ増えている。久富は強固な支持基盤を築き上げてきたのだ。

榊原の仕切りで、総裁選の結果報告会が始まった。久富はまず深々と頭を下げ、ゆっくりと上げた。

「ご承知の通り、皆さんの応援を頂いたにもかかわらず、総裁選に敗北しました。すべて私の不徳のいたすところです。申し訳ございません」

久富がまた頭を下げる。三十秒近く頭を下げたままでいると、こん次に勝てばよか、と八尋が柔らかな声をかけた。そうたい、そうたい。何人もの後援者が同調し、あんたの方が総理にふさわしかよ、という勇ましい声も飛ぶ。

久富が緩やかに上体を起こした。

「温かいお言葉の数々、痛み入ります。私の政治活動は正しかった、そう胸にじんと染みました」

花織は久富とほんの一瞬目が合った。視線がすれ違った、という感じだ。

「私もあと二年で七十歳を迎えます。あ、しまった。年齢のことを言うと、八尋会長に怒られるかな」

「おいは百二十まで生きっと」

間髪を容れずに八尋がおどけた。二百歳じゃなかとね。誰かが茶化して、会場が笑い声に包まれる。総裁選敗北の嫌なムードをみんなで振り払おう、という意識が共有されているのだ。久富はいい支援者に恵まれている。

笑い声が収まりかけ、久富が続ける。

「八尋会長には妖怪よろしく独自の道を歩いていただくとして、私の話に戻しましょう。政治家としてはまだ道半ば、まだまだ働ける年齢でございます」

そげん心意気ば聞きたかったと。そうたい、そうたい。威勢のいい相槌が飛ぶ。

ふいに久富の顔が引き締まり、しんと会場が静まり返る。つい数秒前までの賑やかな空気は消え、しわぶきひとつ許されない雰囲気となった。

すぅっ、と久富が深く息を吸う音が、会場最後尾にいる花織にも届いた。

「かたや永田町に新しい風が必要なのも事実。世界的に激動の時代、必要な風とはなんでしょう。思うに、時には身を包み込むような穏やかな春風に、時には全てをなぎ倒す台風の暴風に、時には凍《い》てつく寒風に、時には誰かの前に立ちふさがる向かい風に、時には誰かを後押しする追い風になれる、変幻自在な風ではないでしょうか。そんな風を吹かせる人材が不可欠なのでございます」

後援者は久富の演説に聞き入っている。久富はこれまでに見せたことがないほど、優しい顔つきだった。

「それは私ではない。したがって次の衆院選には出馬しません」

ざわめきが会場を走り、花織も虚をつかれた。約束を反故《ほご》にするどころか、こんなに早く口に出すなんて。まだインジウムの難局は解決していないのに——。

「不肖、息子の隆宏なら新しい風になれるかもしれません」

久富は穏やかに言った。

花織は横目で隆宏を一瞥した。昨晩の久富との約束を伝えていない。驚いているはずなのに、じっと久富を凝視するだけで、顔からは何の感情も窺い知れない。たいしたものだ。数人の後援者が振り返ってきて隆宏を眺め、また久富に視線を戻していく。その動作を見計らうように久富が続けた。

「隆宏は何分若くて勉強不足でもあり、海千山千の古株議員にあっさり潰されないとも限りません。そこで……」

久富が一息置いた。会場中が次の言葉を待っている。

「中継ぎに古参秘書を挟みたい、と思っております」

また会場にざわめきが起こった。

「まだ誰を指名するかは決めておりません」

隆一、と八尋が久富の発言に切り込んだ。

「不出馬は決定事項か」

「その報告も兼ね、本日は参った次第です」

「まだ道半ばじゃなかね。確かに総裁選には負けた。ばってん、こんくらいで弱気になってどうすっと」

「弱気？　むしろ強気ですよ。私はこの代替わりは必ず日本にとって大きな影響を与える、成功すると確信してる。もちろん任期はきちんとまっとうします。皆さん、私が退いた後もどうか後継者に変わらぬご支援を賜りたく存じます」

事務所の窓がカタカタと震えた。外では急な強風が音を立てて吹いている。そこに衣擦《きぬず》れの音が混じった。やおら久富が膝をつき、整然と土下座をしている。

「この通りでございます。久富隆一、一生に一度のお願いでございます」

会場の時間がぴたりと止まったようだった。誰も何も言わない。呼吸音すらしない。

「仕方なか」八尋が放り投げるように言った。「隆一は昔から一度言い出したらきかん男やけんね。隆宏も中継ぎも、まとめて面倒みてやろうじゃなかね。なあ」

そうたい、おう。後援者が賛同の声をあちこちで発した。

久富が手を床についたまま顔を上げる。

「皆さん、重ね重ねありがとうございます」

その時、花織の隣にいた隆宏が動いた。壁際を速やかに進んでいく。隆宏は後援者の注目を浴びながら、久富の隣に粛として正座した。

「父の意向は私も寝耳に水でした。しかし、望むところでございます。若輩者ではありますが、どうぞよろしくお願いいたします。佐賀県を、日本を、世界をよりよくするために力を尽くして参ります」

隆宏は高らかに口上を述べると床に手をつき、丁重に頭を下げた。久富も再び頭を下げる。間髪を容れず、盛大な拍手が沸き上がった。

「おう、やっぱり隆宏もよか男たい。こげん真似、なかなかできん」

八尋が声を張り上げた。頑張らんね。しっかりやらんね。方々から声援が起こる。

「みなさん、ありがとうございます」久富が顔を上げて厳かな声を発した。「盤石の体制を敷くにあたり、私にはもう一つ腹案がございます」

「なんね」と八尋が問う。

「隆宏たちの金庫番についてです。長い目で見て、現在は私の私設秘書であり、藤木の娘でもある花織君に任せたい」

思わぬタイミングで自分の名前が出て、花織は自然と背筋が伸びた。

「ちょっと待って下さい」榊原が口を挟んだ。「金庫番は大事な役目です。いわば政治家と一心同体の存在じゃなかですか。オヤジとは長い付き合いの藤木君だからこなせた。なのに、こん小娘になんができるっとですか」

「誰だって最初から全てを完璧にはこなせん」

「ばってんどげんして……」

せからしかッ。

八尋の大喝が轟《とどろ》いた。

「どげんもこげんもなか。隆一が見込んだんなら、それを尊重すればよか」

「そいじゃ、ただ思考停止しただけじゃなかですか」榊原が食ってかかる。「八尋さん、あなたも総裁選の出馬報告の際は小娘に何ができるか、と仰っとった」

「ああ、そいが？」

「あれから一ヵ月かそこらで、こん小娘のなんが変わった言うんですか」

「目ぇ見開いて、よう見てみんね」八尋が顎を振る。「あん小娘は自分の名前が出ても、顔色一つ変えん」

榊原が訝しそうに花織の方を向いた。花織は見返し、小さく黙礼した。

「驚いとるだけでしょう」

「驚いただけの人間があげん落ち着いた振る舞いばできっとか？　榊原、お前の目は節穴《ふしあな》か？　自分が中継ぎに選ばれた場合、金庫番が経験の浅か人間なんが不安なだけやろ。気が早かッ」

まあまあ、と久富が二人の会話を引き取る。

「何もすぐ花織君だけにする気はない。藤木が補助にまわる。藤木、いいよな。中継ぎにはなれんが」

正面左手の壁際に立つ父親が少しだけ前に出た。

「構いません。むしろ議員なんて真っ平ごめんです」

「ということだ、榊原」

承知しました、と榊原が不承不承といった面持ちで応じた。久富がぐるりと会場を見回す。

「なお私が退き、誰が中継ぎになり、その後に隆宏が継いでも、本人の申し出がない限り、スタッフは現状のままでいく所存です」

花織の希望だった。隆宏の代になっても大坪をはじめとする、経験豊かな人材が不可欠だ。

「ここか」ルームミラーに、久富が目を細める様子が映る。「なあ、さっちゃん。この辺でよく野球したよな」

「ああ。細《こま》かか頃は缶蹴りもした。虫獲りも鬼ごっこもした。正月には凧揚《たこあ》げもした」

花織がハンドルを握り、後部座席には久富と八尋が並んでいる。この政財界の大物にも子供時代が、無名の時代があった。そんな当然の事実が、花織の体の奥を締めつけてくる。次は自分たちが社会を背負っていく番なのだ。

総裁選敗北と引退の報告会が終わり、後援者を見送ると、八尋がおもむろに『ちょっとウチの会社に来んね』と久富を誘った。インジウム事業を相談するためだ、と花織には察せられた。案の定、八尋は花織を運転手に指名した。車は八尋が普段乗る高級車ではなく、何の変哲もない事務所所有のセダンだ。その途中、葵ファインテックが購入に動く神秘交霊会の土地を見にきた。工業団地脇の広大な野原で、雑草が伸びるに任せて生えている。

「くそ」久富が舌打ちした。「俺たちの思い出の土地を、馬場に与する葵グループが狙ってんのか。違うな、今の所有者がすでに浦辺の関係者なんだ。もう足元に楔を打ち込まれてんだ。俺たちの思い出まで汚された気分だよ」

「浦辺のもんとなるのは口惜しか。そいを我らの小娘がなんとかすっとよ。なあ」

ルームミラー越しに八尋が笑いかけてきた。花織は右手、左手とハンドルを握り直す。

「全力を尽くします」

「花織ちゃん、どうする気だ？　何とかなんのか」

「内緒です」

「徹底的な秘密主義だなあ。俺はさっちゃんを訪ねたのも知らなかったんだ」

秘密にしたくて秘密にしているのではない。ただ案が何も浮かばないのだ。

「怖か女たい」八尋は面白そうだった。「おいを使おうだなんて、誰も思いつきよらん。例の課長に話はついたと？」

「快諾をいただきました。新会社の件、どんどん計画を進めて下さい」

「おい、本社は鳥留に置くとして、工場とか倉庫はどこに作るんだ？」

「北九州、千葉、神戸、この三ヵ所で目星ばつけたったい」

インジウムはタンカーで輸送される。八尋が挙げた候補地は申し分ない。

空き地を後にして、ヤヒロ本社の会長専用応接室に移動した。一ヵ月後に新会社を立ち上げ、当面は倉庫を借り、インジウムを輸入する段取りが決まった。八尋は、自らデタチキスタンに飛んで契約書を交わす意向も示した。おいおい、と久富が首を捻る。

「天下のヤヒロの会長にそんな時間があんのかよ。部下に任せりゃいい」

「自分で言うのも気恥ずかしかばってん、八尋定芳の名は大きか。八尋定芳が直々に動いたとなれば、インパクトもでかいけんね。久富隆一がお膳立てした事業だと言えば、そん名前が救世主としてより広く、深く記憶さるっとやろ」

さすが経済界の大立者だ。利用できるものは利用するという心構えが徹底している。見倣わないと。

「その調子で佐賀県内の浦辺派企業もこっちに引き入れてくれ」

「言われんでも頑張っとる」

「おっとこれは失敬。失敬ついでに、ちょっとトイレに行ってくる」

久富が席を外すと、そうそう、と八尋が思い出したように口を開いた。

「例の佐賀総合通商、適当な理由で部下に調べさせた。平成十年に登記されとっとが、最初から完全なペーパーカンパニーに間違いなか。代表取締役も取締役も登記の住所におらん。会社も海沿いの掘立小屋。何十年、近隣住民も出入りを見とらん」

馬場はそんな早い時期に、久富の本拠地に楔を打ち込んでいたのか。花織はぞっとすると同時に対抗心が湧いた。総裁選の開票発表会場での、馬場の姿を思い出す。身じろぎもせず前を見据え、周囲を圧倒した姿を。わたしはあなたを恐れない——。

ヤヒロを出ると、車中で久富と二人だけになった。

「今日禅譲を発表されるとは思いませんでした」

「善は急げって言ったのは誰だよ？」久富がにやりと口元を緩める。「政治ってのは生き物だ。そっと動かしたかと思えば、次の瞬間には一気に進める度胸がいる。この能力は、花織ちゃんにもある。八尋を手なずけた手腕は見事の一言に尽きる」

「手なずけただなんて畏れ多い。とはいえ、馬場側に準備期間を与えかねませんよね」

馬場派にとってみれば、久富に選挙で勝つのは至難の業。本腰を入れて佐賀一区を侵略する価値はない。一方、隆宏なら与しやすしと踏み、ここぞとばかりに全力で狙ってくる恐れがある。

「心配すんな。馬場の弾《たま》はどこぞの落下傘《らっかさん》か、浦辺の身内だ。そんなんに負けるほどうちの後援会はヤワじゃねえ。ちゃんと手も打つ。第一、『佐賀一区には指一本触れさせねえ』って啖呵を切ったのは花織ちゃんだ」

久富に頼るだけでなく、わたしも何とかしないと。

「隆宏は堂々としてましたね」

「根性はたいしたもんだ」

「親譲りなんですよ」

「いつからおべんちゃらがうまくなった？」

花織はちょっとだけ首をすくめた。

「正直なだけですよ。オヤジさんが認める隆宏の見どころって根性だけですか」

信号が黄色から赤に変わり、花織は滑らかにブレーキを踏んだ。目の前の横断歩道は誰も通らず、『かごめかごめ』の曲だけが鳴っている。

「アイツが高校を中退した理由を知ってっか？」

「いえ。訊ねたこともありません」

「ま、訊かれても隆宏は言わねえわな。俺も本人に説明されてねえし。アイツは教師をぶん殴ったんだ。しかも徹底的に。学校側は謝罪を求めた。さもないと訴訟も辞さないっていう強い姿勢でな。隆宏が『絶対に謝らない』と言い張るんで、俺は事情を尋ねた。『理由は明かせない。訴訟になったら久富隆一の名を貶《おとし》めるけど、勘弁してくれ』って言うから、怒鳴りつけてやったよ。『てめえの素行不良ごときじゃ、俺の政治基盤は揺らがねえ』ってな。『ケリは自分でつけろよ』とも伝えた。そしたら何の相談もなく。翌日に退学してきた」

「話が急展開ですね。訴訟は？」

「ねえよ。だいたい向こうが悪いんだ。訴訟になりゃ隆宏が勝ったな」

「何があったんです？」

「お、トンビが二匹飛んでんぞ。あれ？　鷹《たか》かな？」

久富は手を額にかざして、フロントガラスの向こうを眺めている。風が強くなったためか、空は驚くほど澄んでいた。信号が青になり、花織はアクセルを静々と踏んだ。

それがさ、と久富が再び話し始める。

「生まれつき茶髪で天然パーマの女の子に、学校側が『規則だから』と黒髪とストレートパーマを強要したんだ。その子はハーフで瞳も青みがかってたから、黒のカラーコンタクトをつける指導もあった。挙げ句、『できないなら、スクール水着の映像を撮らせろ』って生徒指導の教師に要求され、撮影させちまった。水着の件は誰かに言ったら、ネットで公開すると脅されたそうだ」

「なんてめちゃくちゃな。大問題ですよ。逆にとっちめてやればいいのに」

花織は思わずハンドルを叩き、衝撃で微かにクラクションが鳴った。

「そりゃ、花織ちゃんみたく芯が強い人間ならできる。けど、そもそも卑劣な奴の牙は強い奴には向かない。いいか、問題の渦中にいても声を上げられず、社会に埋もれちまってる弱い立場の人間が山ほどいる。そういう点に目がいき、拾い上げられるのは本物の政治家に必要な資質だ」

「どうしていきさつをご存じなんです？　隆宏が話したんじゃないんですよね」

「アイツが学校を辞めた次の日だったかなあ、放課後に当事者の女の子がウチに来たのは。たまたま俺だけがウチにいてな。女の子は泣いてたよ。まず慰めるのに一苦労さ」

強面の久富が女子高生を慰めるのに四苦八苦する光景を想像すると、ちょっと笑える。

「携帯に二百人以上の名前を登録してんのに、事情を話せるほどの友達はいないし、共働きの両親にも打ち明けられなかったそうだ。放課後に街のファストフード店の片隅で泣いていた時、隆宏が話しかけてきたんだと。一度も話したことがなかったにもかかわらずな。女の子はなんでだか隆宏を信用して、全てを話した」

隆宏なら造作もなく聞き出せるだろう。弱い者の心を知っているのだから。

「アイツはその日に髪を真っ金々に染めた。カミさんは慌ててたよ。俺はよく似合ってると思ったけどな。翌日隆宏が登校すると、学校中が大騒ぎになったらしい。なんせ柔道部の主将で生徒会長だ。教師もさぞ驚いたろうよ。まず生徒指導の教師に呼び出された。けど水着の一件は言えないよな。ネットで公開されるだけじゃなく、教師と一線を越えたらしい――みたいな噂もたって、彼女が余計傷つきかねない。で、口論があり、ぶん殴るに至った」

悠然と語る久富の姿が、ルームミラーに映っている。

「退学したもんは仕方ねえ。問題はその先どうやって生きていくかだ。退学後、かなり本を読んでたし、アイツにとって大事な時間になったんじゃねえかな」

子も子なら親も親だ。ここまであっけらかんとされると、いっそ気持ちいい。そういえば隆宏の愛読書は何だろう。今度訊いてみよう。

「どうしてわたしに話してくれたんです？」

「先行き不透明な世界で、花織ちゃんには隆宏を支えてもらわなきゃいけねえんだ。アイツの根本を知っておいてほしかった」

「とっくに知ってましたよ。先が見えないのも、どんとこいです。何もかもわかっていたら面白くもなんともない」

「おお、そうかそうか。まあ、まずは……」久富の声音が重々しくなった。「事態がどう動くのか見ものだな」

　事務所に戻ると、もう帰京の時間だった。

　福岡空港には隆宏や父親、山内だけでなく、地元の記者も集まっていた。彼らはすぐさま久富を取り囲んだ。誰かが、政界引退の意向を発表されたのは本当ですか、と急《せ》き込んで尋ね、久富が鷹揚に返した。

「事実です」

　後援者から報道に情報が漏れたのだろう。特に口止めもしていない。馬場陣営もすでに耳にしているはずだ。

「総裁選の敗北が原因ですか」

「いえ」

「では、なぜこのタイミングで？」

「飛行機の時間が迫っているので、ここは失礼します」

久富はあっさりと切り上げ、くるりと背を向けて搭乗口に進んでいく。花織たちも後に続いた。

約一時間半のフライトを終え、羽田空港の到着口を出るなり、記者団が待ち構えていた。福岡の記者から一報を受けたのだろう。テレビカメラも来ている。

記者の一人が引退理由を尋ね、久富が厳粛な表情で口を開いた。

「体調不良です」

え？

「実は肝臓ガンでね。ステージ三だそうです。いつぽっくり逝くかわかりませんので、引退宣言だけはしておこうかと」

花織は思わず隆宏を見た。隆宏も目を広げている。かたや山内と父親は取り澄ました顔だった。あの二人は知っていた――。

「それほど深刻な体の具合で、一国の総理が務まるとお考えだったんですか」

「記者さん、人間ってのは案外強いもんですよ。私は四年近く抗がん剤治療してます。その間、鈍い言動がありましたか？　政治的に失敗しましたか？　皆さんが私の健康に不安を覚えた場面はありましたか」

記者が言葉に詰まっている。

まだまだ勝てないな、と花織は歯嚙みした。久富の腹芸を読み切れなかった。

総裁選の結果はどうあれ、父親が病気というだけで隆宏にはプラスに働く。敗れても、その後の行動次第で『総裁になれなかった悲劇の男の息子』として隆宏に同情票が入る。総裁選に勝っていたら、久富が道半ばで死亡しても『重病を押して国事に奔走した』と箔がつく。結果的にどっちに転んでも、隆宏が得をする。こんなしたたかな計算が総裁選出馬にあったのだ。

「闘病に費やす時間が減っても、私はこの国の政治を正したかった。引退まで全力を尽くします。引退後は長生きできるよう、精一杯あがきますよ」

久富は殊更胸を張った。

他に誰が久富の病気を知っていたのだろう。病気の事実を馬場に悟られなかったのは、一矢報いた恰好だ。馬場なら陰に陽にこの点を突いてきた。そうだ。この線から誰が久富を裏切ったのかを追えるかもしれない。

炙《あぶ》り出せた時、どう決着をつけよう。挽回のチャンスを与える？　何事もなかったかのように飼い馴らす首輪にする？

どうするのが隆宏にとって一番得策なのか。

「驚いたぜ。本当に次の選挙で引退すんのか」

遊佐が軽く身を乗り出した。

花織は久富のお供として、羽田空港から直接遊佐の派閥事務所にやってきた。ソファーセットで対する二人を、花織は壁際から眺めている。

「武士に二言はねえ」

「いつから武士になったんだよ。「ちょんまげも刀もねえくせに」

「心が荒武者なんだよ」久富が肩を上下させた。「悪いな、幹事長サマに報告する前に記者に話す状況になっちまった」

「よく言うぜ。俺に引き留められないための計算だろ」

「そんなに自分を買い被ってねえよ。たまたま立ったまま死ねる機会が巡ってきただけだ」

「弁慶の立ち往生気取りかよ」遊佐が茶化す。「お前らしいよ。死んで喜ぶ奴もいるだろうな」

「そいつは政治家冥利に尽きる。敵もいねえ政治家なんて何もしてねえのと一緒だ。だいたい政治家が死んだところで、誰も本心から惜しんでくれねえしな」

「因果な商売だよなあ。弱みになって政治家生命にかかわる以上、本当の病名は明かせない。お前は大した役者だ。本当に体が悪いのか？　この前も結構酒飲んでたよな」

「まだ平気だよ。まあ、酔うために飲む日はなくなったな。今は心を落ち着かせたい時に飲むだけだ」

「そうかい」

遊佐は寂しそうだった。

「俺が痩せたのに気づいたのは正明だけだ」

そういえば総裁選出馬挨拶の際、遊佐は指摘していた。

「ところで、正明は今回の改造内閣も党の幹事長だよな？」

「ああ、内示は受けた。発表は週明けだ」

「今日はふたつ頼みがあって来た。一個目は繁和会についてだ」

「派閥の連中には引退の考えを話してたのか」

「何も言ってねえ。事務所は今頃、方々からの問い合わせで大変だな」

山内と父親が急ぎ、羽田空港から議員会館事務所に戻っている。電話対応係として大坪にも召集がかかっていた。

久富がつと真顔になる。

「俺の引退後、繁和会の面倒をみてくれ。御子柴が出ていき、仕切れる奴がいねえ。ふらふらしてたら馬場に切り崩されちまう。遊佐派に呑み込むんなら、呑み込んじまっていいぞ」

「バカ野郎、腹を下すだけだ」遊佐が手の平をゆらゆらと顔の前で振る。「うちの派閥と提携って形で、繁和会の今後に目途がつくまで面倒みよう」

なるほど。繁和会を同化してもいいとの発言は、今の言質《げんち》を引き出す呼び水だ。派閥は荒波打ち寄せる政界を泳ぎ切るための船同然。おいそれと他人に譲り渡せる代物じゃない。いささか胸がすく思いだった。御子柴は派閥を割って出る時期を見誤った形になる。待っていれば派閥が丸ごと手に入ったのに。

「かたじけねえ。次だ。俺の後は隆宏が継ぐ。党の公認を頼む」

「わかった」

遊佐は言下に返した。

馬場を佐賀一区に寄せつけない一手なのだろう。

よろしくお願いします、と久富が殊勝な声を発し、深々と頭を下げる。

「明日は大雪だな」遊佐がしみじみ言った。「お前のそんな姿を見んのは、俺たちが新人議員だった時以来だよ」

「単に、電柱や野良犬にもぺこぺこ頭を下げるのはご免なんだよ」久富が顔を上げる。「必要な時は相応の振る舞いをする。俺は明るく、礼儀正しい男なんだ」

「地はそうだな。長年、わざと横柄な奴だと周りに思わせたんだろ？　選挙や何やらで、いざ下手に出た時、『あの久富先生が頭を下げた』って印象づけられる。やっぱりお前は演技派だ」

花織は愕然《がくぜん》とした。わたしが幼い頃、レストランで従業員にオレンジジュースを買いに走らせたのも演技の一環……。第一線にいる政治家の真骨頂を見た思いだった。わたしも負けられない。

遊佐の派閥事務所を出ると、辺りはひんやりと鋭い夜気に包まれていた。夜空には星一つ見えない。鳥留なら今頃、無数の星が見えているのだろう。

周りにひと気がないのを確認して、花織は小声で尋ねた。

「オヤジさんの病気を知っていたのは誰ですか？」

＊

「バッジといっても、辞めてしまえばただの人。久富はもうバッジを半分返上したも同然です。立件するぞと意気込んでも、時間がかかれば無意味になりかねない。元議員の立件なんて見向きもされませんからね。うちの上は振りかぶった拳をどうするんでしょう」

有馬はなかば他人事のようだった。明日の聴取準備をしていると、ＮＨＫのニュース番組で小原と有馬は久富の引退意向を知ったのだ。

「検事はどうお考えに？」

「お手並み拝見といったところですかね」

特定の人間の「意思」で動く権力。この後、どう出るのか。

テレビのニュースが別の話題に切り替わった。途端に電話が鳴り、小原は素早くすくいあげる。次席の今林だった。有馬検事室には担当副部長や部長の鎌形よりも、今林からの電話の方が多い。有馬に取り次いだ。ええ、はい、承知しました。受話器を置いた有馬が首を傾げる。

「明日の聴取は延期になりました。先方の体調不良で」

「延期というと、次の予定は？」

「未定です。つい先ほど、うちの窓口に連絡が入ったそうで」

「うちの窓口は誰なんですか」

さあ、と有馬は呑気に言った。こちらの窓口は間違いなく赤レンガ派だ。赤レンガ派の「意思」は馬場の「意思」でもある。

「先方は入院を？」

「いえ。そうは言ってませんでした」

「事実上、久富ラインを放棄するという意味でしょうか」

ただの延期なら、入院などの事情が相手にない限りは、仮で予定を押さえておく。それすらしていない。指示もない。

「判断が難しいところです。普通、放棄するなら延期とは言わず、中止と言います。中止の意図を含んだ延期なのかもしれません。官僚は語句いじりが好きですからね。偉くなればなるほど」

「先方は本当に体調不良なんですかね。やけにタイミングが良すぎませんか。久富が引退発表した日ですよ」

「その通り」有馬が指を鳴らす。「久富がこちらの動きに勘づいて防御に走ったのか。あるいは馬場がもう手を下すまでもない、と判断したのか。もしくは――」

有馬は口を閉じた。小原は思考を巡らすが、有馬が口に出さなかった続きには行き着かない。

「様々な思惑が錯綜して、事態が目まぐるしく動いてますね。まあ、明日はゆっくり休みましょう。私は久しぶりに読書でもしようかな」

有馬は朗らかな口ぶりだった。小原は腰を浮かせて居住まいを正し、腹を据える。

「……そう、赤レンガ派に伝えればいいですか」

「はい？」

「ご存じなんですよね。私が赤レンガ派に接触してるのを」

どちらも視線を逸らさず、十秒、二十秒と過ぎていく。有馬がゆったりと微笑んだ。

「というと？」

「私は知らないうちに、有馬検事に取り込まれていた。検事は赤レンガ派が私に近づくよう、彼らを動かしたんですよね。次席や部長と会うたびに私を同行させた結果、私は検事の手の平で踊ることになった。以前、次席検事室で急に話を私に振ったのも、次席に私を印象づけるためです。私がエスになれば、流したい情報と流したくない情報をコントロールできる。こう考えれば、次席検事室だろうと特捜部長室だろうと、私を連れ歩いた意味が通ります」

微笑みを湛《たた》えたままの有馬の顔を、小原は真っ直ぐ見据え続ける。

「検事は、以前特捜部で組んだ立会事務官が総務に引っ張られた人事で、赤レンガ派の影を確信されたのでしょう。そこで今回、逆手に取った。検事の狙い通り、まんまと赤レンガ派は動いた。しかし、私は断ることもできた。私は彼らに屈したんです。派閥抗争を避けるだけで、思考停止していた報いでしょう。戦う選択肢なんて頭をよぎりもしなかった。今は違います。このまま言いなりになるのはご免です。私は抵抗したい」

——たった一人で大勝負に勝つのは難しいでしょうね。

有馬の一言がきっかけで、小原は自分が道具とされた可能性に気づいた。ただし、有馬が自分を利用しているのなら、自分も有馬を利用すればいいと思い至った。いや。積極的に利用してやろう、という心境になった。

派閥抗争に潰された検事のためにも。

あの検事に課された宿題という気がする。『早く検察の信頼を回復して、司法で社会貢献しましょうね』。自分はあの検事の言葉を字面でしか受け止めていなかった。あの言葉にかこつけ、怯《おび》え、逃げていた。そして、赤レンガ派の手に組み伏せられた。

人にはそれぞれ逃げ場がある。いじめ、ブラック企業、暴力をふるう配偶者などに追い詰められたら、その場から逃げればいい。

しかし、逃げてはいけない時、立場、場合もあるのではないのか。特に社会や人命に関わるケースでは。例えば、生徒のいじめ問題を知った教師、労働環境を改善できる企業や役所、ナイフを持って誰かを追いかける輩《やから》を発見した警官。そして――。

今、自分もその岐路に立っている。何度も「意思」で動く力の暴走を誰かに食い止めてほしいと思った。同時に、その誰かがいない現実もわかっていた。立ち向かう時だと、無意識に思っていたのだ。そんな時、有馬の言葉があった。

いつまでも怖いものを怖いままにしてはいけない。目を背けたままでは、怖さを制御できる答えも見出せない。このままでは自分だけでなく、より多くの人が潰される。赤レンガ派の「権力の私物化」は、馬場の「権力の私物化」の流れにも繋がっているのだから。

有馬は、他にも色々な人を利用しているはず。その力を活用すれば、自分一人での戦いではなくなる。赤レンガ派に対抗できれば、馬場の動きを少しは鈍らせられるだろう。『鍬の一振り、一本の杭』が、いずれ大河川の流れも変えるように。

有馬が微笑んだまま、小さく首を傾げた。

「抵抗したいなら黙ってすればいいのに、なぜわざわざ私に明かすんです？」

小原は深く息を吸った。すべては推測に過ぎず、有馬の狙いは見当もつかない。今回の小原の宣言が赤レンガ派に伝わる恐れはある。しかし――。

「私の矜持《きょうじ》です」小原は強く言い切った。「私の本分は、検事の仕事を補助すること。私が述べた推測通りなら、これで検事は私への発言や振る舞いに気を遣わずに済むでしょう。読み違えでも、私を利用しやすくなります。どちらにしろ、より業務に集中してもらえる」

自分は立会事務官だ。立会事務官として、社会貢献する本義は曲げられない。

——自分の立ち位置で勝ち抜かないと。

先日、有馬に言われた。結局、自分は有馬の手の平の上にいる。それでいい。自分には有馬のような頭脳はないが、持ち場ならある。

検事を、東京地検を支えるプロとしての持ち場が。

有馬の微笑みは微塵も揺らがず、隙がなかった。

「お好きにして下さい」

2

「連絡もせんで、なんしにきたと」

目を剝く相手に花織は毅然と返した。

「榊原さんに会いに」

朝一番の飛行機で佐賀県にやってきた。昨晩のうちに久富には承諾を得ている。

——明日、体調不良になります。

——計画的体調不良? 便利な体だな。

久富は笑っていた。

午前九時前、鳥留市の地元事務所には二人だけだった。外は良く晴れていて、換気したばかりなのか、居間を改造した事務室も清々しい空気で満ちている。榊原は神棚の真下にある自席で黒革の椅子に座り、花織はその真向いにパイプ椅子を置き、対していた。

榊原の手が億劫《おっくう》そうに伸び、卓上の日めくりカレンダーを乱暴に破る。今日、十一月十八日の日付になった。

「東京のもんにはわからんやろが、地元は忙しか。特に日曜は。用件を、はよ言わんね」

「お忙しいのは、後継者レースの地固めですか」

「そいはオヤジが決める事柄たい」

「仮に榊原さんが後継者になるとしましょう」花織は正面の目をじっと見据える。「所属派閥はどうします？　繁和会ですか？　馬場議員の清明会？」

「なんば言いよっとッ」

榊原が声を張り上げ、腰を浮かす。花織は凝視したまま一ミリも動かない。心に根が生えたように胸の奥はどっしりと落ち着き、頭の芯は白々と透き通っている。

「榊原さんが馬場議員と繋がっているのはわかってるんです」

「なんをッ」

榊原が手の平を机に叩きつけた。花織は冷ややかに告げる。

「早めに認めた方が情状酌量の余地も出てきますよ」

「せからしかッ」

しばらくにらみ合った。榊原が憤然と鼻から息を吐き、座り直す。

「そげん愚弄《ぐろう》すっとなら理由ば挙げんか」

「承知しました」花織は顎を引いた。「馬場はオヤジさんの総裁選出馬意向を表明前に知っていた。だからこそ思い止まるよう説得してきた。久富側の誰かが、あらかじめリークしてたんです」

「だからなんね。おいには関係なか」

「話はここからです。発表前日までに、オヤジさんが総裁選出馬の意を固めた――と知ってたのは誰か。隆宏、わたしの父、山内さん、榊原さん、八尋さん、派閥の主要メンバーです。派閥の主なメンバーには当時繁和会にいた御子柴議員、その秘書の関根さんも含みます」

ここで遊佐の名は出さなくていい。遊佐が馬場に通じてない点は、久富がすでに証明している。

「そいじゃ御子柴たい。あいつは馬場のもとに走った。裏切り者じゃなかかね」

「普通はそう思います。でも御子柴議員を含めた派閥メンバーは、リーク容疑者から外せるんです。まず残ったメンバーには動機がない。オヤジさんが負ければ、自分が不利になるだけなので。次に出ていった御子柴議員らについてですが、あらかじめ伝えては馬場に売る恩が減る。いざ総裁選となり、頃合いをみて自分たちを高く売りつける方が得策です」

「裏づけがなかろうもん」

榊原は木で鼻を括ったような態度だった。

「ありますよ。関根さんです。関根さんがどうして倒れたのか。御子柴の意向を知りつつも、止められなかった心労からです。最後まで説得に努めたんです。オヤジさんの出馬を心から喜んでいたのが、何よりの証拠。はなから御子柴と馬場が通じていたなら、筆頭秘書が知らないわけがない。わたしたちに公言しないまでも、関根さんは振る舞いや言葉の隅っこに何かしらシグナルを発してきたでしょう。オヤジさんが馬場をあしらったことに、あれほど喜べるはずもない。関根さんの性格は、榊原さんもよくご存じの通りです」

花織は昨日久富を自宅に送った後、関根の病室に駆け込んだ。規定の面会時間は過ぎていたものの、関根夫人のとりなしもあり、潜り込めた。関根は頷きで、今の考えを認めてくれた。

しんとした。

「次にいきます。オヤジさんの病気に関してです。馬場が知っていれば、総裁選で必ず突いてきたでしょう。なのにしなかった。知らなかったからと考えるしかない。したがってリークした者を考える上で、誰がオヤジさんの病気を知っていたのかが重要になります」

榊原の形相は変わらない。花織は淡々と切り込む。

「本人と久富夫人を除くと、三人でした。わたしの父、山内さん、八尋さん。この三人はリーク容疑者から消えます。残すは隆宏、榊原さん」

「そいで？」

「佐賀総合通商をご存じですね」

「知らん」

「大村康子さんの口座に五百万円の入金がありました」

榊原の頬が引き攣った。

昨晩、久富自身に病気の事実を知っていた人間を聞いた。榊原が裏切ったとの結論を導いた後、念のために確認作業をした。書類の精査だ。元々、佐賀第一銀行で名前が出た大村康子が何者かを突き止めるべく、書類を確認していた。その確認範囲を榊原にまつわる資料に絞った。花織が作成した、他の秘書やその身内も含めたチャート図が役立った。

大村康子は榊原の妹――。

「妹さんは即日、その五百万円を引き出してます。何に使ったのか、誰に渡したかまでは残念ながらわかりません。肝心なのは佐賀総合通商に五百万円を振り込んだのが、神秘交霊会というペーパーカンパニー化した休眠宗教法人という点です。神秘交霊会の持ち主は現在、浦辺の筆頭秘書である内村の親族です。榊原さん、まだ白《しら》を切り続けますか」

「妹が浦辺と関係ある企業と付き合《お》うてただけじゃなかか」

「専業主婦がペーパーカンパニーから五百万円も受け取る付き合いを？」花織はここで声色を緩めた。「ただ、このままでは犯罪とは言えません。榊原さんの言う通り、正規の取引かもしれない」

「そしたらごちゃごちゃいうな」

「今が引き時ですよ。これが最後の通告になります」

ぐうっと睨みつけ、花織は声を低くした。

「妹さんの旦那さん、息子さんご夫婦、娘さん。皆さん、ヤヒロ系の会社にお勤めですよね」

チャート図を作る際、こうした細かい点も書き込んでいる。会社員時代からの習いだ。

「貴様……」

榊原が歯を剝いた。花織は冷然と微笑み返す。

「最初に弓を引いたのはそちらです。オヤジさんの周囲に妙な動きがあった場合、即、わたしは手を打ちます。全力で榊原家を潰します。悪いことは言いません。馬場派に鞍替えするのはやめた方がいい。浦辺と手を組むなんてもってのほかです」

「おいの人生はおいが決める。余計な口出しはせんでよかッ」

事実上の自白――。

「榊原さんの判断にご家族の命運もかかっている点をお忘れなく」花織は、榊原の執務机に両肘をついて手を組み、そこに顎をのせた。「そちらが矛を収めれば、わたしも八尋さんに榊原さんの所業を言いません。ご家族は今後も安心して働いていけます」

榊原は無造作に腕を組むと、唇を引き結び、目も瞑った。花織は視線を据え、ただ待った。カチ、カチ、と壁かけ時計の秒針が動いていく。馬場派の息がかかった企業に転職するにしても、榊原の親族は住み慣れた鳥留市を離れないといけない。それを肯《がえん》じるのか。榊原の生え際から汗が幾筋も流れていく。榊原は汗を拭おうともしない。遠くで犬が鳴き、秒針の音が聞こえなくなる。

榊原が目蓋を上げた。意を決したような眼差しだった。

「おいが後釜から引けばよかか」

「いえ」花織は組んでいた手から顎を離した。「すべて話してもらいます。榊原さんが馬場派のためにしたこと、これからすることを余さず語って下さい」

「すべて？　どうやってすべて話したと判断すっと」

「わたし、勘がいいんです。裏返せば、榊原さんの命運はわたしの勘というアテにならない感覚が握っています。素直になった方が身のためですよ」

「話すんは苦手でな。質問せんね」

そんな人が政治家になろうとすべきじゃない。花織は胸中で減点一とつけた。

「榊原さんは長年、オヤジさんを裏切ってきたんですか」

「なんをッ」榊原の頬がたちどころに紅潮する。「みくびんな」

「でしょうね。もしそうなら誰かが気づく。東京の目が届かないといっても、限度があります。八尋さんの目についたり、もっと早く馬場派がオヤジさんに取って代わる動きがあったりしたはず。榊原さんが馬場派と通じたのはここ数年、あるいは一年以内の話ですね」

「ああ」

「声がかかったんですか、榊原さんが近づいたんですか」

「今までも何回か誘いはあったばってん、今度はおいからたい」

自分が不利な立場にいても、己が裏切り者だと告白するのはなかなかできない。榊原は今のところ正直に応じている。

「どうしてオヤジさんを裏切ろうと？」

「青春の残骸《ざんがい》だけで、人は生きていけん」榊原はまるで悪びれていない。「このまま人生を終わりとうなかった。久富のために働いた人生が虚しくなった。おいは、おいのために生きとうなった」

「別の道を歩みたいだけなら、裏切らなくてもいい。ご自身が議員になる気だったんですね」

「老い先短かかもんの乱心と思うか？」

「わたしは榊原さんじゃないのでわかりません。政治家になって何がしたかったんです？」

「特になか。ばってん、おいにも務まる。そん時の流れで大量生産されるなんちゃらチルドレン、なんたらガールズなんてもんが蔓延《はびこ》る世界なんてちょろか」

「それだけですか？　オヤジさんを裏切った理由はもう一つあるでしょう。むしろそちらの方が重たいのでは？　わたしはすべて話すよう申し上げたはずです」

榊原が喉を鳴らして唾を飲んだ。

あなたが、と花織は淡々と突きつける。

「最近浦辺側の企業を切り崩せたのは、不当な口利きをしたからですね。その代金が榊原さんの手首に巻かれた金無垢のロレックスに化けた」

「なんを根拠に……」

「それは榊原さんが切り崩したんじゃなく、馬場派の策略ですよ。その企業は馬場の意を受け、久富側への鞍替えを餌に榊原さんに近寄った。これまで何度か裏切りの打診があったんですよね？　その変形バージョンです。榊原さんはまんまと相手の策に嵌《は》まり、不当な利益を得た。馬場はそこに食いつき、榊原さんはオヤジさんを裏切るしかなくなった。榊原さんが明かせなかったのは、口利き料を懐に入れた件が犯罪に当たるからです」

　榊原の顔が白っぽくなった。減点二。急所を突かれれば顔色が変わってしまう男。

　花織は平板な声で指摘を続ける。

「当該企業は浦辺、馬場に十数年献金してます。一度の口利き程度でオヤジさんに鞍替えするはずがない。近づいてきた目的があるに決まってます。榊原さんの手堅い服装に対して、派手で新しい時計。オヤジさんを裏切った事実、浦辺の政治資金収支報告書の記載。この三つを合わせて考えれば、いま申しあげた結論に至るしかない」

　がっくりと榊原の肩が落ちた。全身が震えている。花織が黙したまま見つめていると、やがて榊原が口を開いた。

「……アンタの言う通りたい」

「馬場は、本当に榊原さんを佐賀一区の議員にする気だったんですか」

「ああ。内村——浦辺の筆頭秘書の弟ば通じて話をつけた」

「手土産は何です？　総裁選出馬の意向を漏らしたくらいで、馬場が諸手《もろて》を上げて迎え入れるとは思えません。長年の政敵です。罠と勘繰られても不思議じゃない」

「そいは……」榊原は顔を歪めて言った。「オヤジの裏金の流れば特捜部に話す約束やった」

　たちまち花織の全身が引き締まった。

「榊原さんは金庫番じゃない。どうやって知ったんです？」

「詳細は知らん。ばってん、自分が関わった分は知っとる。地元企業からの写真、地元県議への焼き増しには何度も絡んだ」

国家老なら当然か。榊原は、八尋の対応も一手に引き受けてきたのだ。

「その手土産への見返りは後釜の座だけでなく、妹さんへの五百万円もあったんですね」

「ああ。ゆくゆく選挙資金にせんね、と」

「特捜部とはもう接触を？」

「今日の予定やった」

「なぜ東京に行かなかったんです？」

榊原はいったん目を伏せ、やがて力なく顔を上げた。

「オヤジが政界引退ば発表したからったい。中継ぎで古参秘書ば据えるちゅう言及もあった。おいも底なしのアホやなか。馬場に土壇場で切り捨てられる恐れもある。オヤジに選ばれる方がリスクは格段に減る。そいで体調不良やち、電話ば入れた」

見えざる力を感じる。あれはわたしが久富に頼んだ一言だ。あの時点で、久富の総裁選出馬意向を馬場派にリークした疑いがあるのは父親、山内、榊原だった。隆宏と八尋も事前に知っていたけど、隆宏は真正面から禅譲を迫ったことで、八尋は佐賀第一銀行に一緒に乗り込んだことで省ける。どちらも久富追い落としを謀《はか》る者の振る舞いじゃない。そこで、父親、山内、榊原が馬場派に通じるなら狙いは久富の後釜に座ること以外ない――と睨み、しばらく彼らの口を止めるべく、禅譲発表する時は古参秘書を中継ぎにする旨を言うようお願いしていた。狙い通り、裏切り者の榊原は自分が中継ぎに選ばれると踏んだ。花織の父親は出ないと明言したし、山内も体にガタが出ていて無理だ。

「特捜部との接触はこのまま控えて下さい」

「わかっとる。こっちからは行かん。ばってん、相手がこっちに来たらどうにもならん」

その通りだ。何か手を打たないと。また、榊原は何度か誘いがあった、と言った。馬場派は常に久富の地元スタッフ懐柔を狙っている。

やるかやられるか——。こちらに手を出せばどうなるか知らしめないと。

「鳥留の工業団地脇の広い土地にも、馬場の息がかかってるのはもうご存じでしょう。でも、榊原さんは何も動いてませんよね。オヤジさんを売る気だったんですから。八尋さんに問われても、総裁選の対応や後始末で忙しいなどと言い訳もできます」

榊原は反論せず、言われるがままこちらを力なく見ている。花織は粛然と続ける。

「あの土地は神秘交霊会が所有してます。購入に動いている葵財閥グループは馬場の大きな資金源。最終的に裏切るつもりだったとしても、最近まで動きに気づかなかったのは榊原さんの失態です。彼らが土地にどんな工場を建てるのか探って下さい。さもないと……」

「怖か女たい」

「ええ。わたしは甘くありません」

怖い女。この数日、何度も言われている。


佐賀から東京の議員会館事務所に戻ると、隆宏が自席にぽつんと一人で座っていた。

「何してんの？」

「電話番。全然かかってこないけど」隆宏がネイビーのソリッドタイを緩めた。「オヤジの引退発表は早くも一段落ついちまったな。花織、今日こそ休みじゃなかったのか」

「野暮用があってね」

キャスター付きの椅子を引き、花織は隆宏の隣の自席に腰かけた。小学校、中学校と見慣れた横顔が今日もそこにある。

「幼稚園の頃に二人で肝試ししたのを憶えてる？」

「そういやあったな」

「お化けより人間の方が怖いって言うけど、本当だね。お化けは人間を裏切らない」

「政界じゃ裏切りなんてざらだもんな」隆宏が椅子ごとこちらを向いた。「だからこそ、俺には花織が必要だ」

周囲から、世界から音が引いていくようだった。息を深く吸い込み、花織は姿勢を正す。

「わたしも望むところです。わたしが隆宏の秘書に、金庫番になります」

声に、全身に、心に力を込めて伝えた。久富には禅譲表明の場で指名されていたけど、自分の意志を面と向かって隆宏に話していなかった。

互いの決意を噛み締めるように、二人はしばらく無言のまま向き合っていた。隆宏には知っておいてほしい――。

花織は瞬きを止め、再び口を開いた。

「最近、日本初の司法取引があったでしょ。わたしは、あの事件が生まれる場にいた。上司が人柱になる姿を見たの。自分だけ仕事を続けるわけにいかないと思って、会社を辞めた。犠牲や汚さがないと動かない社会の仕組みに嫌悪感も覚えた。でも、真正面から見るべきだと思って久富事務所に、政界に入った。今度は関根のおじさんが政治に、社会に潰されるのを見た。個人が社会の犠牲にはならない世の中にしたい、と心から思った。隆宏ならできる。そう信じてる。だからわたしは伴走する」

ひと呼吸分の間があり、隆宏が深く頷いた。

「話してくれてありがとう。俺の理想と花織の理想。価値観が共有できるパートナーがいて、心強いよ。まだ花織が孤軍奮闘してるって感じだけどさ」

すっ、と隆宏が右手を出してくる。かつて花織を助けてくれ、今は瘡蓋だらけの手を。幼馴染で、理想を共有する同志で、議員と金庫番というビジネスパートナーの手を。花織は隆宏の右手をしっかりと握り返した。

微笑みを交わし合い、長い握手を終えると、花織は尋ねた。

「隆宏の愛読書ってなに？　金庫番として把握しておこうと思ってね」

「吉田兼好《よしだけんこう》の『徒然草《つれづれぐさ》』だな」

「つれづれなるままに……って中学で習ったやつ？　内容はからきし憶えてないけど」

「普通はそうだろうな。授業で、こんなジジイになりたいって思ってさ。金がないだの米がないだのを伝えるのに洒落《しゃれ》を使える余裕に恐れ入ってね。高校を中退した後、暇だったから現代語訳もついた文庫を買って読んだんだ」

隆宏が背もたれに寄りかかった。

「読んでて良かったよ。吉田兼好のおかげで、今の日本の歪みを心底認識できたんだ。生産性や経済力で人は判断できない。してもいけない。その個人が国にとって何ができるのか、いくら税金を納めているのか、そういう点で価値を量るべきじゃない――ってね」

いい顔してるな、と花織は純粋に思った。

「吉田兼好だってさ」と隆宏は滔々と語る。「経済的にはあの時代の社会に、何の貢献もしてない。今の価値基準だと悪者にされる。こんな馬鹿な話はない。こうして語り継がれてんだ。吉田兼好的な人が普通に生活できる余白を、国は絶対に持っておくべきなんだよ。大きく言えば、何かに失敗した人、何の取り柄もない人、楽してズルする人、そういう多様な人たちをも包み込む余裕が、国には不可欠なんだ。清く正しく機転が利き、頭が良く、運動神経も抜群で、物事に真摯《しんし》に取り組み、成功し続けられる人なんて、ごくわずかなんだから」

「その実現が『誰も自分の境遇では泣かされない国』ってわけね」

「そのものずばりじゃないけど、一つの要素だな。国や人生には余白が要る。全て設計図通りの社会なんて、窮屈なだけさ。余白は国を豊かにする。無駄と余白は違う。努力した人間が報われる――正当な競争社会と両立できることだ」

隆宏は勢いよく身を起こし、右拳を机に落とした。

「自分の得になる結果だけを求める、そんな馬場的な考え方を早く叩き潰さないと。余白の根源とも言える、人間の思考過程を奪うんだから」

花織は頷き返した。今回の総裁選でも、思考を骨抜きにする選挙手法を導入する、という馬場の企てが垣間見えた。

隆宏の右拳がさらに力強く机に押しつけられる。

「実際、政府は着々と余白を奪ってる。効率、経済、合理性を大義名分にしてね。いまや学者ですら、短期的な成果を求められてる。本で読む限り、戦争中の兵士にそっくりだよ。生き残ることに集中して、他者への慮《おもんぱか》りも、物事を熟考する余裕もなくなる状況にさ。現代の戦場は日常なんだ」

「戦場……。みんなの頭が、政治のような面倒くさい事柄に向くわけがないね」

「ああ。余白のある社会に戻さないといけない。俺がやるしかない。世間的に見たら失敗した人間、余白の側にいる俺がね。ほら、世間の大半は高校中退を失敗だと捉えるだろ。誰しも過去の失敗の一つや二つを背負って生きてるはずだ。それが致命的な場合もある。だからって過去に生きる必要はない。俺が体現する。弱さや失敗があってこそ、人間なんだ」

隆宏の眼差しは真っ直ぐで、頼もしかった。ねえ、と花織は訊く。

「中退といえば、理由をオヤジさんから聞いた。その女の子、あんまり親しくなかったんでしょ？　見て見ぬ振りもできたじゃない。どうして教師に立ち向かう状況までに至ったの」

「仕方ねえよ。目に入っちゃったんだから。やるしかないだろ」

簡単にできる行為ではない。やはり、隆宏は『やさしさ』の政治家になる。『やさしさ』で日本を、世界を照らしてほしい。

「今度は俺から質問させてくれ」隆宏が穏やかに言った。「オヤジが今、俺に禅譲するのを決意したのは、花織が説得したからなんだろ。オヤジに聞いたんじゃない。母親が電話してきたんだ。金曜の夜に花織が実家に来て、色々話し合ってたみたいだってね。どんな手を使ったんだ?」

「わたしの強みをいかした」花織はインジウムの輸入策を話した。「その上で、隆宏の可能性を説明した。オヤジさんの思いは直接聞いて。それが礼儀だから」

「わかった。もう一つだけ教えてくれ。オヤジを説得する前、なんで言ってくれなかったんだ」

「インジウムの目途を少しでも早くつけたくて、話すタイミングがなかった。オヤジさんがこんな早く禅譲するのも予想外だったし。でも、いい機会だから言わせて。こういう足元の仕事はわたしに、金庫番に任せてほしい。今後は隆宏が知らない方がいいことなんて、山ほど出てくるはず。だから相談せずに動く時もある。その時も最低限の報告はするけど、わたしたちは持ち場が違うの。隆宏は隆宏で、強みをいかさないといけない場面がくる。その時に全力を尽くして」

「持ち場、か」隆宏の顔が引き締まった。「持ち場は違っても、思いは同じ」

「そう。思いは同じ」

花織の携帯電話が鳴った。液晶に榊原の名前が表示されている。榊原さんから、と隆宏に断りを入れ、花織は携帯電話を耳にあてた。

「いまよかか。例の件ったい」

「早いですね」

「面倒事はさっさと処理するに限るけん」榊原が事務的に続ける。「建設予定なんは、聞き慣れん物質ば扱う工場たい。何度聞いても憶えれんかった。今後のエネルギー問題ば左右するもんらしか。次の臨時国会で御子柴か浦辺が、そん物質は一社だけで扱うべきやなか、と一席ぶつとか」

聞き慣れない物質、浦辺、葵ファインテック。彼らが触手を伸ばした物質は——。

花織は携帯を握り締めた。不祥事を起こした企業——五葉マテリアルが国にとって、環境にとって、未来にとって重要な物質を一手に担うのは問題だ、という理屈を持ち出す気だ。もっともらしく聞こえるが、間違いなく裏がある。

馬場は信奉する新自由主義に基づき、市場に全てを委ねる姿勢を貫いてきた。バブル崩壊後も、最近ではリーマンショック後も。他方、久富は重要部分については、国がある程度介入すべきだと主張してきた。突如、馬場が久富の考えに近づき、柔軟性を持って問題に取り組みだしたとも思えない。表面的には久富の主張に基づいており、経産族も反対しづらい。馬場派は権益の一部をかすめ取ろうとしているのだ。このままでは資金面で馬場派との差を縮められない。むしろ大きな差をつけられる恐れがある。鬼塚が傷を負った意味もなくなる。

「そん聞き慣れん物質ば扱う会社にいた男が、重要な働きばしたそうたい」

ひょっとして。

「馬場が取り込み、別会社に転職させたのでは？」

「驚いた。ほんと勘がよか」

「特捜部が立件した話も出てますよね」

ああ、と榊原は言った。

五葉グループがかつてフラットパネルプロジェクトで大損害を被りかけた際、泣きついたのは馬場だったのか。馬場は五葉グループ、殊に五葉マテリアルで派閥争いがある事実を知った。今回、そこに付け込んで部長を取り込み、特捜部にデタチキスタン政府高官への賄賂をリークさせた。そして、部長を葵ファインテックに転職させ、ウカクリウムが生み出す莫大な権益を何の苦労もなく、横取りしようとしている。

「そん男、オヤジの出馬表明報告会にも潜入しようとしたばってん、知り合いば見かけてできんかったそうたい。慌てて背ェ向けて、早歩きで逃げたらしか」

部長――。鳥留駅前で見かけたのは偶然じゃなかった。先に部長がこちらに気づき、遠ざかったのだ。動きが急だったので、わたしも目に留まった。馬場に与すると決めた以上、部長は必死に駒となって動いている。

「よくそこまで聞き出せましたね」

「おいもそんだけ必死になっとっと」

ここまで聞き出せるほど、深く取り込まれているという見方もできる。

「こいで――」

「わかってます」花織は強い語調で榊原を遮った。「例の話、八尋さんには決して言いません」

通話を終え、携帯電話を机に置いた。

「隆宏、ちょっといい？」

花織は榊原が久富を裏切った点には触れず、ウカクリウムの重要性や自分が採掘事業に絡んだ要点に加え、切迫した局面であることを簡単に説明した。

「そうか」隆宏の顔が曇る。「御子柴か浦辺が口に出す前に何とかしないとな」

どうすればいいんだろう。花織は天井を仰ぎ見た。

「なあ、いつから榊原さんと連絡をとる間柄に？」

「色々あってね」

二人とも何も思いつかないまま時間が過ぎた。

夜、隆宏は久富が出席するパーティーに同席するべく、事務所を出ていった。花織は事務所で一人、テレビを眺めた。速報で新閣僚の名前が次々とテロップで流れている。ほとんどが再任で、御子柴も経産相の座に留まった。繁和会からは誰も閣僚に入らない。久富が総裁になっていれば、わたしも今頃は一秒を争う慌ただしい時間を過ごしていたのだろう。

御子柴が首相官邸を出て、記者に取り囲まれる映像が流れた。

「引き続き、職務に邁進して参ります。特に資源エネルギー政策には、資源エネルギー庁と力を合わせていきます。インジウムの問題は残念ながら進展しておりません。

二度とこうした状況に陥ってはならない。あらゆる物質の調達には様々なルートが必要です」御子柴がしかつめらしく力説している。「ウカクリウムという物質を皆さんはご存じでしょうか」

花織の視界はにわかに暗くなり、全身から血の気がひいた。

「今後、世界を一変させる可能性を秘めた物質です。現在、とある企業が単独で取り扱っています。まずその是正に取り組みます」

やられた。インジウムの問題で久富が名を再び上げても、効果は半減し、隆宏への同情が減ってしまう。馬場なら、御子柴が久富を使って危機を乗り切った、という筋書きを信じ込ませる情報を流す。今の会見での大臣方針は伏線に使える。

今後も馬場はしたたかに自分の強みを生かしてくるだろう。政官財界の奥深くまで伸びた、その影響力を。

ウカクリウム……。花織は奥歯を嚙み締めた。顎が痛むほど強く嚙んでいた。指をくわえて見ているだけなんてごめんだ。父親の教えもある。金庫番は汚れを厭わず、足の裏に何が刺さっても歩みを止めず、どんな怪物が目の前に現れても怯まず、道ですらない道を歩き続けられる足腰が要る――。早くも最初の正念場に立ったのだ。こんな時こそ、顔を上げないと。

わたしは負けたくない。馬場が体現する政治というバケモノにも、他人の犠牲や努力にただ乗りしようとする虫のいい連中にも。隆宏の、わたしの理想が実現した国を見てみたい。

頭の中で手持ちのカードを探っていく。わたしの強み、わたしにしかできないこと。ここで引き下がっては女が廃る。これまでの人生を賭けても何とかしたい。これまでの人生……。

がばっと花織は勢いよく顔をあげた。

わたしにしか切れないカードがある。

3

花織はカクテルグラスをそっと木製テーブルに置いた。抜群の味だ。ホワイトレディ。ナターシャが好きだった池袋のこの店では、花織はカクテルしか頼まない。相変わらず無愛想な中年の男性バーテンダーと若い女性バーテンダーの二人が、ＢＧＭもなく、三十センチ先の指先すら見えない薄暗い空間を仕切っている。

花織は四人が入れば一杯の個室に一人でいた。個室は店の最も奥にある。カウンター席に一人だけ男性客が座っていたが、個室の会話を聞かれる心配はない。男性客が座るのは店の入り口に近い席だった。顔もよく見えなかった。向こうも同様だろう。

ギッと個室のドアが開いた。

「驚いたな。バーに個室があるなんて」

「世の中には色々な需要があるんでしょう」

花織は有馬に微笑みかけた。この暗さではこちらの表情は見えてないだろうけど。

正面の椅子に有馬が静々と腰掛ける。まだ暗さに目が慣れていない様子だ。

「藤木さんからお誘いがあるなんて驚きましたよ」

「お忙しいのに恐れ入ります」

「いえいえ、ちょうど暇になったところでね。日曜日ですし」

花織は関根の入院先で有馬の名刺をもらっており、そこに手書きで記された携帯番号にかけ、呼び出していた。ちょうど暇になった……。有馬が榊原を聴取する予定だったのかもしれない。

女性バーテンダーが音もなく入ってきて、有馬は銘柄を指定せずにスコッチのロックを頼んだ。女性バーテンダーが個室を出てドアを閉め、音が消える。

「密談にはもってこいの店ですね」

「わたしもそう思います。ただ永田町には遠いので、政治家には不向きでしょう」

「折を見て私も使わせてもらおうかな」

「検事も密談が必要なんですか」

「ノーコメント。あ、事実上認めたも同然ですね」有馬はなおも軽い口ぶりで続ける。「久富議員の政界引退意向表明には驚きましたよ。お体の加減が余り良くないんですか」

「外から見る限りは特に。でも、本当のところはご本人にしかわかりませんので」

「ま、それはそうですね」

天気の会話でもしているかのようだ。有馬は久富に興味ないのか、単なる演技か。どう話を本題まで転がしていこう。まずは推測通りかどうかを確かめたい。

「わたしの方こそ驚きましたよ。司法でも密談が必要だなんて」

「どんな職種、分野であれ、人が集まった時に起きる現象は一緒でしょう」

「思い切った見解ですね」

「藤木さんならご理解いただけるのでは？」

含みのある言い回しだった。

失礼します、と女性バーテンダーがしなやかに個室に滑り込んできて、有馬の前にロックグラスを置き、ひっそりと退出していった。乾杯、と二人で胸のあたりにグラスを掲げる。一口飲むと、有馬がロックグラスをテーブルに戻した。

「思い切った見解といえば、私には人生の大きなターニングポイントがあったんですよ」

「参考までに教えていただけませんか」

「ご勘弁を。他人様に話す意味もないですしね」有馬が明るく拒絶する。「ただ、せっかくですので私にも断言できる一つの真理を披露しましょう。近頃、どんな業種の人達も『今は過渡期、時代の変わり目』とよく言う。他ならぬ司法もそうです。日本版『司法取引』、録音録画の義務付けなど色々と変わってきてますしね」

……もっけの幸いだ。向こうから司法取引を持ち出してくれた。わたしにとって有馬の胸中を量れるリトマス試験紙となるワード。

「いい方向に？」

「そう信じれば」

「会社のためにした行為なのに、会社にあっさり切り捨てられ、個人に責任が押しつけられる制度がまともでしょうか」

「その観点は改めた方がいいですね。内部通報制度はご存じですか」

「ええ、一応は。秘書の前は会社勤めでしたので」

不祥事を知る企業内部の人間が、組織の被害を最小限に抑えるためにしかるべき窓口や捜査当局、マスコミに通報する仕組みだ。五葉マテリアルでも導入されていた。

有馬が少し前のめりな姿勢になった。

「政府がガイドラインを発表したのは、もう十年以上前です。導入企業も多い。けれど、どれだけの内部通報があったんでしょう。内部通報者が村八分になり、退職せざるをえない状況に追い込まれた例も耳にします」

花織だってデタチキスタンでの賄賂を通報しようとは、微塵も考えなかった。自分の身が可愛かったからではなく、そもそも思いつきもしなかった。

「もちろん全面的に清廉潔白な世の中になんてなりっこない。いつも立派で傷ひとつない人生や生活はあり得ないんですから。ここでは、いくら制度を整えようとも卑劣な報復を考える連中が多い、という事実が大事なんです。最初からまともじゃないんです。したがって企業不祥事などを減らすには、日本版『司法取引』のような制度を取り入れるほかなかった。こうした制度の前では、人間は一つの文字情報に過ぎません。感情や事情は二の次で、いかにうまく法的に処理するかが優先されるんです。良し悪しではなく、これが現実です。会社に切り捨てられた、と捉えられるケースも当然出てくる」

有馬は体勢を戻し、ロックグラスを指先で弾いた。甲高く、いい音がした。

「もし司法取引を持ち掛けられるような材料をお持ちなら、喜んで話を伺いますよ」

本当に有馬が榊原を聴取する予定だったのかもしれない。

「まさか。ありませんよ」花織はさらりと受け流した。「今のお話だと、これまで光が当たらなかった真実が、日本版『司法取引』で明らかになるようには思えませんね」

「以前にも話した通りです。公判や捜査は、真実のある側面を照らし出すにすぎません。真実ほど多面的な事柄はない」

ここからだ——。

「司法への信頼が揺らぎそうですね」

「政治への信頼ほどじゃないでしょう。私のいる司法も藤木さんのいる政治も、どちらも信頼を取り戻さないといけない。長い長い道のりになるでしょう」

「その点には同意します」

「話を過渡期に戻しましょうか。少なくとも私が就職を考える時には確実に存在した。その類の意見は私が子どもの頃から聞いた気がします。子曰《しいわ》く『これからはパソコン、インターネットの時代だ』ってな具合です」

「わたしが就職活動していた頃も『過渡期、時代の変わり目』と言われてましたね」

「今後も言われ続けますよ。世の中は常に過渡期なので。けれど、人間は少し違う。確実に変わるターニングポイントが必ずくる。ひょっとすると藤木さんにも訪れているかもしれません」

　この男、油断ならない。あえて司法取引の話題を持ち出したのでは……。そらとぼけた口調で手を替え品を替え、搦《から》め手で久富の裏金の端緒を探ろうとしている？　わたしのターニングポイントは裏金をこの手で扱った時だ。花織はそんな事実はおくびにも出さず、物柔らかに切り返す。

「すぐにターニングポイントだ、と判断できるんですか」

「なるほど。確かに、私も直ちに察したんじゃない」キャンドルの灯りがぼんやり照らす有馬の口元が緩んだ。「振り返ってみると自分の足跡があり、その出発点だったという感じです。しかも足跡は、驚くほど右に左にとふらふら曲がっている。着実に一歩ずつ進んできたつもりなのにね。誰の人生もそうなんでしょう。真っ直ぐ歩き続けられる人間なんて、皆無に等しい」

「わたしも歩みが曲がってますね。秘書になる前、五葉マテリアルに勤めてたんです」

ほう、と有馬の声音は摑みどころがないほど柔らかい。

「誰が本邦初の司法取引を取り仕切っていたのか、個人的に興味津々で」花織は声音をわざと軽くする。「こうして尋ねる手蔓《てづる》もありますし」

周囲が暗い分、花織の五感は研ぎ澄まされていた。有馬の面貌が仮面さながら動かないのを、全身で感じる。

「同じ特捜検事として、有馬さんは先日の判決をどうお考えに？　やっぱり真実は多面的だと？」

有馬はグラスに手を伸ばすと、口に運ぶ途中で思い出したように止めた。

「判決がどうあれ、その意見は変わりません」

有馬はウイスキーに薄く口をつけ、静かにグラスを置いた。では、と気をほぐすように屈託なく手を叩く。

「ご用件を承りましょう」

花織は一旦息を止め、細く吐き出した。目の辺りに力を込める。

「馬場派、具体的には一部上場企業や葵財閥系の名だたる会社による、佐賀二区の浦辺議員ら馬場派への迂回《うかい》闇献金、脱税の端緒をお話しします」

「面白そうですね」

発言とは裏腹に、有馬の穏やかな調子は一切変わらない。食いついてきたのか否か……。このまま進むしかない。活路はここにあるのだ。いくら特捜部といっても、久富を引退までに立件できる保証はない。同じ労力を使うなら、確実な現役議員の線を狙いたいはず。

花織は、浦辺の筆頭秘書の親族が所有する休眠宗教法人「神秘交霊会」が土地売買を全国で繰り返し、取引相手が馬場派に献金する企業ばかりだった件を淡々と伝えた。遠い世界の出来事を話している気分だった。

有馬は微動だにせず耳を傾け、花織の話が終わると口を開いた。

「興味深い話です。証拠はありますか」

「わたしは持ってません。特捜部なら関係機関に書類の提出を求められるのでは？」

「ごもっとも」有馬は数秒間《ま》を置いた。「ただ、気は進みません。政界の権力闘争の道具になるに等しい。私を動かして、馬場派に打撃を与えるおつもりですよね」

「見方を変えて下さい。有馬さんにとって悪い提案じゃない」

「そのこころは？」

「出世したい、と仰ってましたよね。これだけの不正献金を立件できれば、大きな手柄になります。他の仕事や面倒事をほっぽってでも取り掛かるべきです」

有馬はかすかに首を傾げた。

「なぜ私に？　たまたま面識があるだけで、普通はここまで踏み込んだ話をしてもらえない。正義感に駆られたのなら、正面きって検察に渡すはずです。法務委員会にも顔が利く久富議員なら、知り合いの一人や二人はいるでしょうに」

「以前、有馬さんも踏み込んだ話をしてくれました。こうしてわたしを取り込むためだったんでしょう。有馬さんはあの時、わたしを試した。法律全般の話を通じて、やんわり政治についても同じだと指摘したんです。あの時、意見が対立しましたよね。わたしを焚《た》きつけるための演技だったのか、本心だったのかはわかりませんが」

「おっと」有馬が大げさなほど肩をすくめた。「まだまだ私も修行が足りないな」

「わたしを取り込みたいワケも想像できます。偉くなって、司法の世界と政界に変革をもたらしたいのでは？　わたしを手駒の一つにしたいんでしょう」

有馬はこう言っていた。

――プロにもできることと、できないことがあります。

――歪んだ社会を是正するのは法律ではなく、政治の仕事です。

「はて。上にいけばいくほど生き物が生存できる環境でなくなると知っていても、人は大空や宇宙に憧れる。たかがそれだけのことですよ」

有馬は煙に巻くような物言いだった。花織はにっこりと笑い返す。

「たかがと言ってしまえば、全てがそうでしょう。たかが仕事、たかが学校生活、たかがスポーツ、たかがドラマ、たかが司法、たかが政治、たかが人生」

「そうですね。だからこそ思うままに生きた方がいい。となると、私が動く保証はありませんよ。むしろ公になるのを防ぐかもしれない。馬場派は権力を握っている。司法を含めた官僚組織は内閣にタマを握られてます。参考までにお伝えしておくと、検察というのは不起訴と決めたら徹底的に証拠の評価を否定的に解する組織です。資料を見て、無理だな、と判断すればてこでも動かない。我々が立件すると決めつけない方がいい。特に藤木さんは秘書になる以前、五葉マテリアルにお勤めでした。利害関係がありすぎる」

「有馬さんは動きます。動かざるをえない」

「なぜです？」

それは、と花織は淡々と突きつける。

「二つの事柄を足して、わたしが導き出した結論です。まず五葉マテリアルの件です。以前、司法取引にまつわる会話で有馬さんは仰いました。公判や捜査は真実のある側面を照らし出すにすぎない、司法取引だってそう――と。今もその意見にお変わりはない。次に関根さんの入院先でお会いした際のことがある。有馬さんはわたしに見覚えがあった。なぜでしょうか」

有馬の目がわずかに引き絞られた。

花織は内心で微笑む。あの時、大学時代のゼミの懇談会に有馬がやってきたことを確認しあった。有馬は懇談会以降にどこかで会っていないか、と尋ねてきた。有馬はデタチキスタン事業絡みの司法取引捜査に関わったのだ。資料に、デタチキスタン事業に携わる社員のデータもあった。そこにわたしの顔写真や履歴も記載されていた。だからわたしに見覚えがあった。関根の入院先ではわたしの素性を思い出しきれなかったのだろう。後日確かめたに違いない。

鬼塚が会社のために賄賂を渡した、すべて鬼塚が悪いわけじゃない——と有馬は認識している。それでいて鬼塚が責任を負うストーリーを良しとした。わたしがそこを当事者として国会やマスコミで責めれば、有馬は特捜部から零《こぼ》れ落ちる。検察側が認める認めないにかかわらず、司法取引にのっけからケチがついた責任をとらされるためだ。出世を望む人間には致命的な失点。有馬はわたしの提案に乗るしかない。

いつのまにか有馬は暗闇の中で、睨むというより射るような視線に変わっている。

「見込んだ通りだ。藤木さんは利用できるものをきちんと利用できる人です。腹を見せない話し合いもできる。この国でのし上がるには、絶対に不可欠な能力だ」

「買い被りすぎでしょう」

「私の見立ての正しさは時間が証明しますよ。ただし、ひとつだけ助言があります。大事な話をする際は、証人となる第三者を置いた方がいい」

検察だって官僚機構だ。派閥はあるはず。その争いを乗り切る秘訣《ひけつ》なのだろう。

「有馬さんはいつもそうされているんですか」

「ええ、心掛けています。リスクは減らしておくに限る。相手の立場がどうあれ、あまり他人を信用しすぎない方がいい」

「心しておきます」

有馬は口元を緩めてテーブルに肘をつき、両手の指を重々しく組んだ。

「世の中は勢力争いにあけくれてる。騙し合い、正面きっての取っ組み合い、不意打ち、椅子取りゲーム、知恵比べ、拳の撃ち合い、数字増やし。手を組むなら、腕と頭を信用できる人でないと。まあ、手を組むというか、今回は私が使われるというか」

「使う？　わたしは耳寄りな情報を提供しましたよ」

「ただの善意じゃないでしょうに」

有馬は今にも笑い出しそうだった。花織は会話を押し戻す。

「私心は誰にだってありますよ。肝心な点は、お互いにとって有意義な結果が導けるかどうかでしょう」

「私が動いたかどうかをどうやって確かめるんです？　実際は何もせずに、調べたけど証拠不十分で立件できなかった——と見せられる立場ですよ」

「政治や官僚が秘密裏に動いても、なぜか情報が小出しに漏れる場合がありますよね」

「ええ。世論を見極めるため、マスコミを通じて観測気球を上げる例も多い」

「検察だって例外ではないはずです」

「できるかなあ。これだけ大きな案件となれば、検察はごく一部だけで動き、一切を秘密裡に進めます。馬場派べったりの上層部もいそうだし」

「では、突破口となる浦辺の捜査についてだけ、早々に観測気球を上げて下さい。わたしは有馬さんが動いている、と確認できます。馬場議員べったりの上層部がいても、黙認するしかなくなるでしょう。世論は特捜部を応援しますよ」

有馬が深い息をついた。溜め息というより、深く吸い込むための準備運動のようだ。

「また何人も死人が出ますね。特に藤木さんのお仲間の秘書の方々を中心に」

「そうならないよう、司法取引をうまく活用して下さい」

「一本とられましたね」有馬はウイスキーを飲み干した。グラスの氷がカランと鳴る。「ちょうどよかった。押しつけられた嫌な仕事をせずにすむ、いい口実ができました。善は急げと言いますし、私は引き上げます。段取りを考えないと」

「よろしくお願いします」

花織は頭を下げた。しばらくしてから顔を上げると、有馬が苦笑していた。

「さっきの私の一言は余計でしたね」

「というと？」

「一筋縄じゃいかない人だなあ。あまり他人を信用しすぎない方がいい、という一言ですよ。藤木さんはもう十分に知っていらっしゃる」

有馬は自分の胸ポケットの辺りを軽く叩いた。二人で目を合わせ、声を出して笑いあった。ほんの束の間、二人揃って胸襟を開いた気がした。

「藤木さんは運がいい。今の特捜部は上と闘える人材が揃っている。検事だけでなく、補佐役の職員にもね」

「検事の補佐役というと、関根さんの入院先に一緒に来られた方ですか」

ええ、と有馬が深々と頷いた。信頼を寄せている様子が窺える。どうして今晩はいないのだろう。先ほども、大事な話は第三者を交えた方がいいと言っているのに。

有馬は悪戯っぽく片目を閉じた。

「今日も来てますよ。カウンターで見張ってくれてます。妙な客が来ないかをね」

カウンターにいた男性客——。わたしの入店前から警戒していたのか。

「さて」有馬が二千円をテーブルに置き、腰を浮かす。「真剣で斬り合うとこんな感覚なんでしょうね。短時間で心地いい疲労感をおぼえます」

それでは、と有馬が軽快な足どりで個室を出ていき、ドアが静かに閉まった。

数秒後、花織はジャケットの胸ポケットから録音機をゆっくりと取り出して、停止ボタンを押した。男性は女性に触れられない。今晩もボディチェックされない。そう踏んで作動させていた。いざという時の担保にするために。頭を下げた際、録音機の頭の部分が有馬に少し見えたのだ。

一筋縄でいかないのは有馬の方だろう。あらかじめ店に見張りを入れた上、最初から録音機の存在も想定していた。こんなに暗い店内でたまたま隠していた録音機が目に入るはずがない。こちら側に引き入れておけば、必ず役に立つ。敵となれば——。今は考えなくていい。

ホワイトレディを目の前に掲げ、花織は祝杯を一人で飲み干した。

この先、自分の人生を振り返った時、今わたしが踏み出した歩みは直線の一歩目なのか、曲線の一歩目なのか。

どう見えるのだろう。楽しみでもあり、ちょっと怖い。

4

街にはクリスマスソングとイルミネーションが溢れ、人々も年末年始に向けて慌ただしさが増した十二月五日。臨時国会は、初日冒頭から激しく荒れている。

花織は議員会館事務所のテレビで、父親や隆宏らと中継を眺めていた。総理の所信表明演説の最中に野党からヤジが飛び、何度も中断する異例の展開だ。明日以降の代表質問では野党党首は間違いなく、民自党——殊に馬場派を激しく追及する。

神秘交霊会を介した土地取引を特捜部が調べている、という記事が今朝の東洋新聞で大きく報じられたのだ。浦辺だけでなく、御子柴の名前も挙がり、新たな第二次内閣の閣僚が他にも捜査対象となっている、と記事にはあった。有馬が色をつけてくれたのだろう。特捜部はフィリピンに滞在するコンサルティング業者の男が深く関与しているとみて、行方を追っているらしい。また、葵ファインテックの名も仄《ほの》めかされ、兜町《かぶとちょう》にも激震が走っている。

これで葵ファインテックがウカクリウム事業に参戦する芽は消える。ひとまず五葉マテリアルが開拓した事業から、馬場派に資金が流れずに済む。部長は、葵ファインテックでも居場所を失うはずだ。同情はするけど、わたしが手を打たない理由にはならない。

国民は『また政治と金の問題か』と心底呆れているだろう。呆れるどころかもう慣れっこになって気に留めてもいないかもしれない。明日、ここに一筋の光を与える。久富がインジウム不足の解決に道筋をつけた、と大々的に打ち上げるのだ。

「隆宏、ちょっと外の風を浴びにいかない？」

「悪くないな」

何かを感じ取ったのか、隆宏は簡単に応じてきた。

議員会館を出ると、雲のない青空が広がっていた。国会脇の、葉が疎らになった公孫樹並木を進んでいく。冬の乾いたニオイがした。数十メートル先では、若い警官がじっと立っている。

「神秘交霊会の話、花織の仕掛けなんだろ。タイミングが良すぎる」

「そう。もう腹は括ってるでしょ。次は隆宏が議員になるんだからね」

「オヤジはワンクッション置くって言ってたぞ」

「あれは嘘。そう言うように頼んだ。馬場に通じた裏切り者を炙り出すために」

隆宏は顔を強張らせ、一瞬黙った。

「榊原さんか。この前の、榊原さんとの電話も関係するんだな」

「そういうこと」

「花織が落とした爆弾で解散総選挙も近いかもな」

こうして自分の手から放たれた弓矢が、大きく社会や時代を変えていく様相を目の当たりにしていくうち、人は権力に溺れるのだろう。わたしは違う——。権力なんて、隆宏とわたしが理想の世界を実現するための道具だと割り切っている。

「その前に、榊原さんには事務所を出ていってもらわないと」

「切るのか？　起死回生の一手に繋がる情報をくれたんだろ。一度失敗した人間にもチャンスを与えるべきだ」

「失敗と裏切りは違う。一度裏切った人は、何度も裏切る」

「けど……」

バシッ。

花織は隆宏の左頬を平手で張った。

「しっかりしてよッ。なりふり構わず進むんじゃないの、何としても馬場を倒すんじゃないの。これから恩人を見殺しにする場合も、友人を利用する場合も、味方を排除する場合だってある。それくらいの覚悟がなきゃ、この世界は変えられない。誰も自分の境遇では泣かされない社会を作りたいんなら、わたしたちの強みをいかして、できることをして、目の前の仕組みを叩き潰すのが先決でしょッ」

隆宏が何かを言いかけ、それを吞み込むように唇を引き締めた。

見つめ合っていると、おもむろに隆宏がポケットに手を突っ込み、ゆっくりと花織に背を向けた。そのまま一歩、二歩と進んで国会を眺め始める。国会の敷地では、群れた鳩が一心不乱に地面の何かをついばんでいた。

静かだった。国会では今もヤジや怒号が飛び交っているだろうに。

不意に冷たい向かい風が吹きつけてきた。公孫樹並木の黄色い葉がひらひら舞い落ちる。花織は顔にかかる葉を手で振り払った。

「隆宏は真っ直ぐ前だけを見て進んでいけばいい。わたしが隆宏の背中を守る」

ぴたりと風が収まった。緩やかに隆宏が振り返ってくる。顔や態度からは先ほどの戸惑いがすっかり消えていた。

「頼む」

「じゃあ、早速進めていくから。榊原さんは早く事務所を出て、佐賀二区での出馬準備に入らないといけないの。資金面はヤヒロの新会社がバックアップしてね」

隆宏の目が大きく広がった。

「どういうことだ？」

「さっきも言った通り、今後誰かを利用するケースなんていくらでも出てくる。その一つだよ。榊原さんはオヤジさんを裏切り、馬場の力で議員になろうとした。わたしが企みを潰した。でも、いずれまたわたしたちを裏切るかもしれない。だったら、裏切れなくすればいい。佐賀二区の浦辺は馬場が仕切る派閥の会長。浦辺の対抗馬として出れば、馬場に喧嘩を売ることになり、もう馬場派に入れない。ヤヒロの新会社にはわたしの意向を反映させられるから、いつでも資金提供も止められる。いわば、榊原さんの手綱を握ってる、榊原さんに政治家の資質はないかもしれないけど、佐賀二区で勝てば、久富派の勢力拡大にはなるし。これも足元の仕事だよ」

「持ち場の違い、ってやつか」

「そう。けど、わたし一人じゃ思いつかなかった。隆宏の政治姿勢の賜物でもある。社会には余白がいる——って信条に沿って考えていくうち、裏切り者だっていかせるアイデアが浮かんだの。言葉は悪いかもしれないけど、隆宏は小学校の頃に自分をいじめた子を叩き直して、いまはうまく利用してる。それを見倣ってね」

隆宏の強みをいかすのもわたしの……金庫番の役目——。

「すべてはわたしたちの理想を実現するためだよ。足元はわたしが整える。隆宏はその上に立って目の前の、頭上の相手と取っ組み合って」

小鳥の鳴き声がした。隆宏が目元を緩め、左頬を撫でた。

「もちろんだ。あんな強烈な平手打ち、二度と食らいたくない」

「ばっちり目が覚めたね」花織は微笑みかける。「幼稚園の卒園アルバムにどんな将来の夢を書いたのか憶えてる？」

「いや、全然」

「わたしも忘れてた。昨日の夜、見返してさ」

バーで二杯目のホワイトレディを頼んだ際、皮肉だなと思ったのがきっかけだった。今の自分はとても白いとは言えない。確実に白かった頃を思い出したくなった。

「あの頃から、わたしたちの未来は決定づけられてたんだよ」

それは並んで記されていた。

だれも　かなしくてなかない　せかいにしたいな
年長すみれ組　久富隆宏

みんながわらってる　せかいになる　おてつだい
年長すみれ組　藤木花織

花織は一歩近寄り、左頰に自分の手形がついた隆宏を見上げた。

「任せて。わたしが総理にしてあげる」

■主な参考文献

『プロ秘書だけが知っている永田町の秘密』　畠山宏一　講談社+α文庫
『国会女子の忖度日記　議員秘書は、今日もイバラの道をゆく』　神澤志万　徳間書店
『政治家秘書 裏工作の証言』　松田賢弥　さくら舎
『不思議の国会・政界用語ノート　曖昧模糊で日本が動く』　秋山訓子　さくら舎
『国会議員裏物語　ベテラン政策秘書が明かす国会議員の正体』　朝倉秀雄　彩図社
『Q&Aでわかる日本版「司法取引」への企業対応　新たな協議・合意制度とその対応』　山口幹生　名取俊也
同文舘出版
『企業犯罪と司法取引』　弁護士法人　琴平綜合法律事務所監修　朝山道央編著　KINZAIバリュー叢書
『可視化・盗聴・司法取引を問う』　村井敏邦・海渡雄一編　日本評論社

※その他、新聞各紙の記事やHPなどを適宜参考にしました。

解説

だからわたしは伊兼源太郎に伴走する

井上由美子（脚本家）

読書の最大の喜びは、なんと言っても作家との出会いだ。ある日、たまたま一冊の本を手にとる。大して期待もせずにパラパラと頁《ページ》をめくる。ちょっと覗《のぞ》き見するだけのつもりだったのに、たちまち引き込まれ、登場人物の魅力に頁をめくる手が速くなる。気が付けば仕事や食事もそこそこに一気に読了。勢いのままに他の著作を調べ、どれから読んでいくか真剣に計画を練る。今風の言葉で言えば、推しの作家を見つけた瞬間だ。久しぶりに私は、そんな幸運に恵まれた。本作『金庫番の娘』の作者・伊兼源太郎氏である。

伊兼氏は新聞社勤務を経て、２０１３年に『見えざる網』で横溝正史ミステリ大賞を受賞した。その後も「警視庁監察ファイル」シリーズ、「地検のS」シリーズ、『巨悪』など、精力的に作品を発表し続けている。舞台となるのはマスコミや警察、検察などさまざまだが、どの作品でも働く人間の正義を色濃く描いている。２０２０年に出版された『事件持ち』のインタビュー記事で、なぜ正義をテーマにするのかと問われた伊兼氏はこう答えている。

「今自分が掲げている正義は、誰かにとっては正義ではない可能性も十二分にあるわけです。(中略)一方で、そんな正義を旗印にして、猛然と突き進む組織や個人がいるのも現実です。自分はそうなるのが嫌で小説で『正義』についてあれこれ検討しているのかもしれません。個人的には、ここに小説の力を感じます」

この言葉通り、伊兼氏の小説ではそれぞれの登場人物が異なった正義のために動く。なかには狂信的な正義を掲げる人物もいるが、それが単なる敵役には終わらず、つい耳を傾けてしまう真理を持っている。現実に我々が暮らす世界に通じる危うさがあり、読みだしたら途中で本を置くことができなくなる。

本作の第一章は、政界を舞台にした物語としては意外な書き出しで始まる。

「ぺたんこ靴だって勢いよく走れば、足音は廊下によく響く」

主人公は一流商社を辞め、ベテラン衆議院議員・久富隆一《ひさとみりゅういち》の事務所に転職した藤木《ふじき》花織《かおり》、32歳。ぺたんこ靴で走り回らなければならない新米秘書の花織は、ある日、久富から金庫番になれと命じられる。花織はすぐに答えを出せないが、総裁選をめぐる政争や先輩秘書の悲劇を目の当たりにするなかで、徐々に金庫番になる覚悟を定めていく。

金庫番。なにやら怪しい響きをもつこの言葉を一言で説明するのは難しい。一般的には、企業や組織の会計責任者を指すが、「政治家の金庫番」には独特の意味合いがある。政治資金の調達や利用を一手に引き受ける財務秘書のことをいうのだ。政治資金について政治家本人に責任が及ばないようにする存在のため、長く信頼を得て来た番頭格が担うケースが多い。かつて著名な疑獄事件の際に総理大臣の金庫番と呼ばれていた秘書が自殺した例があり、いわゆる「秘書がやりました」の秘書は金庫番を指すと思われる。米国でも元大統領の金庫番が何億円もの脱税で起訴されるなど、ダークなイメージもつきまとう。「私の職業は金庫番です」と自ら名乗る人はいないだろうが、政治の世界の裏を司るキイマンであるのは間違いない。

そんな重要な任務に、政治には全くの素人の若い女性が抜擢《ばってき》されるなんて、脚本家の私が言うのも変だが、安っぽいテレビドラマみたいと思われたかも知れない。だが、本作には巧みな人間模様が幾重にも仕掛けてあり、主人公が金庫番を目指す道筋に説得力がある。

花織が政界に入ったのは、父親が久富の財務秘書、金庫番を務めていたからだ。つまり、久富議員は花織に父親の後を継げと命じたのである。花織の父は当初、娘が金庫番を継ぐことに前向きではなかったが、花織が覚悟を決めてからは冷静に金庫番の任務を伝授していく。読者は花織の目を通して、よく知らない金庫番の世界に入っていくことができる。ネタバレにならない程度に一例を挙げてみよう。闇献金の帳簿を見せられた花織が、父の定めた符牒《ふちょう》を教えられる場面だ。

「写真一枚が百万円を意味する。写真二十枚なら二千万円だ」

「なんで写真と呼ぶの」

「大元となるネガ——裏金に引っかけた。ガネの裏、つまり逆から読むとネガだ。(中略) 後援会や派閥のパーティーではよく写真を撮るしな。百枚単位で焼き増しする時もあるんで、外部の耳に入っても説明がつく。ちなみに『焼き増し』は、写真を派閥の議員らに渡す時に使う言葉でもある」

　臨場感がある。この数年、何度も報じられてきた政治とカネの問題の一端が垣間見える。重い秘密を受け取った娘は、なぜ金庫番になったのかを問い、父はゆっくりと答える。

「金庫番は政治家の足腰だ。政治家が進む道は、平坦な舗装道路じゃない。(中略) 泥まみれで進み続けるには、強い足腰がいる。汚れを厭《いと》わず、足の裏に何が刺さっても歩みを止めず、どんな怪物が目の前に現れても怯《ひる》まず、歩き続けられる足腰が」

　花織は、父が家族にも言えない任務を黙々とこなしていたことを初めて知る。そして、何も知らないと思っていた母には母の思いがあった。ここはじっくり読んでいただきたいので詳述は避けるが、生々しいお金の話の合間に家族の話が絶妙に配されているのが、銭の残酷さをいっそう浮かび上がらせる。

　また、花織と久富議員の息子・隆宏《たかひろ》が幼馴染で、長年の友情を育んでいるのも舞台を立体的に見せている。久富の後継者問題が秘書としても友人としても、主人公の花織に切実に迫るのだ。政治家父子と秘書父娘、二組の親子を軸にしたことで、読者は登場人物それぞれの進む路《みち》に大いなる興味を抱く。

そして、物語をさらに重層的にしているのが並行して語られる二つのプロットだ。一つは、花織自身の過去。なぜ一流商社を辞めて政界を目指したかが徐々に解き明かされていく。もう一つは、東京地検の物語である。一見、主人公とは関わりのない権力闘争や司法取引が金庫番の話につながっていく展開はサスペンスフルで飽きさせない。

複数のプロットを効果的に配置できるのは、作者が新聞記者として取材を重ねた自信のなせるわざではないだろうか。記者は一つの事件に、いくつもの表と裏があることを思い知らされるという。ものごとを多面的に見る訓練を積んでいるのだ。

新聞記者出身の小説家は少なくない。井上靖、山崎豊子、佐野洋など昭和の大作家から、警察小説でおなじみの横山秀夫、堂場瞬一、映像化作品で話題になった真山仁や塩田武士まで枚挙にいとまがない。だが、記者上がりだからといって、誰でも面白い小説を書けるものではないだろう。鍛えられた文章力や分析力だけでは、読者を惹《ひ》きつける物語を組み立てることはできないからだ。

私は『白い巨塔』(フジテレビ)の脚本を担当した際に、山崎豊子さんにお目にかかる機会を得た。主人公の外科医・財前五郎《ざいぜんごろう》の罹患《りかん》する病名を、現代の医療に合わせて変えることについて了解をいただきたいと申し上げた。山崎さんは一言、「過去じゃないから」とおっしゃった。その時は緊張もあって意味が読みとれなかったが、原作と格闘してドラマの脚本を書くうちに、医療は変わっても人間ドラマとしては古びないという意味だと受けとめた。

　伊兼氏の小説もまた、人間ドラマとして錆《さ》びない独自性を持っている。冒頭でも触れたように、本作の人物たちは恐れることなく正義と向き合うが、それが説教くさい空論にはならない。これは人間関係が類型的ではないからだ。金庫番を継承する父と娘の話を、私は他で読んだことがない。ありがちな恋愛に堕《だ》することなく、理想でつながった花織と隆宏の関係も新鮮だ。検察の権力闘争を立会事務官からひも解く目線も珍しい。手垢《てあか》のついた関係はひとつもない。これは伊兼氏の他の作品についても顕著である。『密告はうたう』では、主人公と能面のような上司が容易に理解し合わないことで、監察という職務の難しさを表現する。『地検のＳ』では、各話を解決する主人公に、エスと呼ばれる謎の人物が気づきを与える。全部の例を挙げていると枚数が尽きるので、この辺にしておくが、脚本家としてはドラマや映画にしてみたくなる作品ばかりである。ドラマの肝は突飛なキャラクターではなく、人間関係の魅力に尽きるからだ。

　本作の終盤、主人公の花織はある人物に「だからわたしは伴走する」と決意を語る。人生を懸《か》けて、ともに走っていこうと告げる言葉は実にすがすがしく感動的だ。私が読者として伊兼源太郎氏についていこうと決めた場面である。是非、本書で確かめてほしい。

本書は二〇一九年七月、小社より単行本として刊行されました。

本作品はあくまでも小説であり、作品内に描かれていることはすべてフィクションです。

|著者| 伊兼源太郎　1978年東京都生まれ。上智大学法学部卒業。新聞社勤務などを経て、2013年に『見えざる網』で第33回横溝正史ミステリ大賞を受賞し、デビュー。他の著書に、『地検のS』『地検のS　Sが泣いた日』と続く「地検のS」シリーズ、『密告はうたう』『ブラックリスト』『残響』と続く「警視庁監察ファイル」シリーズ、『事故調』『巨悪』『事件持ち』『ぼくらはアン』などがある。

金庫番《きんこばん》の娘《むすめ》

伊兼源太郎《いがねげんたろう》

講談社文庫

定価はカバーに
表示してあります

2022年7月15日第1刷発行

KODANSHA

発行者——鈴木章一

発行所——株式会社　講談社

東京都文京区音羽2-12-21　〒112-8001

電話　出版　(03)　5395-3510
　　　販売　(03)　5395-5817
　　　業務　(03)　5395-3615

Printed in Japan

デザイン—菊地信義

本文データ制作—講談社デジタル製作

印刷———株式会社KPSプロダクツ

製本———株式会社国宝社

ISBN978-4-06-528443-8

講談社文庫刊行の辞

二十一世紀の到来を目睫に望みながら、われわれはいま、人類史上かつて例を見ない巨大な転換期をむかえようとしている。

世界も、日本も、激動の予兆に対する期待とおののきを内に蔵して、未知の時代に歩み入ろうとしている。このときにあたり、創業の人野間清治の「ナショナル・エデュケイター」への志を現代に甦らせようと意図して、われわれはここに古今の文芸作品はいうまでもなく、ひろく人文・社会・自然の諸科学から東西の名著を網羅する、新しい綜合文庫の発刊を決意した。

激動の転換期はまた断絶の時代である。われわれは戦後二十五年間の出版文化のありかたへの深い反省をこめて、この断絶の時代にあえて人間的な持続を求めようとする。いたずらに浮薄な商業主義のあだ花を追い求めることなく、長期にわたって良書に生命をあたえようとつとめるところにしか、今後の出版文化の真の繁栄はあり得ないと信じるからである。

同時にわれわれはこの綜合文庫の刊行を通じて、人文・社会・自然の諸科学が、結局人間の学にほかならないことを立証しようと願っている。かつて知識とは、「汝自身を知る」ことにつきていた。現代社会の瑣末な情報の氾濫のなかから、力強い知識の源泉を掘り起し、技術文明のただなかに、生きた人間の姿を復活させること。それこそわれわれの切なる希求である。

われわれは権威に盲従せず、俗流に媚びることなく、渾然一体となって日本の「草の根」をかたちづくる若く新しい世代の人々に、心をこめてこの新しい綜合文庫をおくり届けたい。それは知識の泉であるとともに感受性のふるさとであり、もっとも有機的に組織され、社会に開かれた万人のための大学をめざしている。大方の支援と協力を衷心より切望してやまない。

一九七一年七月

野間省一

講談社文庫 最新刊

東野圭吾　希望の糸
「あたしは誰かの代わりに生まれてきたんじゃない」加賀恭一郎シリーズ待望の最新作！

上田秀人　戦端〈武商繚乱記(一)〉
豪商の富が武士の矜持を崩しかねない事態に。瞠目の新機軸シリーズ開幕！〈文庫書下ろし〉

桃戸ハル 編・著　5分後に意外な結末〈ベスト・セレクション　心弾ける橙の巻〉
シリーズ累計430万部突破！　電車で、学校で、たった5分で楽しめるショート・ショート傑作集！

望月麻衣　京都船岡山アストロロジー2〈星と創作のアンサンブル〉
作家デビューを果たした桜子《さくらこ》に試練が。星読みがあなたの恋と夢を応援。〈文庫書下ろし〉

大山淳子　猫弁と鉄の女
今回の事件の鍵は犬と埋蔵金と杉!?　明日も頑張る元気をくれる大人気シリーズ最新刊！

西村京太郎　びわ湖環状線に死す
青年の善意が殺人の連鎖を引き起こす。十津川警部は闇に隠れた容疑者を追い詰める！

乃南アサ　チーム・オベリベリ(上)(下)
明治期、帯広開拓に身を投じた若者たちを描く、著者初めての長編リアル・フィクション。

濱野京子　with you《ウィズユー》
夜の公園で出会ったちょっと気になる少女。彼女は母の介護を担うヤングケアラーだった。

木下昌輝　つわもの
信長、謙信、秀吉、光秀、家康、清正、昌幸 桶狭間から大坂の陣、日ノ本一の